U0504510

■ 本书为国家社会科学基金项目"当代南亚英语流行小说类型研究"
（15BWW025）阶段性成果
■ 安庆师范学院学术著作出版基金资助

M.R.安纳德
长篇小说类型研究

张 玮◎著

中国社会科学出版社

图书在版编目(CIP)数据

M. R. 安纳德长篇小说类型研究/张玮著. —北京：中国社会科学出版社，2016.3
ISBN 978 - 7 - 5161 - 7697 - 9

Ⅰ.①M… Ⅱ.①张… Ⅲ.①安纳德, M. R. (1905 ~ 2004)—长篇小说—小说研究 Ⅳ.①I351.074

中国版本图书馆 CIP 数据核字(2016)第 041328 号

出 版 人	赵剑英
选题策划	郭晓鸿
责任编辑	慈明亮
责任校对	董晓月
责任印制	戴　宽

出　　版	中国社会科学出版社
社　　址	北京鼓楼西大街甲 158 号
邮　　编	100720
网　　址	http://www.csspw.cn
发 行 部	010 - 84083685
门 市 部	010 - 84029450
经　　销	新华书店及其他书店

印　　刷	北京金瀑印刷有限责任公司
装　　订	廊坊市广阳区广增装订厂
版　　次	2016 年 3 月第 1 版
印　　次	2016 年 3 月第 1 次印刷

开　　本	710 × 1000　1/16
印　　张	13.75
插　　页	2
字　　数	213 千字
定　　价	56.00 元

目　录

序　一

郁龙余

印度英语小说在印度乃至世界的文学天地里，是一座花木葱茏、莺歌燕舞的大花园。在这座大花园里，有着号称印度英语文学三大家的安纳德、纳拉扬和拉贾·拉奥。对中国读者来说，安纳德并不陌生。他的作品在中国翻译出版的数量，在印度作家中仅次于泰戈尔、普列姆昌德，居第三位。在《中外文学交流史·中国—印度卷》（即将出版）中，我们是这样评价他的：

M. R. 安纳德（1905—2004），是印度最伟大的英语作家。1951 年，他曾来华访问，参加国庆观礼，与郭沫若、冰心等中国著名作家有交往。安纳德的作品，非常契合中国国情，深受中国人民喜爱。他"有几本书被译成中文，数量仅次于泰戈尔和普列姆昌德的作品"。这些作品是《不可接触的贱民》（王科一译，平明出版社 1954 年版）、《理发师工会》（顾化五、周锦南译，上海文化生活出版社 1954 年版）、《安纳德短篇小说选》（侯浚吉译，上海文艺联合出版社 1954 年版）、《两叶一芽》（黄星圻、曹庸、石松译，新文艺出版社 1955 年版）、《印度童话集》（谢冰心译，中国青年出版社 1955 年版）、《苦力》（施竹筠、严绍端译，中国青年出版社 1955 年版）、《村庄》（王槐挺译，上海译文出版社 1983 年版）、《黑水洋彼岸》（王槐挺译，上海译文出版社 1985 年版）、《剑与镰》（王槐挺译，社会科学文献出版社 2011 年版）等等。

进入 21 世纪，中国对印度英语文学的研究进入了一个崭新的阶段。北京大学印度语言文学专业的一批印度英语文学的博士论文相继问世，有杨晓霞的《独立前的印度英语小说》、王春景的《纳拉扬长篇小说研究》、刘朝华的《拉贾·拉奥及其作品》、张玮的《M. R. 安纳德长篇小说研究》、李美敏的《安尼塔·德赛的女性小说研究》、王鸿博的《维克拉姆·赛特长篇小说代表作〈如意郎君〉研究》和曾琼的《重读经典：〈吉檀迦利〉翻译与接受研究》等。这六篇博士论文的成功，有着主观和客观的原因。客观原因主要有三条：一是印度英语文学的确极有研究价值，而且随着全球化的不断深入，印英文学的作者身份、作品形态及思想内容，也在发生着新的变化。这种变化不但不会削弱印英文学在印度和世界文学史上的地位，反而会加强这种地位。二是出自北京大学印度语言文学专业，而不是出自其他大学的英语文学专业。印度英语文学，不是一般意义上的英语文学，没有印度的语言、文化知识，不管你的英语多好，也是不能搞好研究的。三是获得了中印著名学者的倾力支持。这种支持对博士生和指导教师的帮助，自不待言。其中，张玮得到中国社会科学院安纳德研究著名专家王槐挺先生的倾力帮助。张玮原先并不认识王槐挺先生，2005 年 6 月 13 日上午，在薛克翘、刘建、葛维钧三位先生的带领下拜访王先生。王槐挺先生对张玮一见如故。张玮在博士论文《后记》中说："王老师缠绵病榻数年，当他知道我准备做安纳德小说研究的时候，便把安纳德赠给他的书转赠给我，还把他多年收集的资料，以及他与作家之间的私人信件交给我。"等作者动手写论文之时，王槐挺先生却去世了，给人们留下的是一段老学者倾力支持青年学者的感人故事。张玮是一位重情义的皖江才女，她不但没有辜负王槐挺先生的学术嘱咐，而且将他遗译季羡林先生的《天竺心影》的手稿整理出来，交付印度著名出版机构出版。

《M. R. 安纳德长篇小说类型研究》的出版，除了得益于客观条件之外，更重要的是张玮的主观努力。在博士论文写成并获得好评之后，张玮沉潜七年，一边教学一边用心修改、充实，今天以《M. R. 安纳德长篇小说类型研究》的书名交由中国社会科学出版社出版。读了书稿，我十分欣喜，认为此书至少有以下三大意义。

其一，极大地拓宽了安纳德作品研究的广度。我国以往对安纳德的研究，由于各种原因，基本上局限于 20 世纪 30、40 年代的作品，如《不可接触的贱民》、《两叶一芽》等。而对印度独立后的作品，尤其是安纳德的自传体作品《晨容》、《七夏》等的介绍与研究，基本阙如。张玮的研究，则大大拓宽了安纳德作品研究的广度。

其二，极大地开凿了安纳德作品研究的深度。在此之前，我国对安纳德的作品研究，无论在主题、人物、思想内涵还是艺术特色方面的开凿，都显得单薄与一般，缺乏有深度的发掘。这与安纳德在印度和世界上的地位极不相称，和中国的文学大国的地位也极不相称。张玮的《M. R. 安纳德长篇小说类型研究》以从未有过的开凿深度，改变了这种局面。

其三，研究视角和方法从单一走向多样。在安纳德作品选译上，中国译者在早期自然而然地选择了具有社会进步意义的作品。这种倾向的出现在当时是难免的，但是它影响到对安纳德小说的全面、深入的了解，更影响到对其进行多视角、多方法的研究。张玮的《M. R. 安纳德长篇小说类型研究》，一方面借助于安纳德作品的新翻译，另一方面依靠研读原文，采用多视角、多方法进行研究。结果在研究的广度与深度上，有了令人惊喜的收获。

2008 年，张玮在博士论文中说："本论文希望能为国内的安纳德研究做点基础性的、抛砖引玉的工作——实际上，我相信，更加全面与广泛的安纳德研究将是一件非常有价值的工作。"今天的这本《M. R. 安纳德长篇小说类型研究》，经过作者七年的潜心打磨、润色，已与当年的博士论文不可同日而语。但是，对于安纳德研究这件非常有价值的工作来说，此书依然是基础性的。正因为如此，今后不管是谁，想要对安纳德的作品进行进一步的深入研究，不能不读此书。同时，凡是想对印度英语文学，特别是对印度英语文学三大家做深入研究，不可不读此书。

张玮的《M. R. 安纳德长篇小说类型研究》是我国当代安纳德研究的最新成果和最高水平。中国安纳德研究进入了张玮时代。

是为序。

二〇一五年九月八日于深圳大学

序 二

唐仁虎

张玮博士的《M. R. 安纳德长篇小说类型研究》即将付梓，嘱我为之作序。这部著作是她的博士学位论文，在答辩通过后略微修改而成，是我国研究 M. R. 安纳德的第一部专著，值得重视。

M. R. 安纳德是印度著名的英语小说家，享有盛誉。他也是印度进步文学运动的积极分子，20 世纪 30 年代他虽然身在欧洲，但他却与乌尔都语作家萨加德·查希尔等积极从事印度进步文学运动，筹备组建印度进步作家协会，1936 年专程回国参加组织印度进步作家协会第一次全国代表大会。

M. R. 安纳德之所以成为进步作家，或许有几方面的原因。首先，他出生于一个低级军官家庭，家里的生活比较艰辛，而由于这个原因，他从小就对下层人生活的艰辛有了较深的体会和认识；他到英国后虽因他父亲在英印军队中服役获得英国的奖学金而完成学业，但生活依然拮据，当然这些也许不是主要原因，但对他产生一定的影响是不容置疑的。此外，他在欧洲受到当时的进步思想，甚至社会主义思潮对他的影响也是不可否认的，甚至当时的苏联对他恐怕也是有影响的。正是由于这些原因，他才在欧洲的时候就与乌尔都语作家萨加德·查希尔等商讨成立印度进步作家协会事宜。在二三十年代的进步文学运动中，印度英语作家比较少，而他是最为积极的进步作家之一，他那时的作品，尤其是最早的两部长篇小说是最好的例证。

正因为他是进步作家，他的作品反映的贫苦大众的生活才较早受到我国的关注，他的长篇小说《不可接触的贱民》、《苦力》、《两叶一芽》和

《安纳德短篇小说选》等早在50年代就译成汉语出版了。在"文革"前他的作品被翻译成汉语出版的数量，仅次于泰戈尔的被翻译成汉语出版的作品。"文革"后他的不少作品又被翻译成汉语出版。除泰戈尔外，他是作品被翻译成汉语出版的最多的两个作家之一（另一个是普列姆昌德）。不过，与他的作品被翻译成汉语出版相比，对其创作的研究可以说不成比例。在张玮对其作品进行全面研究之前，除各种文学史类著作对他有简要介绍外，只有很少几篇论文和译者前言对他的部分作品进行了研究介绍，因此张玮的研究无疑很有意义。

张玮阅读了他的全部作品，研读了研究他的创作的论文和著作，在此基础上结合他的生活经历对他的创作进行了认真深入的研究，写出了这部论著。从全书可以看出，作者把重点放到了安纳德作品的思想内容的研究方面，这方面的内容占了7章中的5章，按不同的主题分章分节。虽然在探讨其作品的主题思想时，也分析到了人物形象等艺术特点等方面的问题，但重点还是在研究思想内容，这一点从每一章的标题便可看出。当然，这也是符合常理的：进步作家的作品本身就具有这样的特性。但是，我们并不是因此否定进步作家，在那个特定的时期和那样的世界性大变革年代，世界各国都出现进步作家和进步文学，是很正常的，也是符合历史潮流的；另一方面，进步作家也并非只注重思想性，而不注重艺术性，优秀的进步作家也是很注重艺术性的，否则他们就不会是优秀的作家。而安纳德不过是像普列姆昌德一样，主要选择了下层人作为描写的对象，对不合理的社会现象进行了鞭挞。

作者在该书中还研究了安纳德的创作与印度的文学传统的关系，说明他早期虽然身在西方，用以创作的语言又是英语，但还是继承了印度的文学传统。此外还研究了安纳德的语言特点。因此可以说作者不只是在研究安纳德创作的思想内容，也研究了他的创作特色，研究他创作的艺术性。

从全书看，作者对安纳德进行了全面的研究，其研究也相当深入，而且这是我国全面研究安纳德的第一部著作，无须赘言，这是一部很有意义的书。

绪　论

一　安纳德作品概况

穆尔克·拉吉·安纳德（Mulk Raj Anand, 1905—2004）是当代印度著名作家、艺术评论家和社会活动家。1968年，为表彰安纳德对印度文学所做的突出贡献，印度政府授予他莲花勋章（Padma Bhushan）。安纳德酷爱印度艺术，1946年他在孟买创办艺术杂志《道路》，20世纪70年代他又在新德里修建罗迦耶陀美术馆（Lokayata Gallery），为向全世界介绍印度艺术、弘扬印度文化传统做出了贡献。安纳德还是一位积极的社会活动家，曾多次参加世界和平会议，1951年当选为世界和平理事会理事，1952年荣获世界和平奖。

安纳德是印度英语小说开创者之一，与 R. K. 纳拉扬（R. K. Narayan）和拉贾·拉奥（Raja Rao）并称为印度英语文学"三大家"，在印度文学史上占有重要地位。从20世纪30年代中期开始发表作品到90年代（截至1998年）停止文学写作，他的创作时间长达六十多年，共出版19部长篇小说，10本短篇小说集，还发表了大量关于文学、艺术和社会问题等方面的评论文章。安纳德是位多产作家，他的创作以1945年为界大致可以分为旅居英国时期和定居印度两个阶段。第一阶段为20世纪三四十年代旅居英国时期，他的主要长篇作品有《不可接触的贱民》（*Untouchable*, 1935）、《苦力》（*Coolie*, 1936）、《两叶一芽》（*Two Leaves and a Bud*, 1937）、《对一个艺术家之死的哀悼》（*Lament on the Death of a Master of Arts*, 1938）、《村庄》（*The Village*, 1939）、《黑水洋彼岸》（*Across the Black Waters*, 1940）、

《剑与镰》（*The Sword and the Sickle*，1942）、《伟大的心》（*The Big Heart*，1945）等。1945 年，安纳德回印度定居，进入他文学创作的第二阶段，主要长篇小说有《一个印度王公的私生活》（*The Private Life of an Indian Prince*，1953）、《老妇人与牛》（*The Old Woman and the Cow*，1960）①、《道路》（*The Road*，1961）、《英雄之死》（*Death of a Hero*，1963）。安纳德于 20 世纪 50 年代开始自传体小说的写作，计划以系列小说的形式展现一个印度青年的成长历程，遗憾的是他只完成其中的前四部：《七夏》（*Seven Summers*，1951）、《晨容》（*Morning Face*，1968）、《情人的自白》（*Confession of a Lover*，1976）与《泡沫》（*The Bubble*，1985）。此外，安纳德还出版了《小老爷》（*Pilpali Sahab*：*The Story of a Big Ego in a Small Body*，1990）②、《圣雄甘地短剧》（*Little Plays of Mahatma Gandhi*，1991）、《印度的九种情态》（*Nine Moods of Bharata*：*Novels of a Pilgrimage*，1998）等小说。

在长篇小说创作之外，安纳德还发表了一百多篇短篇小说，这些小说大多结集出版，如他在伦敦时期出版的《迷途的孩子及其他故事》（*The Lost Child and Other Stories*，1934），回印度以后出版的《拖拉机与庄稼女神及其他故事》（*The Tractor and the Cord Goddess and Other Stories*，1947）、《金床上的回忆及其他故事》（*Reflections on the Golden Bed and Other Stories*，1953）、《理发师工会及其他故事》（*The Barbar's Trade Union and Other Stories*，1955）、《泪笑之间》（*Between Tears and Laugher*，1973）等。此外，安纳德还收集整理、出版了一些印度童话和民间故事，如《印度童话故事》（*Indian Fairy Tales*，1946）等。

安纳德以突出的创作成绩奠定了自己在印度文学史和印度英语文学史上的地位，他的一些作品在印度和世界其他国家和地区都产生了广泛影响。《不可接触的贱民》被称为"卓越的小说"③，"被翻译成二十多种外国文字，九种印度文字，在世界各地销售一百多万册，得到广泛的好

---

① 1984 年，《老妇人与牛》再版时更名为《高丽》（*Gauri*）。

② 1985 年，安纳德出版过自传 *Autobiography*：*Pilpali Sahba*（*Part One Story of a Child Under the Raj*），内容与该小说大体相同。

③ ［印］M. R. 安纳德：《不可接触的贱民》，王科一译，平明出版社 1954 年版，第 1 页。

评"①。1985 年，英国企鹅出版社把它选入"二十世纪经典"（Penguin Twentieth-Century Classics）系列丛书。《黑水洋彼岸》讲述了第一次世界大战期间，印度士兵离别故国、远涉重洋投身欧洲战场的故事，小说因其独特的表现内容，被誉为印度战争题材文学作品的代表作之一。这部作品被翻译成十一种欧洲文字，英国议会把它选为第一次世界大战结束八十周年纪念作品。② 安纳德在一次访谈中说道："《越过黑水洋》是唯一一部印度作家写的关于'一战'的小说。在欧洲也得到了很高评价，作为反映第一次世界大战的战争小说，它被认为是独具一格的作品，与雷马克的《西线无战事》、亨利·巴比赛的《火线》以及海明威的《永别了，武器》都是齐名的。"③ 他的自传体系列小说，以恢宏的气势和多变的表现形式，受到学者和读者的关注，其中《晨容》荣获 1972 年度印度文学院奖（Sahitya Academy Award）。

安纳德的小说艺术得到印度国内外很多文学研究者的认可，"作为印度英语文学的奠基人之一，安纳德为印度英语小说创作打下了坚实基础"④，纳伊克（M. K. Naik）曾经说过："在印度英语文学史上，（20 世纪）30 年代最重要的事情是英语文学'三大家'的出现。"⑤ 印度的文学评论者认为："他们（'三大家'）留在文学史上的印记鲜明而有力，不会褪色，也难轻易被抹去。"⑥ 与印度其他英语作家的作品相比，安纳德的小说在题材选择和主题开掘等方面独具特色。"事实上，安纳德与其他作家的不同之处在于，他小说中所表现的社会、宗教、经济和思想上的冲突，多层次地展现了时代特征。"⑦ 安纳德自己也说："我的小说与其他作家的

---

① ［印］M. R. 安纳德：《村庄》，王槐挺译，上海译文出版社 1983 年版，第Ⅲ页。

② Mulk Raj Anand, *Across the Black Waters*, New Delhi: Orient Paperbacks, 2000, First Page.

③ 程惠勤：《与印度作家安纳德的对话》，《外国文学动态》1993 年第 2 期。此文将《黑水洋彼岸》译为《越过黑水洋》。

④ T. N. Dhar, *History-Fiction Interface in Indian English Novel*, New Delhi: Prestige, 1999, p. 82.

⑤ M. K. Naik, *A History of Indian English Literature*, New Delhi: Sahitya Akademi, 1982, p. 155.

⑥ Amar Nath Prasad, *Indian Novelists in English*, New Delhi: Sarup & Sons, 2000, Ⅷ.

⑦ G. L. Gautam, *Mulk Raj Anand's Critique of Religious Fundamentalism*, Delhi: Kanti Publicaitons, 1996, Ⅺ.

不同。我不像泰戈尔那样描写上等人和中产者，我希望去刻画自己所熟悉的人民大众：低贱者、破落者、被歧视者、被压迫者和被剥削者等。除了普列姆昌德、查特吉写过他们，这些人很少出现在我们的文学作品中。"① 他以现实主义的创作手法，在小说中真实再现了印度社会底层民众的生存状态，记录他们的苦难、迷茫与追求，正如印度总理曼莫汗·辛格在安纳德逝世纪念会上所说："他对穷困者充满同情的描写，将永远被铭记。"②

二 国内外研究综述

从 20 世纪 50 年代开始，中国大陆陆续翻译出版了他的部分作品，这其中包括 5 部长篇小说、2 本短篇小说选集和若干短篇小说。中国翻译家和学者对安纳德及其小说的介绍和研究大致分为三种形态：中文译本中的前言、后记或附录，中国学者撰写的外国文学史中对安纳德的相关评介以及专题论文等。

安纳德小说的汉译基本上保留了原版中的前言部分。E. M. 福斯特为英文版《不可接触的贱民》所做的序言对小说的出版和流传都产生了重要影响，序言本身便是一篇精彩的小说评论，肯定了安纳德以印度"贱民"为主人公的创作观念。《两叶一芽》中文版中，译者也翻译了原版的"再版前言"。安纳德在前言中介绍小说出版过程中所经历的波折，从另一个角度隐晦地反映出小说对印度现实社会的揭露和批判。部分安纳德小说的中文版附加了对作者、作品的相关评论，如《两叶一芽》书后附有苏联评论家杜彼科娃的《穆尔克·拉吉·安纳德》一文。该文以马克思主义阶级分析的方法，对作家及作家的一些作品作了简单介绍和评价。《苦力》中译本的前言是杜彼科娃的《论安纳德及其作品》，与《两叶一芽》的附录论文基本一致，大概是译者不同导致的译文有些许差异。此外，中国翻译

① Mulk Raj Anand, "The Sources of Protest in My Novels", *Indian Horizons*, Volume 40 Numbers 3—4, 1991, p. 2.

② Kala Kahani, Mulk Raj Anand（1905-2004）, http://www.kalakahani.co.uk/13843.html（10：47, Apr. 11, 2008）.

者也在中文版中以"前言""后记"等方式对安纳德做了相关介绍,对作品进行了简要评价。《村庄》和《黑水洋彼岸》中都有"译者前记",译者王槐挺先生对作家生平、小说创作背景、小说主题、人物及小说写作特点等各个方面进行了介绍和分析,"前记"对作家在印度独立后的文学创作情况的评介,在一定程度上弥补了20世纪50年代以后国内安纳德研究的空白。

在国内编写的外国文学史中的亚洲文学、南亚文学或印度文学等章节中,安纳德是不可或缺的作家。《印度现代文学》①一书中有"印度英语文学"一章,介绍印度现代英语文学的发展,指出安纳德是位多产作家,着眼于印度社会中的"低等人",描写出他们虽然"痛苦和饥饿,但富于人性",对这样一群人"充满了同情甚至尊敬"。石海峻的《20世纪印度文学史》中,将安纳德放在"甘地主义影响下的现实主义文学"部分介绍,重点研究作家早期小说的主题和题材。陶德臻主编的《东方文学简史》②中,现代印度文学概述部分和当代印度文学概述部分都有对安纳德的介绍。季羡林主编的《东方文学史》③中"现当代文学(20世纪至今)"一编,在南亚文学之印度英语文学中介绍了安纳德及其作品。王向远在《东方文学史通论》④第四编第七章的第二节中,评价安纳德的文学创作时认为他"在对旧传统的反思与反叛中发展现实主义"。其他如彭端智所著的《东方文学史话》⑤,高慧勤、栾文华主编的《东方现代文学史》⑥,孟昭毅、黎跃进编著的《简明东方文学史》⑦,都对安纳德做过简单介绍。部分外国文学史的亚非部分,也在介绍印度文学时,对安纳德作相应介绍。如朱维之主编的《外国文学史·亚非部分》⑧,由陶德臻撰写的第十五章"现当代南亚文学"中对安纳德及其作品做了较为详细的介绍。

---

① 《印度现代文学》,黄宝生等译,外国文学出版社1981年版。
② 陶德臻主编:《东方文学简史》,北京出版社1985年版。
③ 季羡林主编:《东方文学史》,吉林教育出版社1995年版。
④ 王向远:《东方文学史通论》,上海文艺出版社1994年版,第5页。
⑤ 彭端智:《东方文学史话》,湖北教育出版社1986年版。
⑥ 高慧勤等主编:《东方现代文学史》,海峡文艺出版社1994年版。
⑦ 孟昭毅等编著:《简明东方文学史》,北京大学出版社2005年版。
⑧ 朱维之主编:《外国文学史·亚非部分》,南开大学出版社1998年版。

国内的一些学术期刊上也发表过对安纳德作品的综合评介文章。彭端智的《印度人民苦难斗争的历史图画——论安纳德三十年代创作的成就及其弱点》，文章高度评介安纳德20世纪30年代的创作成绩，认为他的作品"扩达了文学表现生活的范围"，"在印度文学史上，具有深化、推进的作用"①。此外，魏丽明的《诗意现实主义和现代主义——安纳德早期三部曲解读》、黎跃进的《民族寓言：安纳德三四十年代小说创作论》、颜治强的《走向底层的文学家》②等文章，以安纳德早期长篇小说为研究对象，主要探讨作家的现实主义创作观念与艺术手法。

北京大学外国语学院东语系教师魏丽明在攻读硕士学位时，选择安纳德早期三部长篇小说《不可接触的贱民》《苦力》和《两叶一芽》为研究对象，完成硕士学位论文（1994年）。论文理论基础扎实，对这三部小说的分析研究很有见地。北京大学印度语言文学专业博士毕业生杨晓霞在其博士学位论文《独立前的印度英语小说》中用了一章的篇幅，对安纳德部分作品作了解读。杨晓霞的论文谈到作家短篇小说创作情况，对国内安纳德研究是一个有益补充。

可以看出，国内对安纳德的研究，有如下几个特点：第一，从研究作品上看，涉及范围较窄。国内学者多是以已有的中文版本小说为基础进行一些研究，对作家在印度独立后创作的作品关注很少。第二，从主题上看，研究者们着眼点多是作家在作品中所描写的贱民、苦力等群体"苦难"、"底层"等生活状况。第三，从研究角度和理论侧重点方面看，学者们多是围绕安纳德的现实主义创作手法进行探讨。在为数不多的文学评论文章中，学者们很少从作家的创作论、小说的表现手法等方面进行分析，可能由于中国学者对安纳德的作品掌握有限，他们并没有对作家的创作进行深入、全面的评价，这不能不说是我国对安纳德及其小说创作研究的不足。

---

① 彭端智：《印度人民苦难斗争的历史图画——论安纳德三十年代创作的成就及其弱点》，《外国文学研究》1984年第3期。

② 分别载于《国外文学》（1996年第2期）、《南亚研究》（1998年第2期）、《南亚研究》（2005年增刊）。

安纳德是"印度英语作家中较早受到关注和被研究的作家"①，相较于国内对安纳德的研究比较薄弱的情况，国外学者对安纳德及其作品的研究成果较为丰富。德国学者迪特·理曼施奈德（Dieter Riemenschneider）在《印度英语小说批评（1934—2004）》② 一书中用二十多页（第 128 页至 156 页）的篇幅，比较完整地列出从 1935 年到 2004 年间，中国以外发表的关于安纳德的学术著作和文章。这些研究成果充分肯定了安纳德在印度英语文学创作中的成就，也给予他的作品很高的评价与历史地位。1985年，安纳德小说《泡沫》出版后，英国文学评论家 A. 尼文（Alastair Niven）认为该小说"给印度小说增添了新的形式"③。还有的印度评论者感叹说，印度英语小说史是"从安纳德时代发展到安纳德时代"④。这些话不仅是对安纳德之于印度英语文学开拓地位的肯定，也表达了印度文学评论界对安纳德旺盛的写作热情和漫长创作生涯的崇敬之情。

国外对安纳德的研究以英、德和印度学者为主。英国学者 A. 尼文的《怜悯的枷锁》⑤ 和 M. 费舍尔（Marlene Fisher）的《心灵的智慧》⑥ 是研究安纳德的代表性著作。《怜悯的枷锁》中对作家的主要作品做了详细的解读和分析，《心灵的智慧》在解读作品的同时，结合作家的生活经历，介绍了作品的创作背景。书中还谈到了作家的文学观和艺术观，这在其他研究著作中是不多见的。

印度学者在安纳德研究中做出了突出贡献，写了大量的文章和专著，在这些学者中，M. R. 纳伊克（M. R. Naik）和 S. 克瓦斯吉（Saros Cowasjee）是其中较有影响的两位。克瓦斯吉是安纳德的朋友，由于没有住在印度国内，常与安纳德书信联系。在数年的书信往来中，两人不仅传递彼此的生活、工作情况，还经常就作品进行探讨。后来，这些书信结集

---

① K. D. Verma, *The Indian Imagination*：*Critical Essays on Indian Writing*, New Delhi：Macmillan India Ltd. , 2001, p. 83.

② Dieter Riemenschneider, *The Indian Novel in English*：*Its Critical Discourse* 1934—2004, Jaipur: Rawat Publications, 2005.

③ Ibid. , p. 115.

④ 王槐挺：《和安纳德在一起》，载《南亚东南亚研究》1988 年第 1 期。

⑤ Alastar Niven, *The Yoke of Pity*, New Delhi：Arnold-Heinemann, 1978.

⑥ Marlene Fisher, *The Wisdom of the Heart*, New Delhi, Sterling Publishers, 1980.

出版，成为研究安纳德及其作品的重要资料。

　　总之，国外学者对安纳德的研究成果多是以专著和论文集的形式出版。安纳德研究专著，大多结合作家生平，对作品进行梳理式评介。如上文提到的《心灵的智慧》，著者将作家生平评价和作品评论杂糅起来，使读者充分了解到作家创作动机和作品影响。此外，S. 克瓦斯吉的《安纳德主要作品研究》①也是安纳德研究专著中的重要作品。专著中还有关于安纳德小说的专题研究，这些研究专题包括人物形象研究、小说主题研究、作品思想研究等。2005 年出版的《安纳德小说：主人公研究》②，对安纳德小说中的人物形象进行了分类研究。

　　安纳德研究成果以论文集居多。论文集分为两种，一种是作者就安纳德的若干作品所写的评论文章。如《安纳德研究》③一书，收录作者 7 篇有关安纳德小说的评论文章。这些论文角度各异，每篇论文着眼于安纳德的一部小说，从文本分析、理论建构、文化比较等方面对安纳德作品进行分析研究。另一种论文集是若干人所写的安纳德作品的评论文章。如《安纳德的小说》④一书，收录 31 篇由 20 位作者写的安纳德作品评论，分别就作家的 12 部小说进行了解读。

　　在安纳德研究中，还有一些关于安纳德文学评论的研究性著作。这种研究多出现在印度英语文学批评史中。如《印度英语小说批评（1934—2004）》⑤一书，对有关印度英语小说"三大家"安纳德、纳拉扬、拉贾·拉奥的研究成果做了梳理、评论，其中"安纳德小说接受"一章，就有关安纳德研究的文章、著作进行了充分而广泛的评述。

　　此外，对安纳德及其作品的介绍是印度英语文学史里非常重要的章节。如纳伊克（M. K. Naik）的《印度英语文学史》⑥较为详细地介绍安

<hr />

① Saros Cowasjee, *So Many Freedoms: A Study of the Major Fiction of Mulk Raj Anand*, Delhi: Oxford University Press, 1977.

② Neena Arora, *The Novels of Mulk Raj Anand: A Study of His Hero*, New Delhi: Atlantic, 2005.

③ P. K. Rajan, *Studies in Mulk Raj Anand*, New Delhi: Abhinva Publications, 1986.

④ R. K. Dhawan, *The Novels of Mulk Raj Anand*, New Delhi: Prestige, 1992.

⑤ Dieter Riemenschneider, *The Indian Novel in English: Its Critical Discourse* 1934—2004, Jaipur: Rawat Publications, 2005.

⑥ M. K. Naik, *A History of Indian English Literature*, New Delhi: Sahitya Akademi, 1982.

纳德的短篇小说创作情况，既肯定他小说主题鲜明和语言优美的优点，也指出他小说情节拖沓、语言冗长的缺点。

　　国外学者的这些研究成果中，也难免存在着一些不足：首先，大多是孤立的、具体的文本分析，缺乏系统性；其次，缺乏文学史背景下的宏观理论建构；再者，研究方向比较集中，基本上聚焦于安纳德比较重要的几部小说，重复研究的现象也很常见。近年来，随着西方后殖民文化研究的发展和影响，以及印度国内达利特运动的高涨，印度学者对安纳德作品的研究也出现了一些新现象。如，将安纳德反映贱民问题的小说与其他此类作品进行比较分析。

三　选题意义与研究方法

　　印度英语文学是印度现当代文学中不可忽视的组成部分，从 20 世纪后半期开始，印度英语作家的国际影响在不断扩大。对印度英语文学进行研究，一方面有助于深入了解印度现当代文学的发展，另一方面，把印度英语文学置于当前的文化环境中来考察，它本身具有的跨文化的特征对我们所进行的文学文化比较研究活动具有重要意义。

　　安纳德是印度英语文学的奠基人之一，也是印度英语文学重要作家之一，他的创作成就和历史地位在印度有目共睹。他的作品也被介绍到中国，他"有 11 本书被译成中文，数量仅次于泰戈尔和普列姆昌德的作品"①，作家对中国和他的中国朋友都有着很深的感情。中国学界虽然已经取得了一些研究安纳德的成绩，但是，就安纳德在印度文学史上的地位及其作品的丰富性来说，这些成果是不够的。

　　本书主要有以下几个方面的意义：首先，安纳德作为印度英语文学创作的先驱者之一，他的创作为印度英语文学的发展做出了不可磨灭的贡献，对他的作品进行全面而细致的研究，有助于我们了解印度英语文学和印度文学的发展状况，拓宽印度文学研究视野，提高印度文学的研究水平。其次，对安纳德作品的系统性研究必将丰富国内的比较文学研究。安

---

① 王槐挺：《与安纳德在一起》，《南亚东南亚研究》1988 年第 1 期。

纳德是一位现实主义作家，他的作品多取材于印度社会生活，作品描写对象也多是受剥削受压迫的底层劳动人民，他的作品可以说是印度社会的一面镜子。因此对安纳德作品的研究，能够让我们从一个侧面了解近现代印度社会。此外，作为一个印度人，安纳德在海外（英国）生活、学习、工作过很长时间，并选择非母语的英语作为自己的创作语言，他的作品里不乏印度文化和西方文化的冲突。安纳德受过西方教育，他的哲学观、人道主义思想以及对印度文化的热爱，对于我们这些处于全球化背景下的文学研究者来说，如何立足本民族的文化土壤进行比较研究工作，是一种警示。

"一个作家只有表达了整个民族和整个时代的生存方式，才能在自己的周围招致整个时代和整个民族的共同感情。"① 因此，为了充分理解作家作品，不可能脱离作家所处的时代、所生活的社会环境。对安纳德的小说研究，既要以传统文学批评的视角关注其作品文本构成的特点，同时也要从文化的角度，结合印度社会历史和文学的背景，关注作品中所展示的广泛社会文化现象。用文学文化理论来解读他的作品，关照他作品的传承性和现代性，可以使我们更好地了解印度文学和印度社会文化。分析任何一部文学作品，都要建立在对文本进行深入研读的基础上。笔者在广泛而细致地阅读安纳德作品的基础上，选取作家具有代表性的长篇小说文本为分析对象，解读作品主题思想，分析人物形象，综述小说艺术特色。

在印度英语文学蓬勃发展的今天，安纳德的作品依然具有丰富的文学和社会意义。自20世纪80年代以来，学者们力图理解欧洲开拓殖民地所引发的问题及其后果，越来越多的文章都在讨论西方话语的霸权和抵制它的可能性之间的关系，以及殖民和后殖民主体的形成：杂交混合的、从相互冲突的语言和文化中形成主体。安纳德的文学创作开始于20世纪30年代（即英国在印度殖民统治的最后时期），并一直延续到20世纪80年代，时间跨度之大，作品内容之丰富，为后殖民文学批评提供了广阔的解读空间。此外，安纳德是位人道主义作家，对"人"的关注是他作品的核心问题，如他作品中对女性的描写和塑造既有印度传统女性的特点又表现出独

---

① ［法］丹纳：《英国文学史·前言》，杨烈译，载伍蠡甫主编《西方文论选》下卷，上海译文出版社1979年版，第241页。

立后印度女性自我身份认同的困境，从女性主义文学批评角度来考察这些女性问题，了解其在印度社会发展、转型时期的表现。在 20 世纪文化思想的转型中，空间的理论研究突破线性的历史时间束缚，以令人瞩目的方式成为当代学术思想界备受关注的热点领域，人们将其称为"空间转向"，当社会空间理论被引入文学批评，拓宽了批评研究的范围，也开拓了研究视角。本书将引进空间文学批评方法解读安纳德小说中诸如贱民主题的内容，从空间生产角度揭示印度传统文化从生存空间到精神空间对人的束缚，以及获得社会空间公平的斗争。

第一章　M. R. 安纳德的生平与创作

2005 年 12 月中旬，位于印度海德拉巴的乌斯曼尼亚大学（Osmania University）英语系承办印度英语文学学会年会，会议的主题为"M. R. 安纳德和印度早期英语小说创作"，同时纪念 M. R. 安纳德诞辰一百周年。趁去印度参加会议的机会，笔者参观了位于新德里罗迦耶塔美术馆（Lokayata Gallery）院中的安纳德故居。这是一间不大的、半地下室的房屋，对门的墙壁上有几排木架，上面放满印度和其他国家所出版的各种语言版本的安纳德作品，中文译者王槐挺先生赠送的《村庄》也在其中。屋里的桌子上陈列着安纳德获得的一些荣誉证书。安纳德的养子向笔者介绍在作家逝世后，印度政府和一些机构组织的纪念活动，并带笔者参观正在艺术馆里举办的画展，展出的作品是一些印度年轻艺术家创作的现代作品。在艺术馆短短数小时的拜访，让笔者了解到关于安纳德的多方面信息。

出席海德拉巴会议的人中，有来自英国、德国和印度各地的三十多位教授和学者，也有其他社会人士。大家的发言除讨论安纳德的小说外，也谈到他在艺术、电影等领域的成就，还有人回忆起他和安纳德私人间的交往故事。听着大家内容各异的发言，笔者不禁感叹安纳德丰富的人生经历，多样的生活面貌。

本章介绍安纳德在近一个世纪的生命旅途中的主要活动和重要成就，展示他作为作家、艺术评论家和社会活动家的多样风貌。

第一节　在印度的青少年时期生活

一　军营里的少年（1905—1921）

1905 年 12 月 12 日，M. R. 安纳德出生在印度白沙瓦（Peshawar）（今巴基斯坦境内）一个军人家庭。因为职业的缘故，父亲经常更换驻地，安纳德也跟着家人从一个军营搬到另一个军营生活，他的童年和少年时代就是在白沙瓦、奴瓦舍拉（Nowshera）等地的军营里度过的。

安纳德的父亲拉尔·昌德·安纳德（Lal Chand Anand）属于刹帝利种姓，但因为出身手工匠家庭而社会地位低下。父亲早年在阿姆利则的一个教会学校读书，后来加入英印军队，通过自己的努力逐渐晋升为英印军队第三十八多格拉军团的一名文书长（Head Clerk in the 38th Dogra Regiment of British-Indian Army）①。拉尔·昌德·安纳德幽默、坦率，是个很注重实际的人，他经常帮助军营里一些不识字的人读信、写信来赚点外快。他的生活目标就是多挣钱和看着儿子们个个谋得好工作。安纳德的母亲伊沙瓦尔·库尔（Ishwar Kuar）出生于旁遮普一个锡克教农民家庭，8 岁就嫁给了安纳德的父亲。她生了五个儿子，安纳德是她的第三个儿子。安纳德的母亲虽然没有受过教育，目不识丁，却能娓娓道来很多印度民间故事。母亲很溺爱安纳德，而他也喜欢待在母亲身边：母亲纺纱织布的时候，他躺在她盘起的腿上睡觉；母亲在灶边做饭的时候，他站在她身边听故事，问一些稚气的问题。母亲用旁遮普语、乌尔都语讲述的故事曲折生动，给幼年的安纳德留下了深刻印象，他后来搜集整理出版了三本印度童话故事集，让更多的小朋友甚至是大人们欣赏他自己童年时听母亲讲的故事。安纳德童年时长相俊秀，"是个聪明快乐的小男孩，充满梦想，活泼而粗野，是一只学舌的鹦鹉，也是一只狡猾的狐猴"②。安纳德的父亲很喜爱他，从

---

① 多格拉军团（Dogra Regiment）是由来自贾穆、克什米尔、喜马偕尔邦和旁遮普山地地区的多格拉人组成的军团。第三十八军团是英印军的一个步兵团，它的起源可以追溯至 1858 年。

② Margaret Berry, *Mulk Raj Anand: The Man and the Novelist*, Amsterdam: Oriental Press, 1971, p. 170.

办公室回到家总是会哼着用安纳德小名编的曲子，抱起他亲吻逗弄一番。父亲空闲时也会让他坐在自己腿上，教他学英语、背诵诗歌。

安纳德有两个哥哥和两个弟弟，他最喜欢大哥。因为要上学，大哥住在姨妈家，不经常回家，他每次回家时总会给安纳德带些点心或玩具。每当听到大哥回家的自行车铃声，小安纳德就会跑到院子里抱住哥哥的腿，向他索要礼物。大哥结婚很早，婚后就退学工作了。由于是包办婚姻，兄嫂的生活很不幸福，夫妻俩总是吵架、打架，大哥就经常在外面喝酒，整夜不归。安纳德曾经和兄嫂一起生活过一年，他们的生活让他认识到包办婚姻、早婚习俗给青年人造成的不幸，这在他的小说中也多有反映。二哥与安纳德年龄相仿，他和小伙伴玩耍时不喜欢带上身体瘦弱、生性敏感的安纳德，即使安纳德跟在哥哥和他的一群朋友后面，他们很快也会把他甩掉。久而久之，小安纳德也就习惯了一个人玩，他经常独自在草地上、河堤边游荡，要么自言自语地说着妈妈讲的故事，要么就自己编些故事。安纳德有两个弟弟，其中一个弟弟夭亡后，他的家人就很宠爱小弟弟。他这个弟弟从小就长得很壮，经常从母亲的钱罐里偷钱去街上买零食吃。

营地里居住的印度军人大多来自北方农村，学校放假的时候，安纳德会随父亲的一些下级同事回到他们在农村的家中住上几天。安纳德熟悉印度军人的生活，他在写《黑水洋彼岸》时，童年军营生活的经历给了他很大帮助，有些人物就是以他熟知的朋友们为原型写就的，他在小说中表达了对这些印度军人的喜爱和同情。

军营里还生活着一些英国军官和家属，有一条路将他们的住所和印度人的分开。母亲总是警告小安纳德不要到路那边去玩，而他总是会在路这边看着英国军官家的小姑娘吃蛋糕、骑马。小安纳德对这些英国人和他们的生活充满好奇，后来他在一些文章中写下了小时候要求母亲给他买英国人的帽子、短裤与鞋子的经历。安纳德毫不讳言自己对英国文化的向往和迷恋，这种心态也反映在他的小说创作中，如《不可接触的贱民》中的巴克哈、《七夏》中的小克里希那等人物，都有着浓厚的英国情结——喜欢英国人、模仿他们的穿着等。他在小说中也塑造了一些同情印度人悲惨遭遇的英国人形象，如《两叶一芽》中的英国医生，因为帮助印度苦力而被自己的同胞撵走。

营地里还有很多出身低贱的小朋友，像洗衣工的孩子、小清扫夫、改信基督教的印度人的孩子。安纳德经常违背母亲的命令，找这些小朋友玩。在伙伴中有一个清扫夫，他很会讲故事，还能吟唱诗歌，棒球打得也很好，这些都让安纳德对他刮目相看，认为他是个神奇的人，并不认为年轻的清扫夫种姓低下而不可接触，也不认为他的工作让他变得不洁。安纳德的成名作《不可接触的贱民》里主人公巴克哈就以这个童年玩伴为原型，在《七夏》和《小老爷》等传记作品中，安纳德一次又一次回忆起这个贱民的故事。

童年生活中有两件事情对安纳德后来的创作影响很大：一件是幼年走失的经历，另外一件是堂妹夭亡。一次，父母带安纳德去拜访一位朋友。父母外出办事时，安纳德就跟父亲的朋友去街上玩，却不小心与他们走散了。虽然大人们很快找到了他，但这次走失的经历却给他留下了深刻印象，他的第一篇短篇小说《迷途的孩子》（*The Lost Child*，1934）就取材于此。幼年时的这次经历表面上看来只是这篇小说的故事内容，但对安纳德来说，小说更深层的含义则体现出他对人生的认识，正如锡克教祖师那纳克所说：每个人都是迷失在尘世中的孩子。安纳德将自己比喻为那个在路上遇到种种诱惑而与家人走散的孩子，在生活中他也会面对众多诱惑，难免有迷失的时候。童年时代，堂妹的夭亡也对作家幼小的心灵产生了强烈的震撼。安纳德11岁的时候，叔叔的女儿突然生病，很快就去世了。安纳德很喜欢这个小妹妹，他目睹妹妹从生病到死去的经过，一个鲜活生命的逝去让他感到震惊，年仅9岁的堂妹什么坏事也没做，为什么要受到这样的惩罚？安纳德后来回忆道："她的死亡是我一生中受到的第一个重大打击。我不明白为什么这样一个天真的孩子会被死神选中。"[1] 他甚至给万能的"神"写了一封信来质问神，但神并没有给他答案。安纳德于是"变得反对神，从那时候起，把神作为人类的敌人来看待"[2]。小小年纪的安纳

① K. N. Sinha, *Mulk Raj Anand*, New York：Twayne, 1972, p. 19.

② Mulk Raj Anand, "why I write", in K. K. Sharma, ed.：*Perspectives on Mulk Raj Anand*, Ghagiabad：Vimal Prakashan, 1978, p. 1.

德开始对"人"的问题产生了好奇,"我是谁?""我从哪里来?""我到哪里去?"这样的问题始终萦绕在他的脑海中。他向大人询问答案,但母亲只是用开玩笑的语气来打发他。长大后,安纳德明白宗教无法解答人类对这些问题的疑问,他选择哲学作为自己大学主修课程,希望能在哲学思考中弄明白从小就产生的困惑。这些也成为安纳德毕生追问的问题,他很多作品中的主人公,如自传体小说中的克里希那、《伟大的心》中的阿南德和《英雄之死》中的主人公等都是一种朝圣者的形象,他们用自己的生命来追求人世间的真理。

二 阿姆利则城里的青年 (1921—1925)

1921 年,安纳德进入阿姆利则城的旁遮普大学喀尔沙学院 (Khalsa College, Panjab University) 学习。中学时由于经常生病缺课,加上军营学校教学质量比较差,安纳德的数学成绩不好,他只能读文学、哲学或艺术等学科。早在小学时,安纳德就酷爱阅读课外书,他读任何一本能得到的书,"小学时除学习的课本外,我还看了乌尔都语和英语的文学作品。这些阅读都是散漫和自以为是的,一种小聪明的表现,因为这样就可以在一些大人物或者我的同学们面前炫耀一下"①。他偏爱欧洲作家的作品,14岁时就已经读过莎士比亚、狄更斯、萨克雷等作家的作品。在阿姆利则读大学时,安纳德已经有了比较厚实的阅读积累,他不无得意地说自己读的书比较芜杂。大学阶段他还接触了一些西方哲学思想,当时在学生中读马克思著作"是一种时髦"②,安纳德虽然不能完全理解马克思的基本思想,但他还是读了《资本论》第一卷。西方文化的熏陶,开阔了他的视野,西方作家的作品,对他日后的写作也起到了借鉴的作用。

从小,安纳德就喜欢印度古代文学作品,母亲讲的童话故事、民间传说是他早期的印度文学启蒙教育。他熟悉古代乌尔都语诗人迦利布和波斯语诗人哈菲兹的诗,他还读了旁遮普地区流传的一些印度传统诗歌,《喜

① Mulk Raj Anand, *Apology for Heroism*, New Delhi: Arnold-Heinemann, 1975, p. 37.
② Ibid., p. 39.

儿和郎姜》（*Heer-Ranjha*）① 就是他很喜欢的一部作品，其中所表现的男女主人公真挚而悲伤的爱情常引起情窦初开的安纳德的共鸣。像其他青年学生一样，安纳德不仅喜欢读罗曼蒂克的诗，他还用乌尔都语创作诗歌。这段时期他写的诗歌基本上是关于爱情的，把年轻人对爱情、性的幻想吟唱给一位想象中的爱人听。波斯语文学老师曾带安纳德和同学们去拜访当时的著名诗人伊克巴尔，安纳德后来回忆说："诗人让我们写自己的诗歌。我想写释迦牟尼，这位王子离开王宫寻求解救世人的方法。"② 青年时期的安纳德就已经胸怀世人，希望通过描写佛陀来表达自己对世间苦难者的同情。安纳德非常喜爱伊克巴尔的《自我的秘密》，当年踏上去英国的旅途时，他行李箱中唯一的一本书就是这本诗集。安纳德对诗歌的喜爱也反映在他的小说创作中，在《情人的自白》里，主人公克里希那用诗歌抒发青年人的苦闷，他和女主人公互相用情诗来表达彼此间的爱慕与相思。

安纳德并不满意在阿姆利则度过的大学生活，主要原因是他对印度陈旧的教育方式不满，"大学生活的前两年，我有一种受骗的感觉，这是因为我想知道的关于社会、自然、世界的问题都没有得到答案"③。印度老师教学方法单调，不讲解问题："老师所采用的教学方法就是给我们大声读书，一章一章地读，边读边要求我们在句子下面画线，然后在考试时把这些死记硬背的内容写到卷子上。老师并不解释哪些是有用的逻辑，哪些是必知的道理，他只是用简单的英语把自己所理解的句子解说一下。"④ 安纳德认为印度教育的目的就是让学生通过考试。求学时期的不愉快经历和对印度教学方法、教育制度的不满，促使安纳德在小说中多次写到印度教育的问题。如《晨容》《七夏》《情人的自白》和《对一个艺术家之死的哀悼》中，作家通过描写教师体罚学生、向学生索要贿赂、猥亵学生等内容来揭露印度学校的黑暗和教育体制的腐朽。安纳德对"教育是什么？""我们想教给孩子什么？"等问题有着自己的答案，"我们希望教育能开发孩子

---

① 这是一部在印度广为流传的民间爱情诗歌，本文沿用王槐挺在《村庄》中此诗歌的译名。
② Atma Ram ed. , *Mulk Raj Anand：A Reader*, New Delhi：Sahitya Akademi, 2005, p.125.
③ Mulk Raj Anand, *Apology for Heroism*, New Delhi：Arnold-Heinemann, 1975, p.38.
④ Ibid.

的创造潜能，教孩子自由思考。教育不是从孩子身上攫取，是给予而不是索取，不是通过孩子来满足大人没有实现的愿望。教育不是大人的说教，也不是权威、专家的训示。这些说教、训示都是我们自以为合理的、成人认可的孩子好或坏的标准。高压、强制、打骂都不是教育。"①

从青年时代起，安纳德就积极投身到印度争取民族独立的运动中，对祖国和同胞的热爱、对殖民统治的不满成为他日后写作的动力之一。早在中学时，安纳德就读过甘地的《印度的自治》（*Hind Swaraj*）。1919 年"阿姆利则惨案"期间，安纳德因违反宵禁法而被警察拘捕和毒打，这让他认识到没有人能体面地生活在殖民统治之下。1921 年，他因参加反对英国统治的"不合作"运动而被捕入狱。父亲不能忍受安纳德的所作所为，他管不住儿子，就打老婆出气。安纳德一气之下来到孟买，结识了一些在报社工作的朋友，开始为报纸写稿。可是在父亲的逼迫下，安纳德不得不回到阿姆利则参加大学毕业考试。回校后，正逢安妮·贝桑特（Annie Besant）到学校演讲，这位英国妇女激情澎湃的支持印度独立的讲话极大地鼓舞了学生们。在她的影响下，学生罢课，学校关门，安纳德也因参加支持锡克教长老、反对英国统治的罢课活动再次入狱。在自传体小说《情人的自白》中，安纳德以阿姆利则大学时期的经历为背景，结合巴克哈·辛格、阿扎德等印度早期民族独立运动领袖的事迹，塑造出青年主人公克里希那的形象向为赢得印度民族独立而牺牲的革命者致敬。

在阿姆利则生活期间，除学习和参加民族独立斗争外，安纳德还坠入情网爱上了一位穆斯林姑娘。不幸的是，姑娘遵从父母的安排嫁给了一个中年铁路看守人。在好朋友的帮助下，安纳德决定带姑娘私奔到孟买。消息泄露后，姑娘被丈夫打死。原本对安纳德所作所为就非常不满的父亲更加愤怒，他为此又责打安纳德的母亲，怪她教子无方。为了摆脱父亲，逃避"单调闭塞的生活和各个方面的限制"②，加之安纳德觉得到国外获得一

---

① Ambuj Kumar Sharma, *The Theme of Exploitation in the Novels of Mulk Raj Anand*, Delhi: H. K. Publishers and Distributors, 1990, p. 52.

② Saros Cowasjee, *So Many Freedoms: A Study of the Major Fiction of Mulk Raj Anand*, Delhi: Oxford University Press, 1977, p. 9.

个学位对以后找工作有帮助，他决定出国深造。他把自己的计划告诉了伊克巴尔，"表示要像他那样，到欧洲去学哲学"①。诗人支持他的决定，还给了他一些钱做路费。1925 年 9 月，没有告诉父亲，20 岁的安纳德离开家来到孟买，登上前往伦敦的客轮"去看充满创造力的生命，去熟悉那个思想没有限制的世界"②。

　　青年时期的安纳德个性叛逆，与父亲的关系紧张。他决定去英国留学，其中很大的原因就是与父亲不和。很多时候，他宁愿爬到院子里的树上看书，也不愿待在家里。他还经常找借口在亲戚、朋友家过夜。安纳德对父亲的情感是矛盾的。孩提时代，父亲是他眼中的英雄，他为父亲感到骄傲。他记得父亲很擅长挑选水果，比如买甜瓜，父亲会用手轻拍甜瓜听声音来判断瓜的好坏，他常常只花一半的价钱就买到好甜瓜，还会向水果贩再要三个小瓜给安纳德他们。当安纳德渐渐长大开始了解人生、了解社会以后，他觉得父亲很肤浅，从不替他人着想，在父亲眼里钱是最重要的。事实也是如此，父亲帮士兵写信读信，都要向他们收钱。父亲也从不拒绝贿赂，即使是一篮子水果。父亲很在乎自己的名誉和声望，并极力去追求、维护它们。安纳德长到十多岁时开始感到英国殖民统治给自己国家、民族带来的耻辱和难堪，他慢慢地无法再忍受父亲对英国上司的小心奉承：英国上司们哪怕只是皱皱眉，父亲会一天都觉得不安；而上司对父亲稍微显示出一点满意，他就能得意忘形。安纳德对英国殖民者的痛恨增强了他原本就对父亲的不满，他心中对父亲的痛恨与对母亲的热爱形成了强烈的对比，父亲成为英国殖民统治者和印度传统家庭父权的象征，对两者的反抗成为青年安纳德生活的一部分。

　　安纳德在很多小说中都探讨了"父子关系"这一主题，在父权的压迫与强制下，儿子们只能屈从于父亲对自己生活的安排。如《晨容》中的大哥很早就辍学结婚，《对一个艺术家之死的哀悼》中的奴尔在父亲要求下拖着病体四处投考公务员。小说中也描写儿子们反抗性的一面，如《不可接触的贱民》中，巴克哈表现出的对被父亲斥骂的不满、对改变自己处境

---

①　Atma Ram ed., *Mulk Raj Anand*: *A Reader*, New Delhi: Sahitya Akademi, 2005.

②　K. N. Sinha, *Mulk Raj Anand*, New York: Twayne, 1972, p. 20.

的渴望等。《晨容》和《情人的自白》中，克里希那除了反抗父亲独断专行的态度外，还多了一层对父亲甘为殖民者顺民的不满。安纳德在小说中对印度父子关系的描写，体现了印度的传统文化特性和当时的社会文化心理，具有很强的现实主义意义。

第二节 海外生活

1925 年至 1945 年，安纳德绝大部分时间居住在英国伦敦。这 20 年是安纳德一生中最为活跃也是最为重要的一段时间：他顺利完成学业获得博士学位；他成为一个成熟的作家与艺术评论家，出版了多部有影响力的小说，发表了众多艺术和文学评论文章；他结交了很多终生的朋友，在生活和精神上得到他们的支持和鼓励。旅居英国期间，安纳德和正义人士一起支持世界反法西斯斗争；更重要的是，他没有忘记自己是一个印度人，他一直关注并积极参加印度民族独立运动。本节从求学生活、文学创作、社会活动三个方面来介绍安纳德海外生活时期的情况。

一 异域学子

到达伦敦后，安纳德进入伦敦大学学院（University College London, UCL）学习，师从康德主义学者 G. D. 赫克斯（G. Dawes Hicks）。在导师的指导下，安纳德开始研究洛克、休谟、贝克莱和拉塞尔等人的思想。入学不久，赫克斯教授帮安纳德申请到信托基金奖学金（Trust Scholarship）。这是乔治国王（King George）和玛丽王后（Queen Mary）结婚 25 周年时设立的银婚基金（Silver Wedding Fund Scholarship），是英国政府提供给在英国军队供职的军官子弟的奖学金，目的是让他们能继续接受高等教育。安纳德后来谈到此事时，不无讽刺地说，他不听父亲的话。同父亲作对，却又因为父亲在英印军队供职而享受到提供给军官子弟的奖学金。

刚到英国，安纳德对未来满怀热情。他写信给罗素（Bertrand Russell），并到剑桥去拜访他。爵士建议他多看西方思想史方面的书，鼓励他为印度的自由而努力。安纳德经常去听一些演讲、讲座，如赫克斯在剑桥大学作的关于黑格尔的讲座，剑桥大学哲学家 C. D. 布洛德（C. D. Broad）和 G. E. 摩尔（G. E. Moore）的讲座等。安纳德也听当时在英国的印度哲学家拉达克里希那（S. Radhakrishnan）的讲座："有时候，出于爱国热情和对他演讲才能的佩服，我偶尔去听拉达克里希那博士的讲座。我对吠陀思想、摩耶观产生了兴趣。"① 安纳德还在剑桥大学心理实验室实习，他说自己的小说里"放进了许多新的心理学"②，这显然得益于此段时期对心理学的研究。

没过多久，安纳德就发现自己无法跟上导师的教学。安纳德在印度时只是从哲学史或者其他书籍中涉猎到有关黑格尔的评介，他从未读过黑格尔的著作，现在学习起来就觉得很吃力。另外，安纳德发现西方哲学思想和他所接受的印度传统哲学思想相互冲突，这让他很难调和两者之间的关系。安纳德向导师表达了改变专业的想法，赫克斯教授知道由于没有形成良好的学术积累，印度来的学生大多都会遇到这样的问题。教授让安纳德周末去自己家，推荐给他一些哲学著作，并建议他去北爱尔兰一个山区农村休息一段时间。从北爱尔兰回到伦敦后，安纳德逐渐适应了英国的生活和学习，他阅读洛克、休谟等西方哲学家的著作，研究他们的思想，并与印度传统哲学观念相比较。这样一来，他学会以批判的眼光分析研究东西方哲学问题。在《情人的自白》和《泡沫》中，安纳德经常借小说人物之口，用大段的议论，谈论他对印度哲学、西方哲学中一些问题的看法。在朋友的推荐和介绍下，安纳德开始经常性地阅读马克思的著作，他尤其关注马克思、恩格斯对黑格尔的论述，认为这有助于自己学位论文的写作。1929 年，安纳德完成自己研究洛克、休谟等哲学家思想的论文，获得博士学位。

安纳德在伦敦的求学生活是艰苦的。身为一个穷学生，他每月只能花 12 先令 6 便士租一户英国人家的楼顶阁楼住，但他宁愿吃罐装食品也要省下钱来买书。与那些需要养家糊口的年轻人相比，他一直觉得自己虽然贫

---

① Saros Cowasjee, *So Many Freedoms: A Study of the Major Fiction of Mulk Raj Anand*, Delhi: Oxford University Press, 1977, p. 10.

② ［印］M. R. 安纳德：《印度童话集》，谢冰心译，中国青年出版社 1955 年版，第 V 页。

困却无比自由。学习之余，他也会去感受伦敦这个花花世界，他后来回忆说"白天我去大英博物馆看哲学著作，晚上到索霍区和妓女跳舞。这两种极端的生活让我精神备受折磨"①。这位穷困而又骄傲的年轻人，脑袋里充满梦想。

二　伦敦文坛的外来者

在伦敦生活几年之后，那里缺少阳光的寒冷日子对安纳德来说变得不那么难以忍受了，这不仅是因为他熟悉了英国的生活，更重要的是他有了渐渐扩大的朋友圈。在伦敦生活期间，安纳德结识了很多朋友，其中一些人成为他终生的朋友，如雕刻家爱里克·吉尔（Eric Gill）、作家 B. 杜伯瑞（Bonamy Dobree）、E. M. 福斯特（E. M. Forster）等人。安纳德对朋友的要求有些"苛刻"，如果朋友没有表现出像他那样对印度民族独立的热情，他就不再和他们亲密交往。许多朋友十分珍惜和安纳德的友谊，并没有因为他的民族热情和他对英国政府的抨击而放弃和他的友谊。安纳德与伦敦的艺术家、作家的交往很多，这里简单介绍几位对他写作有过重要影响的朋友。

B. 杜伯瑞是一位可敬的长者，是安纳德真挚的朋友。他看了安纳德写的一本诗歌评论后，给他提了很多诚恳的建议："我非常喜欢你写的关于'夜莺'的文章，它使我受益匪浅。要出书的话，我建议你就所谈到的每个人再写两篇文章。这很值得一做，对你也非常有益。但是我还要说一些不足之处，你文章里赞美的话太多，文章要充满热情，但是我们也没有必要显得过于溢美。不要让自己的倾向性过于明显，也不要加入过多的个人情感。"②

安纳德是在一次听演讲时认识福斯特的。那天，福斯特应邀为印度留学生演讲。演讲结束后，安纳德走过去问他一个关于《印度之行》的问题，说是想写一篇评论文章。福斯特于是邀请安纳德喝酒，开始了两人之

---

① Saros Cowasjee, *So Many Freedoms: A Study of the Major Fiction of Mulk Raj Anand*, Delhi: Oxford University Press, 1977, p. 10.

② Ibid., p. 17.

间的交往。后来，福斯特不仅是安纳德屡屡被拒的小说《不可接触的贱民》得以出版的推荐人，更是他的好朋友，给了他很多精神鼓励和物质帮助。虽然福斯特为安纳德《不可接触的贱民》的发表提供了很多帮助，他没有像 B. 杜伯瑞这样对安纳德的写作提出过那么多有益的意见。

经福斯特的介绍，安纳德与"布鲁姆斯伯里团体"（Bloomsbury Group）[①]中的作者、学者们也有所交往。这个团体里的朋友们对安纳德很热情，经常邀请他参加聚会和讨论。安纳德在听他们讨论文学艺术的同时也向他们介绍瑜伽思想、哲学家奥罗宾多·高士以及一些印度传统文化艺术。"布鲁姆斯伯里团体"里的朋友们鼓励安纳德继续小说创作，他后来回忆说："'布鲁姆斯伯里'是个充满友爱的团体。它不是一条标语和一个名字，它意味着一种神奇。团体里的人聚在一起，各自接受彼此的想法和感觉，我分享他们的思想。他们就像一个国际兄弟会。坦白说，如果我不参加他们的这些聚会，我是不会写小说的。"[②]《泡沫》的第五部分"布鲁姆斯伯里谈话录"（Conversations in Bloomsbury）就是对这段生活的回忆，这部分后来出版了单行本，成为研究安纳德文学思想和艺术观的重要参考资料。

即使学习再紧张，安纳德也没有停止写作。在北爱尔兰暂住期间，安纳德邂逅爱尔兰姑娘爱琳。爱琳很喜欢听安纳德讲述他的印度生活，并鼓励他把所说的故事写下来。安纳德模仿卢梭的《忏悔录》开始写自己的"自白"，到了周末就把写好的东西读给爱琳听。安纳德很快就写了两千多页，尽管当时没有出版商愿意出版这些书稿，但它们后来成了安纳德小说创作的"素材库"，《不可接触的贱民》《情人的自白》等都是从中选取某

---

①　"布鲁姆斯伯里团体"不是一个正式的文学团体，它的雏形应该追溯到 19 世纪末期剑桥内的男性之间的友谊。20 世纪 20 年代，在布鲁姆斯伯里戈登广场 50 号形成了一个中心，"只要你乐意，便可以为探求真理而进行辩论，可以蔑视传统的思想和情感体验模式，可以对传统的道德观念嗤之以鼻"。正是基于这种共同的旨趣，他们彼此联系在一起。他们的争论把宽容的不可知论同文化上的教条主义，把进步的理性同社会势利，把促狭的俏皮话同巧妙的自我宣传统融在一起，对于"布鲁姆斯伯里"的朋友来说，它显示了一种宽松自由的精英前景。〔参见〔英〕安德鲁·桑德斯《牛津简明英国文学史》（下），谷启楠等译，人民文学出版社 2000 年版，第 760—761 页。〕

②　Marlene Fisher, *The Wisdom of the Heart*, New Delhi: Sterling Publishers, 1980, p. 36.

些部分改写而成的。在爱琳父亲的资助下，安纳德和爱琳去巴黎等地旅行了一段时间，其间，安纳德接触到乔伊斯（James Joyce）和劳伦斯（D. H. Lawrence）的小说，他们的作品让安纳德产生耳目一新的感觉。安纳德在伦敦的创作经历中，《迷途的孩子》和《不可接触的贱民》这两篇小说的出版对他有着特别的意义：第一，这两篇小说都是在朋友的帮助下出版的；第二，小说的出版增强了安纳德写作的信心，促使他真正走上文学创作道路。

1934 年，安纳德写出短篇小说《迷途的孩子》，把它和另外两篇以童年生活为题材的小说编成一本短篇小说集①。好友爱里克用艺术体抄写了这本 20 页的小说，以《迷途的孩子及其他故事》为书名印了 200 册。伦敦一家书店的老板将这些艺术品般的小册子放在橱窗里展示，两个月后，安纳德发现橱窗里那些书不见了，原来书店老板以每册一英镑的价钱，把店里的 12 本书都卖掉了。一天，安纳德无意中在一本《世界伟大短篇小说选》里看到《迷途的孩子》，他很惊喜地发现编辑将自己的小说和莫泊桑、托尔斯泰等世界著名作家的作品选在一本小说集中。《迷途的孩子》是安纳德最喜欢的一篇短篇小说，情节简单，但文字优美，含义隽永。他后来回忆说："这是我出版的第一篇小说，对我来说非常亲切。"② 1973 年 4 月，安纳德回到《迷途的孩子》故事发生地——北印度的坎格拉山谷（Kangra Valley）——拍摄以此小说为蓝本的同名电影。他亲自担任编剧、导演，亲自选景、挑选小演员，电影获得成功，在伦敦、维也纳和纽约等地上映时受到好评。1974 年，影片在布拉格国际电影节上获奖。

1935 年，《不可接触的贱民》的出版使安纳德的写作进入一个新阶段。1927 年，他就完成了这篇小说的初稿。1929 年，他回印度拜访甘地，并采纳甘地的建议，对小说做了修改。1932 年，他回到伦敦后完成《不可接触的贱民》的定稿。安纳德拿着他的小说到处找出版社，先后遭到 19 位出版商的拒绝。后来，他的一位诗人朋友把小说拿给了维沙特出版公司（Wishart & Company），出版社的老板说如果福斯特写序的话，他们就出版

---

① 这三篇短篇小说为：*The Lost Child*，*The Eternal Way*，*The Conqueror*。
② Marlene Fisher, *The Wisdom of the Heart*, New Delhi: Sterling Publishers, 1980, p. 20.

这本小说。朋友把小说拿到福斯特那里，对他说明情况，两个星期后的一个早晨，福斯特来到安纳德的住所说序言已经写好了。福斯特认为《不可接触的贱民》是一本很好的小说，所涉及的领域是任何一位英语作家都没有触及的，他鼓励安纳德多写一些像这样表现印度人苦难生活的小说。《不可接触的贱民》的出版坚定了安纳德从事文学创作的决心，也给他带来很高声誉，奠定了他在印度英语文学中的地位。

这两部作品的出版成功让安纳德创作热情高涨。他利用回印度收集到的资料，又创作出其他一些小说。在以后的十多年里，伦敦文坛给了安纳德这个外来者更多的机会，他又出版了《苦力》《两叶一芽》和《伟大的心》等几部作品。1929 年，安纳德回印度时不仅拜访了甘地，还看望了父母。父亲对安纳德不愿意在印度公务部门和军队供职感到很失望，对他从事毫无用处的写作工作更是气愤。这次回印度，安纳德也去拜访了父亲的一些朋友们。在坎格拉山谷附近的一个村庄里，他获得了写作《苦力》的灵感；在阿萨姆（Assam）的茶叶种植园，他收集到《两叶一芽》的写作素材。1939 年，安纳德又回了一次印度，他发现阿姆利则城里的手工艺人开始使用机器制作一些印度传统生活器皿，他敏锐地意识到机器大生产对传统手工业的冲击。安纳德曾读过关于中国工业、机器生产的文章，也反复思考过甘地提出的反对使用机器的主张，出于对阿姆利则城手工匠们的喜爱与同情，他创作了小说《伟大的心》以表现印度传统工业者在现代工业社会环境里的困境。这几部小说着重描写了印度下层人们的生活状况，是安纳德小说中被分析研究较多的作品。

20 世纪 40 年代初期，整个世界笼罩在战争的阴云之下，安纳德完成了以旁遮普青年拉卢为主人公的三部曲小说。三部曲中，《村庄》展现安纳德所熟悉的印度农村生活，《黑水洋彼岸》描写了印英军队士兵远涉重洋赴欧参加第一次世界大战的遭遇，《剑与镰》反映了第一次世界战后印度农民运动的发展状况。为了描写战争场景，他还到法国和比利时交界处"一战"时英印军队作战过的战场做了四个月的实地调查。

旅居英国时期是安纳德文学创作的高峰期，中国读者所读到的汉语译作绝大部分是他这个时期的作品，它们从不同角度展现独立前印度人民的生存状况和社会问题。

三　反法西斯战士和印度民族独立运动斗士

在伦敦期间，安纳德的生活是忙碌而丰富的，除写作外他还参加各种社会活动。他支持英国工人罢工，还参加国际纵队到西班牙进行反法西斯的战斗。"二战"期间，他又投身世界人民的反法西斯斗争以行动实践着自己的和平主义思想。同时，他始终关心祖国的独立斗争，是一位以笔为武器的印度民族独立运动的"斗士"。

1926年，英国煤矿工人大罢工打断了安纳德平静的学习生活，他认识到"英国是由很少一部分人统治的，这些人只维护自己的利益，他们也会用武力镇压大多数人"①。安纳德也意识到英国和西方其他国家同样没有真正的自由，"我们要把自己的精力放在争取被压迫者的自由上，不管他们身在何处，是何种肤色"②。安纳德还和一些英国、印度学生参加反复工活动。

20世纪30年代，西班牙人民的反法西斯斗争引起世界人民的关注，安纳德不仅在西班牙战场上参加战斗，还利用自己的知识大力宣传反法西斯思想，鼓舞法西斯压迫下的人民的斗志。1937年3月，他从法国边境进入西班牙，加入国际纵队。由于一些知识分子在战斗中牺牲了，共产主义小组把安纳德和另外几位作家从前线撤了下来，让他们从事战事通讯工作。安纳德想参加医疗救护队，因为有晕血症而放弃。安纳德在西班牙待了三个月，他在这段时间里写了大量新闻通讯介绍西班牙人民反抗法西斯的事迹。谈到这段经历，安纳德说："我到西班牙去，不是一时的头脑发热，心血来潮。我想，我们是在帮助西班牙人民为生存而抗争。我是一个作家，当我写着自己国家农民问题的时候，西班牙战争爆发了。我意识到印度农民和西班牙农民面临着很多相似的问题，两国农民都经历过封建主义，他们都同样遭受其他阶级的压迫，都同样渴望从压迫中

---

① Mulk Raj Anand, *Apology For Heroism*, New Delhi: Arnold-Heinemann, 1975, p. 58.
② Ibid., p. 65.

解放出来。"① 在西班牙战场上，安纳德亲眼看到"鲜血流成泥浆的活地狱场面"②，加上他原本就对英印军队生活很熟悉，这些都有助于他在《黑水洋彼岸》中传神地描写战争场面，真实再现印度士兵的生活。

第二次世界大战爆发以后，安纳德继续投身于世界人民的反法西斯斗争中。"二战"期间安纳德在英国广播电台（BBC）工作，他虽然觉得为英国政府工作并不愉快，但还是把英国政府看成是世界反法西斯统一战线中的一员。安纳德认真主持节目，希望能用自己的智慧和幽默鼓舞在战火中挣扎、饱受煎熬的英国人民。一次，安纳德采访萧伯纳（Bernard Shaw），两个人以轻松幽默的方式开始节目：

> 安纳德问道："我真的是在和萧先生说话吗？"
> "当然，"萧伯纳说，"要不，我给你签个名？"③

从 20 世纪 30 年代前期开始，安纳德一直积极参加印度进步作家的活动。1934 年，他和三十多位旅英印度作家一起，在伦敦组织成立"全印进步作家协会"（All-India Progressive Writers' Association），发表"全印进步作家协会纲领"，这是一个政治色彩浓厚的文学宣言。安纳德说："我们相信，印度的新文学必须写我们当代生活中存在的饥饿和贫穷、社会阴暗面、政治征服等情况，这样才能使我们认识这些问题，并积极行动起来，在文学中表现它们。通过文学，促进印度的独立与自由。"④

对安纳德来说，印度获得独立是他最大的心愿。安纳德一直希望尽快回到印度参加争取民族独立的斗争，"二战"爆发改变了他的计划，但是他并没有因为自己身在英国，就不关心祖国争取独立的斗争。安纳德积极写文章、组织活动向英国殖民者和世界人民表明印度争取民族独立的决心。自

---

① Saros Cowasjee, *So Many Freedoms*: *A Study of the Major Fiction of Mulk Raj Anand*, Delhi: Oxford University Press, 1977, p. 20.

② 程惠勤:《与印度作家安纳德的对话》,《外国文学动态》1993 年第 2 期。

③ Saros Cowasjee, *So Many Freedoms*: *A Study of the Major Fiction of Mulk Raj Anand*, Delhi: Oxford University Press, 1977, p. 26.

④ Marlene Fisher, *The Wisdom of the Heart*, New Delhi: Sterling Publishers, 1980, p. 37.

1939 年开始，他发表了大量揭露印度贫困状况、表达印度人民渴望独立的文章，控诉英国对印度的过度剥削。他的《印度的地位》（The Place of India）收在《自由运动中的作家》（*Writers in Freedom*）一书中，文章感情充沛，充满热情和煽动力，对正在为进行独立斗争的印度人民是很大的激励。安纳德对英国殖民者的揭露，并没有妨碍他清醒地认识印度的阴暗面，如封建主义的残酷、虚伪，印度民众中所固有的陋习、种姓观念、迷信思想等，他曾经写道："我们天天把神和安拉挂在嘴边，把我们的不幸归于他们，归于我们的精神原因，却从来不去想我们缺少意志和决心。"① 这也正是他积极参加印度进步作家协会、希望通过文学唤醒民众的原因所在。

第三节　重归印度的生活

1945 年，安纳德从英国返回印度孟买定居。回到祖国后，安纳德虽然继续坚持文学创作，但他的工作兴趣已明显地转移到对印度传统艺术的发掘整理和保护方面，他去印度各地进行艺术采风，出国实地考察博物馆、建筑和文化遗址等。安纳德的社会活动仍然很多，他经常参加一些文学研讨会，或者去一些研究机构、学校讲学。

1947 年初，印穆矛盾激化，印巴分治已见端倪。分治之前，安纳德在拉合尔购买了一块地准备建一所学校和一个文化中心。听到分治的传言后，他从拉合尔转道孟买去德里拜访甘地和尼赫鲁，希望能做点事情以缓和德里和拉合尔之间的矛盾，而他再回到孟买时，旁遮普已经开始发生暴乱，到处是触目惊心的骚乱与屠杀。安纳德在拉合尔的一些亲戚和朋友死于动乱，他在那里的财产和书籍也都损失殆尽。那是一段十分动荡的岁月，恐惧和悲伤似乎冻结了安纳德的想象力，他为这个多灾多难的国家与人民所遭受的伤害而痛苦，有好几年的时间，他都无法沉下心来写作。后来，他在很多小说中都表达了不同宗教信仰者之间能和平相处的愿望，如《情人的自白》中，他描写了一对宗教信仰不同的青年之间纯洁的爱情，

---

① Saros Cowasjee, *So Many Freedoms: A Study of the Major Fiction of Mulk Raj Anand*, Delhi: Oxford University Press, 1977, p.22.

也写到了印度教教徒和穆斯林之间的友谊。

在个人感情生活方面，安纳德也遭受到一次沉重打击。定居孟买后，安纳德遇到一位聪明而有才气的女子阿妮拉·德·希尔娃（Anil De Silva），在筹办艺术杂志的过程中，他们生活在一起。1948 年，安纳德去英国与妻子办理离婚手续，希望能和希尔娃结婚。这时候，安纳德收到希尔娃的信说她准备和一个法国人结婚，他从伦敦赶到巴黎，但已说服不了心意已决的希尔娃。安纳德非常沮丧，回到孟买后精神几乎崩溃。他听从朋友的劝告以写小说来放松自己，一拿起笔，他的心思就全部集中到小说创作之中，仅用一个月的时间便完成了《一个印度王公的私生活》的写作。小说以印度独立后政府统一各地土邦为背景，描写了印度北方山区一个土邦王国的权力斗争，以及土邦王公和牧女出身的情妇之间的爱恨情仇。安纳德一改早期的创作风格，选择一位王公作为观察印度社会的切入点，反映印度独立初期的社会政治现状。小说中所描写的土邦王公维克多对情妇达茜在心理和生理上的依恋，可以说是作家对自己那段不堪回首的私人情感的生动再现。小说直到 1953 年才出版，安纳德这时已经从感情的打击中恢复过来。

安纳德逐渐恢复小说创作。1960 年，他出版了第一部以女性形象为主人公的小说《老妇人与牛》，作家捕捉到印度妇女在国家独立后社会地位的变化，在小说中展现了印度农村妇女觉醒、反抗、奋斗的人生故事。该小说创新之处在于对印度神话"悉多被逐"故事的重新解读，赋予了神话故事新的含义。安纳德回国后发表的小说，并没有得到普遍好评。事实上，他回国后的小说创作，在写作风格和主题选择上都有所变化，大多数作品出现"向内转"的现象，更加侧重表现人物内心以及个人成长的经历。从 20 世纪 50 年代开始，安纳德计划写七部自传体系列小说，总命名为"人生七阶段"（Seven Ages of Man），标题源于莎士比亚戏剧《皆大欢喜》第二幕中的一段台词，安纳德希望通过自传体小说来表达人类自我的探索和完善，"对自由的追求是这个星球上每个人的渴望，作品中所展示的自我挣扎比单独个人感觉到的要深刻得多"①。安纳德的自传体小说只完

---

① Marlene Fisher, *The Wisdom of the Heart*, New Delhi: Sterling Publishers, 1980, p. 121.

成了其中的前四部，已完成的作品在风格上受到乔伊斯《青年艺术家的画像》的影响，在表现年轻人内心挣扎、个人成长和自我放逐等方面有一定的相似性，安纳德承认："在模仿乔伊斯的《青年艺术家的画像》方面，我做得有点过。乔伊斯所写的内容在当时的爱尔兰是合适的，但对于我的主人公克里希那来说却是复杂的。"①

回国初期，安纳德继续参加印度进步作家协会的活动，而当时孟买的印度进步作家协会成员指责他是个放荡的两面派②，在他们看来安纳德过着狂放不羁的生活，也没有在作品中表现穷人的美好品质。尽管安纳德理解进步作家们的意图，但是接受不了他们的教条主义思想。1966年，他拒绝出席第六届全印进步作家协会组织的会议。20年后，1986年4月，印度进步作家协会在勒克瑙举行成立五十周年纪念大会，作为"唯一尚存的（协会）创始人，安纳德登台致开幕词，当时参加会议的将近七百名代表和来宾全体起立，向他发出暴风雨般的欢呼"③。

安纳德参加的文学活动很多，从他的回忆文章或给朋友的信中可见一斑。1966年5月的最后两周到6月初的第一周内，安纳德一直忙于在西姆拉（Simla）印度高级研究所（Indian Institute of Advanced Studies）讲课。他在1967年9月6日给朋友的信中写道："像平常一样，写作，活动，会议。"④ 1968年1月3日给朋友的信中，安纳德笑称自己为"飞行的鸟"（a bird in flight）。1968年1月16日给朋友的信中，他谈了在迈索尔大学参加文学研讨会的情况。1968年9月11日，他在给朋友的信中说10月初要去西姆拉参加亚非作家局会议。1969年11月2日给朋友的信中他又提到自己将于下周去开罗参加第四届亚非作家大会。⑤ 整个20世纪60年代，安纳德不停地在国内外奔走。1965年，在安纳德60岁生日之际，《印度当

---

① Marlene Fisher, *The Wisdom of the Heart*, New Delhi: Sterling Publishers, 1980, p. 121.
② Ibid. , p. 124.
③ 王槐挺:《和安纳德在一起》,《南亚东南亚研究》1988年第1期。
④ Saros Cowasjee, ed, *Author to Critic*: *The Letters of Mulk Raj Anand to Saros Cowasjee*, Calcutta: Writers Workshop Publication, 1977, p. 9.
⑤ Ibid. , pp. 17—78.

代文学》杂志出版了作家专刊①，这是印度文坛对这位充满活力的老作家的一次致敬。

安纳德还在一些大学担任客座教授。1962 年，他担任旁遮普大学文学和艺术学院教授，向学生讲解他的文学观和人道主义思想。安纳德在旁遮普大学、德里大学等高校做过很多次关于印度文学、艺术、文化的讲座：1974 年至 1975 年间，他在旁遮普大学做了题为"《故事海》的小说模式"系列讲座，以及"西方小说史"、"认识民族文化"等方面的讲座。安纳德在讲座中总结了自己的创作经验，还对印度文化与西方文化进行比较，教导学生正确认识自己民族的文化。

安纳德对中国有着深厚的感情。1951 年，安纳德作为"印度友好代表团"的成员首次访问中国参加国庆典礼，受到中国领导人的接见和宴请。这次访问虽然很短暂，他还是很兴奋，回到印度他写道："当人们到达那里（中国）的时候，能很快感受到新思想的活力。"② 早在伦敦的时候，安纳德就和中国作家叶君健、萧乾成为好朋友。1992 年，安纳德再次访问中国，他拜访了自己的老朋友们。

安纳德是个很有魅力的人，"认识他的人都觉得他为人热情、真诚。安纳德中等身材，长相英俊，初识他的人，会对他的优雅风度留下深刻印象。"③ 旅居伦敦期间，他认识了女演员凯瑟琳·范·吉尔德（Kathleen Van Gelder）。姑娘的父母不同意她和安纳德交往，就让她去欧洲旅游。半年后，吉尔德一回伦敦就直接去了安纳德那，当时正在切洋葱的安纳德看着她说："我知道你会回来的。"1938 年，两人结婚，1942 年，他们生下了女儿拉杰妮（Rajani）。后来有人问凯瑟琳为什么要嫁给安纳德，她说："我喜欢他的自信。"④ 然而这对夫妻的生活并不十分幸福，由于安纳德不愿意找固定的工作，他们的生活很拮据。1945 年，安纳德回印度定居，凯瑟琳不愿去印度而继续在英国生活。1948 年，他们离婚。与英国妻子离婚

---

① Dr. Mulk Raj Anand Special, *Contemporary Indian Literature*, Vol. V, Nov. —Dec., 1965.

② Marlene Fisher, *The Wisdom of the Heart*, New Delhi: Sterling Publishers, 1980, p. 109.

③ K. N. Sinha, *Mulk Raj Anand*, New York: Twayne, 1972, p. 1.

④ Saros Cowasjee, *So Many Freedoms: A Study of the Major Fiction of Mulk Raj Anand*, Delhi: Oxford University Press, 1977, p. 23.

后，安纳德与希琳·瓦迪夫达尔（Shirin Vadjifdar）结婚。希琳是印度著名的舞蹈家，1955 年，她曾作为印度文化代表团的成员到中国访问，受到周恩来总理的接见。除了前妻所生的女儿外，安纳德和希琳没有生孩子，他们收养了克瓦拉·安纳德（Kewal Anand）。克瓦拉继承了养父对艺术的热爱，现在负责管理新德里罗迦耶陀美术馆。安纳德和凯瑟琳的女儿则继承了父亲的文学天赋，成了一名作家。

安纳德晚年居住在孟买附近的坎达拉（Khandala）。他生活很有规律，早晚都做瑜伽，他每天工作不少于八小时，早上六点半开始写作，下午二到四点午睡，然后工作至晚饭时间。① 安纳德在《道路》杂志工作时有一位得力的女助手朵丽·萨希拉（Dolly Sahiar）女士，她一直陪伴着安纳德，直至 2004 年 6 月去世。萨希拉去世后不久，2004 年 9 月，安纳德感染肺炎在浦那（Pune）与世长辞，享年 99 岁。他被安葬在北方城市昌迪加尔（Chandigarh）。②

安纳德在近一个世纪的人生旅途中经历过两次世界大战，印度民族独立斗争，印巴分治和印巴战争，面对这个风雨飘摇的世界，面对无休止的人类灾难与痛苦，他从未丧失过热爱祖国、同情弱者、向往世界和平的赤子情怀。他不仅以文学作品展示一幅幅现代印度社会的风俗画卷，刻画一个个生动而典型的印度人形象，而且身体力行，终生为世界和平、人类平等与自由而呼吁奔走。

---

① 参见王槐挺《和安纳德在一起》，《南亚东南亚评论》1988 年第 1 期。
② 安纳德曾参与昌迪加尔城的设计，这个城市的设计风格体现了他将印度传统建筑方式和和西方现代建筑风格相结合的艺术观念。

第二章　社会公平和贱民主题

　　1935 年，安纳德凭借《不可接触的贱民》一书走上文坛。小说第一次将印度社会中存在了数千年的贱民群体的生活境况展现在世界读者的面前，年轻的清扫夫巴克哈也成为印度文学中第一位贱民主人公形象，这本小说至今仍然是印度书店里不下架的经典作品。学者们一谈到安纳德，就会将种姓制度和贱民问题这一主题作为安纳德文学研究中不可不提的问题，从作家创作情况和印度社会现实来看，这样做也有其道理。本章也将从安纳德所塑造的贱民形象谈起，分析作家笔下的贱民问题和当代印度社会的贱民问题发展情况，从空间文化批评的角度，分析贱民争取社会公平的现状。

　　种姓制度是印度教社会特有的等级制度，对印度社会的方方面面都产生了深刻影响。要分析安纳德的作品中所表现的种姓制度和贱民问题，我们首先需要简单了解一下种姓制度及其发展演变情况。

　　《简明不列颠百科全书》中"种姓"（caste）词条的定义是说：种姓，一般由血统、婚姻和职业决定的特定的社会等级。种姓制度把社会的各个人口区分并等列为不同的集团（种姓）。这种区分和等列，一般是以血统、婚姻和职业为标准。种姓类似广泛的社会和经济阶级，并包含表现在文化上、联系到职业上、世袭上和内婚制上的等级。种姓的等级集团不仅是个人或家庭，而且是更大的共同的群体。这个关于种姓和种姓制度的定义包括了种姓最基本的东西。具体来说，按照这个制度，把人划分为四个等级，婆罗门（Brahmin，神职人员和知识分子），刹帝利（Kshatriya，武士和国家管理者），吠舍（Vaishya，商人、工商业者），首陀罗（Shudra，工匠和奴隶）。这个制度也称为"瓦尔纳"（Varna）制度。种姓制度自产生以后不断分裂、衍化，每一个等级分化为许多更小的集图，称作亚种姓（Sub-Caste），又称"迦提"（Jati），今日印度有上万个亚种姓集图。[①] 在印度，种姓制度有着广泛的影响力，它不仅影响到印度教社会，也对其他宗教信仰的人产生影响。种姓制度有着极强的生命力，几千年来，它一直没被消灭，尽管它有着一些变化，但这些变化都是在种姓制度内量的变化而非质的改变。种姓制度影响着印度教教徒和印度教社会生活的各个方面，从政治、经济、文学艺术、宗教哲学和伦理道德等精神层面，到人们的衣食住行、婚丧嫁娶等世俗生活，种姓制度无处不发挥着影响力。

除了上面所说的四个等级之外，还有一个"贱民"阶层称作不可接触者（Untouchable）。贱民的来源是复杂的，但总的来说有两大类来源构成：一类是非瓦尔纳社会成员，如雅利安社会圈以外的落后部落；另一类是原来属于四个种姓集团的成员，后来被排挤出来，这一类贱民有的是世代从事"不净"职业的人，维持着"不净"的习俗，久而久之，人也就被认为是"不净"的人了。还有的贱民是由于战乱、迁移、违反种姓法规、杂婚和犯罪等原因离开或被开除出种姓集团的人。印度教徒的洁净与污秽观念比较敏感，将人和人从事的职业分为"洁净"和"污秽"两大类。在印度教教徒看来，这种宗教意义上的"洁净"和"污秽"可以通过人体接触或者眼神注视，从一个人传给另一个人。为了防止与低种姓者交往、通婚等"不洁"行为，故一个种姓的人通常只与同一种姓的人相交往。而那些失去种姓地位的"贱民"群体更是"不洁"的，被他们接触到的高种姓者就会变得"不洁"、"被玷污"，因此贱民是绝对不能碰触的，甚至他们的影子也不能落到高等种姓者身上。不可接触制度是种姓制度的一个重要方面，是种姓制度的极端表现。在印度历史的不同时期，贱民的境遇都非常悲惨。按照印度教徒的看法，不可接触者不属于印度教徒，是在种姓制度之外的群体。独立以后，印度政府在提高贱民地位和保护贱民权益方面做了一些工作，当代社会中不可接触制度主要不是表现在法律和政治等方

---

① 参见尚会鹏《种姓和印度教社会》，北京大学出版社 2001 年版，第 1 页。

面，而是在实际生活方面，各地区贱民受歧视的程度也不一样。

　　贱民争取社会公平的斗争是当代印度社会中一个重要内容，也是我们分析印度种姓制度和贱民问题的一个重要方面。法国人类学者克洛德·列维-斯特劳斯在考察了印度之后说："印度在 3000 多年以前尝试用卡斯特制度（caste system，旧译'种姓制度'）来解决其人口问题，把量转化成质，也就是把人群分门别类以使他们可以并存。……这项伟大的实验的失败是人类的悲剧；我的意思是，在历史的发展中，不同的种姓并没有发展到可以因为他们互相有别而平等的程度——此处的平等指的是相异相别者之间没有任何共同的准绳——一个有害的同质性的因素被引进该制度中，使不同者之间可以互相比较，结果是造成一个有高低层次的阶层。"① 他认为，印度社会得以存在下去的方式是使一些人沦为奴隶，使一些人丧失做人的权利。遗憾的是，印度社会里这种否认人人具有平等地位的制度，至今还发挥着区分人、隔离人的作用，低种姓者无法得到社会公平。法国社会学家布迪厄认为，几乎任何地方都有空间隔离的倾向或曰空间划分的模式，印度文化里传承了数千年的种姓制度就是一种等级制度，将印度社会分为不同的社会空间。种姓制度有着完整的文化规定和完善的社会制约，在有形的日常生活中，对衣食住行等方面有着可视的规定，在无形的思想意识中，各等级遵循着各自的规定，种姓的隔离和对立是种姓构造的一个重要内容，"一群生活在某一特定区域的人会为自己设定许多边界"②，传统种姓集团之间有着严格的空间隔离，这种隔离突出表现在贱民所生存、活动的身体（物理）空间和文化空间。可以说，贱民争取自身权利的斗争也是一种争取社会空间公平权的斗争。社会空间公平包括人与生俱来的空间权，人应该拥有身体权利、思想、良心和宗教的权利，体面健康的生活环境的权利等。一般来说，空间权包括公民对空间产品和空间资源的生产、占有、利用、交换和消费等方面的权利，在空间权益上人人平等，剥

---

　　① ［法］克洛德·列维-斯特劳斯：《忧郁的热带》，王志明译，中国人民大学出版社 2013 年版，第 176 页。

　　② ［美］E. W. 萨义德：《东方学》，王宇根译，生活·读书·新知三联书店 2007 年版，第 67 页。

夺他人的空间权也是对人权的干涉。其次,社会空间公平也包括空间宽容、和谐的原则,正如索雅所说,在这样一个空间,种族、阶级和性别问题都能够同时讨论而不扬此抑彼。

20世纪60年代以来,社会批判理论一个重要发展就是"空间转向",用空间概念从空间的维度来重新审视社会,在某种程度上,空间是社会的空间,空间的构造以及体验空间、形成空间概念的方式极大地塑造了个人生活和社会关系,人们逐渐认识到"空间"是种种文化现象、政治现象和社会现象的化身。为了认知社会空间,列裴伏尔引入感知空间、构想空间和社会空间三个空间范畴,他的学生爱德华·索雅在他理论的基础上提出"第三空间"理论。第三空间是社会空间,"弥漫着象征、符号,也布满了政治和意识形态,不仅有物质性、社会性、权力性等特征,也拥有心理性、审美性、创造性、虚构性的内容。"① 索雅的"第三空间"理论是一种思考和解释空间的新方法,目的在于改变人类生活的空间性的地位。可以说,印度的种姓制度是在自然生存空间、社会权利空间和文化存在空间等方面对贱民实施全方位、立体的歧视和压迫,贱民争取解放和平等的斗争也是一种争取空间平等的努力。

安纳德以《不可接触的贱民》登上印度文坛,此后他在《苦力》《道路》《七夏》《晨容》和《小老爷》等长篇小说中都塑造了不同的贱民形象,他希望通过小说来探讨、寻找一条解决贱民问题的出路。中外学者们在分析安纳德所描写的贱民问题时,多是关注他在文学作品中首次触及贱民主题的意义,笔者这里结合空间文化批评理论解读作家具有代表性的两部贱民主题小说《不可接触的贱民》和《道路》,以人物形象分析为线索,解读安纳德笔下贱民的生活空间和思想空间,期望用新的理解角度综合分析文学作品中贱民问题的社会意义。

《不可接触的贱民》讲述年轻清扫夫巴克哈一天里所经历的事情。巴克哈每天清晨天不亮就出门去打扫厕所,回家吃早饭后再到街上去清扫街道。妹妹去寺庙打扫卫生的时候,被庙里的和尚欺负,巴克哈非常生气却

---

① 黄继刚:《爱德华·索雅的空间文化理论研究》,博士学位论文,山东大学,2009年,第97页。

无能为力。他在清扫街道时不小心碰到一个高等种姓者，高等种姓者咒骂他玷污了自己的种姓，巴克哈觉得非常委屈。他心灰意冷地在街上走着，看到人群朝广场聚集，他跟过去发现是甘地在宣传"哈里真"思想。听了甘地的演讲和路人的谈论后，巴克哈希望将来能有机会改变自己"不可接触者"的处境。《道路》所讲述的故事发生在独立后的印度。苏拉贾浦尔村的地主杜利·辛格正带领村民修路，路修通后村里人就能很方便地把牛奶卖到外面去。杜利雇用比库等几个贱民参加修路，这引起村里另外一个地主达库拉·辛格的不满，他认为贱民玷污了道路。比库陪母亲去庙里敬神，路上和地主达库拉的儿子以及村里其他一些高等种姓青年发生冲突，双方打了起来，杜利和达库拉赶来才结束这场争斗。杜利的儿子不同意父亲雇用贱民修路的做法，在村里祭司的怂恿下，他和达库拉的儿子一起放火焚烧贱民们的房屋。面对儿子犯下的罪行，杜利痛心疾首，带着贱民女人们来到自己家，把妻子的衣物散发给她们。而达库拉却认为这是上天对那些贱民的惩罚。发生这些事情之后，比库没有回家，他沿着自己和同伴所修的路走去，他要走到德里去，他梦想印度斯坦的首都是没有种姓歧视的天堂。《不可接触的贱民》和《道路》里的主人公分别是印度独立前后的贱民，安纳德一方面期望通过《道路》第二部以贱民问题为主题的小说来表现贱民问题在印度的延续性，另一方面也期望独立后的新印度能在改善贱民处境方面有所作为，然而印度独立后贱民处境并无实质改变，贱民问题的出路依然模糊而无望。

第一节　贱民的生存空间

"身体作为一种空间性存在，总是在空间中展现的，因此对身体的控制压迫也总是开始于空间。"① 安纳德小说中贱民的生存空间是一个被遗弃在印度社会之外黑暗、肮脏而卑贱的世界。在这个世界里，贱民的吃、穿、住等无不肮脏不堪，而他们卑贱的人生仿佛是命中注定的，是"其前

---

① 谢纳：《空间生产与文化表征》，博士学位论文，辽宁大学，2008 年，第 141 页。

生的作为所致"①。更令人震惊的是，很少有贱民对他们所生活的世界产生疑问，他们对自己的命运安之若素，双眼看不透人世对他们的不公平，也从不关心自己能否从无边无际的黑暗世界里解放出来。

贱民们必须居住在村外，他们的居住地是被隔离的。在《不可接触的贱民》中，安纳德笔下的贱民世界是这样的："贱民区里是一连片烂泥墙的房子，一共有两排，密密地挤在一起，就在城市和兵营的附近，但是并不与城市和兵营接境，而是单独隔离着的。"② 这里肮脏不堪，贱民们生活在黑暗、潮湿中，终日与粪便、蝇虫为伍。贱民区"没有阴沟、没有水、没有灯光"，是个"白天如黑夜，黑夜里伸手不见五指的地区。……到处是城里人的厕所，遍地是贱民们自己的粪便，真是臭气熏天"③。《村庄》中，贱民住的"院子里到处是马、驴、狗的粪便和尿水，和野草夹杂在一起，形成一个个茅坑"④。贱民区生活的人们终日相伴的臭水、粪便、蚊蝇，与他们一生为伍的只是黑暗、饥饿和疾病。

贱民区"没有的"一切，都是贱民日常生活中必不可少的，而他们"拥有的"一切，却是高等种姓者唾弃的东西。在这样的生活环境中，贱民们的形容就可想而知。《不可接触的贱民》中，巴克哈的弟弟外表肮脏，表情麻木："他那件破破烂烂的法兰绒衬衫，使他走起路来也有些妨碍，因为他老是淌鼻涕，衬衫上弄得很肮脏。苍蝇飞满了他的脸上，津津有味地吮吸着他口角上的唾沫。"⑤ 破烂的衣服肮脏而不合体，污垢的身体引来苍蝇，这是贱民孩子们代表性的写照。此外，他们会有这样那样的疾病，"这孩子骨瘦如柴，但肚子却有水罐那么大。他是清扫夫的儿子。他姐姐一脸贫血的样子，正在车马店门前打扫马粪，这孩子就在地上打滚，吃着泥巴。"⑥ 对于贱民的孩子来说，"疟疾永远滞留在他的骨头里。……他一

---

① ［德］马克斯·韦伯：《印度的宗教》，康乐等译，广西师范大学出版社2005年版，第154页。
② ［印］M.R. 安纳德：《不可接触的贱民》，王科一译，平明出版社1954年版，第2页。
③ 同上书，第97页。
④ ［印］M.R. 安纳德：《村庄》，王槐挺译，上海译文出版社1983年版，第183页。
⑤ ［印］M.R. 安纳德：《不可接触的贱民》，王科一译，平明出版社1954年版，第97页。
⑥ ［印］M.R. 安纳德：《村庄》，王槐挺译，上海译文出版社1983年版，第183页。

生下来就做了苍蝇和蚊子的好朋友，做了他们密切的伴侣"①。

　　在高等种姓的人看来，贱民所过的日子是他们"命运"使然，"当一个虔信的印度教徒看见一个不净的种姓成员处于悲惨状况时，只会这么想：这个人必有许许多多前世的罪过要补偿"。② 在安纳德不动声色、冷静地描述下，这分明是一个非人的世界，但与他们赖以生存的客观环境比起来，他们卑贱屈辱的社会环境就更加恶劣。在高等种姓者眼里，贱民的身体是肮脏的，他们算不上是人，也没有宗教权利，庙宇是不能去的，拜神祭祀也是不被允许的。贱民们没有任何社会地位，任何种姓高于自己的人都可以欺负侮辱他们。更可悲的是，甚至在贱民中间，种姓稍高的贱民也歧视比自己种姓低的贱民们。

　　高等种姓者认为，贱民本身就是不洁的，这种不洁会让接触到他们的人被玷污。因此，贱民必须远离人群，即使要到街上、市场上去，走在路上的时候他们要大声喊叫着提醒别人别碰上自己，一个清扫夫走在路上，一定要大声地喊："让开，让开，打扫夫来了。"③ 贱民们自己不能碰到高等种姓的人，甚至他们碰过的东西也是不洁的，高等种姓者不能触摸。"贱民们是不允许走到井边那个台上去的，因为，要是他们从井里汲了水，三个高级种姓的印度人就认为水给弄脏了。他们也不许到附近的河里去汲水，因为河水给他们一用，也会给染污的。"④ 贱民不能直接去井里打水，需要用水的话，一定要等高等种姓者从井里拎上水来倒给他们。于是，贱民家的女人们每天都会聚集在井边，等着路过的高等种姓的人大发善心给她们拎水上来。《道路》中比库和他的贱民兄弟砸石头铺路，其他高等种姓者不愿意和他们一起干活，认为他们接触过的石头是脏的，自己再接触就会被玷污。即使贱民去买东西，商人也是把东西扔给他："糖果商把'吉利'摔给他，就像摔一个板球似的，他接住了，放了四个镍币在脚踏板上，让那个站在那儿等着的店员洒些水在上面。"⑤ 贱民的钱，被"净

---

① ［印］M. R. 安纳德：《不可接触的贱民》，王科一译，平明出版社 1954 年版，第 97—98 页。
② ［德］马克斯·韦伯：《印度的宗教》，康乐等译，广西师范大学出版社 2005 年版，第 155 页。
③ ［印］M. R. 安纳德：《不可接触的贱民》，王科一译，平明出版社 1954 年版，第 62—63 页。
④ 同上书，第 19 页。
⑤ 同上书，第 49 页。

"化"后才可以收下。同样，施舍食物给贱民时，主妇们也是将食物"扔"过去，扔了就扔了，她们不管食物将会落在什么地方，即使是落在阴沟边，也与她们无关。在她们看来，贱民本身都是肮脏的，他们的食物也就不用讲究干净与否了。

贱民毫无社会地位，经常处于被侮辱的境地。在《不可接触的贱民》中，巴克哈的妹妹莎喜妮纯真善良，低贱的出身掩盖不了她身上洋溢着的青春美和女性魅力。寺庙的祭司在井边看到拎水的莎喜妮，就让她代替父亲去庙里打扫卫生。当莎喜妮在庙里打扫厕所时，不怀好意的祭司想侮辱她，事情败露后，祭司又无耻地大喊自己被莎喜妮接触而被玷污。在"神圣"的庙宇里，一个代表"神"的祭司，欺侮一个贱民少女未遂却伪装出一副"圣洁"的嘴脸。在安纳德的笔下，宗教的虚伪性和宗教代言者的无耻便这样跃然纸上。

印度贱民是没有宗教权利可言的。庙堂里的高等种姓者们行径卑鄙，却不允许贱民进庙祭祀敬神。《道路》中比库的妈妈拉克希米每天对着庙的方向祈祷，儿子总是对她说："妈，他们绝不会允许你进庙的，也不允许你每天这样祈祷。"① 比库和妈妈试图到庙宇附近去祈祷，受到村里一帮高等种姓青年的阻挡，这种情况在小说《不可接触的贱民》中也有所描写：巴克哈来到庙前，看着巍峨、威严的寺庙，他心中涌起一股神圣感，不由自主地走上台阶，可是庙里的祭司看到一个贱民进了庙，大叫大喊，说他玷污了寺庙。

贱民没有受教育的机会。《不可接触的贱民》和《七夏》都写到了这么一个情节：小清扫夫对营地里书记员的儿子说，你每天都教我认字吧，我给你钱。书记员的儿子年幼，并不像大人们一样对贱民不可接触的观念有那么深的认识。但是，对于像清扫夫这样的贱民来说，到学校学习是一种梦想，或许对更多的贱民来说，他们连这样的"梦"都不会去做的。

印度种姓制度从产生至今已有三千多年的历史，安纳德笔下贱民的种种遭遇自古就有，作者所描绘的贱民世界是印度社会文化的畸形产物，在

---

① Mulk Raj Anand, *The Road*, New Delhi: Sterling Publishers, 1987, p. 4.

它形成的过程中，印度宗教、社会制度等不断以法规、习俗等方式固定它、强化它。《摩奴法论》中规定，贱民必须居住在村外，禁止他们夜间到城市和村落中去，白天进村镇要用某种标记来区别自己。《政事论》中也规定，在建造城市的时候，把贱民和异教徒的居住地建在墓地边上。有的法典还规定，在给予贱民食物的时候，要像给狗、鸟、虫以食物一样，将食物抛在地上，或盛在容器里，通过其他人施舍给贱民。到了 20 世纪，印度贱民的处境依然没有得到改变，贱民们仍然不可利用道路、渡船、水井、学校等公共设施。在 2000 年 6 月 17 日，印度比哈尔邦的米亚普尔村一些以放牛为生的贱民种姓村民，在深夜被一群黑衣歹徒袭击，致使 22 人当场死亡。翻阅印度报刊，仍然能不断看到贱民被杀害、被迫害的报道。[①]不可接触者受迫害问题依然是当今印度一个严重的社会问题。

第二节　空间逾越：麻木者、觉醒者和反抗者

"或许阿慕、艾斯沙和她都是最糟糕的逾越者。但不只是他们，其他人也是如此。他们都打破了规则，都闯入禁区，都擅改了那些规定谁应该被爱、如何被爱，以及得到多少爱的律法"[②]。这是 1997 年度布克奖获奖小说《微物之神》（*The God of Small Things*）中的一句话，描写爱上贱民的高种姓女子在贱民情人被折磨致死之后的感悟。阿慕和贱民维鲁沙不仅逾越了高种姓者和贱民之间的身体空间，也逾越了他们之间的感情空间，更是逾越了文化和社会权利空间，而所有的这些"逾越"行为在文化传统和社会习俗等方面都是被禁止的。在印度，一个贱民从出生之日起，不可接触制度、不可接触的思想以及与此相关的种种规定、习俗、禁忌等就影响、制约着他和他的生活，这种绵延数千年的不可接触制度以其强大而深厚的文化和社会基础禁锢着印度社会中的贱民和非贱民们。安纳德笔下绝大多数的贱民们和每个时代的贱民一样，并没有认识到不可接触制度的非

---

① 参见朱明忠、尚会鹏《印度教：宗教与社会》，世界知识出版社 2003 年版，第 253 页。
② ［印］阿兰达蒂·洛伊：《微物之神》，吴美真译，人民文学出版社 2006 年版，第 28—29 页。

人道性和残酷性，贱民们从生理和心理上都已经习惯、默许和接受加诸在自己身上的歧视和不平等。然而，随着社会的发展，必然会有一些贱民开始觉醒，认识这种社会空间的不平等。安纳德小说在描绘出一个印度现代贱民不平等的生存空间的同时，也塑造出这样一些贱民：他们意识到自身阶层的地位和处境，萌生出改变贱民生存空间和思想空间的愿望，并以自身的努力来鼓励同样处境的贱民群体、警示其他种姓阶层者。

安纳德在小说中塑造许多性格、人生各异而最终命运却没什么不同的贱民形象，勾勒出一幅现代印度社会的贱民群像。《不可接触的贱民》中的主人公巴克哈是印度文学作品中贱民形象的典型，着墨较多。《七夏》中军营里的贱民小伙伴们、《晨容》中小清扫夫等形象，写出孩子眼中的贱民世界。《道路》中的主人公比库是印度独立后新的贱民形象，这个形象虽没有巴克哈那样饱满生动，性格也没那样鲜明，但从贱民形象的发展角度来说，比库是生活在"新"社会里享受"新"政策的贱民，他的人生经历与思想观念更具现代性、社会性与时代意义。安纳德所塑造的贱民形象可以分为三种：第一种是巴克哈父亲拉克哈那样的贱民，安于世代相袭的贱民身份，麻木而逆来顺受；第二种是巴克哈这样的贱民，对自己所处的环境有了朦胧的认识并希望能有所改变；第三种是比库式的贱民，生活在独立后的印度，他们开始用行动来反抗传统的贱民制度。这三种贱民形象，揭示出印度贱民由麻木到觉醒，再到反抗的心理变化，也从一个侧面反映了印度贱民运动的发展过程。

一 麻木的贱民

印度社会存在数千年的种姓体制，所形成的不仅是一套稳定而严密的制度体系，更是一种世代沿袭、根深蒂固的"等级心理"，社会规范以一种外化的形式维护着种姓制度；而贱民心理是以一种内在的方式因袭着这种制度。对于贱民来说，他们不仅从祖先那里继承贱民身份、职业，更继承这种身份所派生的认同心理，不仅对现状麻木，对未来也麻木。

《不可接触的贱民》中，巴克哈的父亲拉克哈就是这种安于现状、安分守己的传统贱民代表。拉克哈从父辈那里继承贱民身份，也继承清扫夫这个职业，他做人老实，干活勤快，终于成为一个清扫夫小头目。他一辈子小心翼翼，喜怒不形于色。他做过最出格的事情，就是在巴克哈幼年生病的时候，闯进医生的诊所，求医生给孩子看病。这是出自父亲爱子的天性，也可能是他年轻时，难得的一次在一瞬间释放出的勇气。从那以后，与生俱来的奴性和对高等种姓者的敬畏，让他越来越低声下气地生活，只有在家里，他才会大声地骂儿子们。拉克哈继承、维持了从父辈那里传下来的职业，他觉得儿子巴克哈也应该把它继承、维持下去。因此，在巴克哈被高等种姓者打了以后，父亲最担心的是儿子是否做了什么不对的事情，面对受到侮辱的儿子，他不仅没有安慰，反而不停地追问："你没有还嘴，也没有还手吧？"① 拉克哈一方面生怕儿子气急了会闯下祸，引起严重后果；另一方面，他那驯服的奴性又在作祟，他从来想也不敢想过向高等种姓实行报复。他努力减轻儿子的悲伤，平息儿子的怒气，他这样做的目的就是不让儿子在心中憎恨高等种姓者。

拉克哈形象是解读印度贱民制度的一把钥匙。首先，在拉克哈看来，一个人的种姓资格是天生的，由这个人前世的行为所决定。他的麻木、逆来顺受、安贫认命，意味着他在履行自己贱民身份规定的事情。拉克哈身上体现出绝大多数印度贱民的特征，他们已经不仅仅是印度贱民体制的产物，实际上，他们也在不自觉地维护着这个不平等的体制：一方面，这是印度现代社会国民心理的积淀，另一方面，也是印度贱民文化在宗教枷锁下的某种宿命性的深刻体现。其次，拉克哈身上复杂的特性是巴克哈性格、命运的源头，正是这种明显的贱民特征，在时代变迁的映照下，更显得清晰与刺目，令巴克哈开始意识到自己所属阶层的卑贱与被歧视。随着印度社会的进步，贱民的觉醒已经不可阻挡。

二 觉醒的贱民

《不可接触的贱民》中的巴克哈是最突出、最具时代特征的贱民形象，他身上既有贱民长期积淀的心理特征，也有觉醒中的挣扎和对未来的渴望

---

① ［印］M. R. 安纳德：《不可接触的贱民》，王科一译，平明出版社 1954 年版，第 92 页。

与追求。

巴克哈是一位年轻的清扫夫，他的脸"又黑又圆、又坚实又眉清目秀"①，"他看上去很聪明，甚至很敏感，出落得仪表堂堂，跟一般既粗野又肮脏的清道夫完全两样"②。走起路来，"他的大屁股摇摇摆摆，因此他的步伐有点儿像象，可是他的步伐又很轻柔，这就有点儿像老虎了"③。巴克哈干着肮脏的活，可是外表却不邋遢，像个"绅士"，"辛苦的体力劳动把他的体格锻炼得很强壮。好像就是因为这种体力劳动，他的身体才会像现在这样极其匀称，极其健全"④。小说中多次写到巴克哈健康匀称的身材和干净整洁的外表，身为一个整日清扫厕所的贱民，他的模样、穿着，并不能引起那些等着使用干净厕所的人的兴趣。巴克哈对自己外表的"修饰"，是他对"自我"的发现，是他对被他人所肯定的渴望。作者通过描写巴克哈外表与其他清扫夫的"完全两样"，暗示了巴克哈内心、情感等方面都超越了其他清扫夫的认识层次。

巴克哈的与众不同首先表现在他对自己所从事工作的态度上。对巴克哈来说，父亲是当地一个清扫夫头头，自己生来也就该是个清扫夫，似乎一切理所应当。巴克哈对这种世袭的工作并不感到厌倦，反而"觉得干活简直是一种陶醉，使他红光满面，身体强壮，而且可以安安逸逸地一觉睡到天明，虽然他自己并没有觉察到这一点"⑤。他工作时认真、努力，投入自己全部的精力去"继续干，不停地干，不歇一口气"⑥，"他打扫得又快又起劲，一点儿也不懈怠。他手边一有了活儿，就干得又灵活又沉着，那股积极的劲儿真是像一泓流不完的泉水。他身上每一块筋肉都像岩石一般地结实，活动起来就像玻璃一般地闪闪发亮。他那身体的最深处一定潜藏着无穷尽的精力，你且看他那么熟练、那么灵巧地挨着一个个露天茅坑奔

---

① ［印］M.R. 安纳德：《不可接触的贱民》，王科一译，平明出版社1954年版，第16—17页。

② 同上书，第11页。

③ 同上书，第34页。

④ 同上书，第17页。

⑤ 同上书，第13页。

⑥ 同上。

过去，扫啊，擦啊，倒石碳酸啊，处处显得那么轻松自在，就好像一个浪头从一个河床很深的河面上掠过一样。旁观者看到他，总免不了要这样赞叹一声：'多么灵巧的工人！'"① 他干的是污秽的职业，他的出身注定了他的社会地位最低贱，但是他的工作不仅得到雇主的赞扬，劳动也使他显得高贵。在巴克哈看来，自己干的活儿不再是从父亲那里继承来的贱民世袭的活儿，而是一种工作，是劳动，只是这种工作会接触到脏东西，有点不洁罢了。

巴克哈的与众不同还表现在他热爱生活，对未来充满美好渴望。巴克哈"从六岁起就开始打扫茅坑，听天由命地干上了这份世代相传的差使，可是他却梦想着要做一个老爷"②，从刻意的着装上就可以看出他对英国文明、文化的好奇和喜爱。巴克哈偷偷留下一些英国老爷给他的赏钱买夹克、大衣整日穿在身上，贫民区的孩子们，看见他这身新服装，都拿他开玩笑，管他叫"屁巴老爷"③。他自己也知道，除了穿上英国服装以外，他的生活根本没有一丝一毫的英国味儿。可是他死也不肯丢掉这副新气派，他把那套衣服日日夜夜穿在身上，不肯脱下来，甚至宁可夜里冷得发抖，也不愿意盖上一条印度被，免得有损气派。巴克哈之所以对英国"洋装"感兴趣，除了能让自己显得气派以外，也显出他对英国人的喜爱。巴克哈在军营干活的时候，洋人老爷们并不是像印度高等种姓的老爷们那样纯粹地把他当作一个不可接触的贱民来看待，有的老爷给他球棒，甚至有的老爷还让他帮忙去厨房拿茶——他们竟然不嫌弃一双打扫厕所的手所端来的茶。他在军营里受到的微乎其微的尊重，自然而然引起了他的心理变化，他开始意识到自己也是一个"人"，他逐渐体会到自己贱民身份所带来的歧视和不公平，他有了些朦胧的觉醒意识，虽然他不明白自己的出路在哪里。巴克哈小时候曾经希望能进学校读书学习，长大后，他逐渐明白自己"是一个打扫夫的儿子，永远不能做一个高等人。再以后他才明白，没有

---

① ［印］M. R. 安纳德：《不可接触的贱民》，王科一译，平明出版社 1954 年版，第10—11 页。

② 同上书，第 40 页。

③ 同上书，第 6 页。"屁巴老爷"意为"冒充的老爷"。

哪一个学校愿意收容他，因为别的孩子的父母不愿意让他们的儿子跟下等人的儿子接触，免得沾污了他们"①。但是，巴克哈并没有失去对学习的兴趣，他恳求书记的两个儿子做他的"老师"，并答应给他们每个人一个派斯作为学费。他希望读书学习后就可以和老爷说话，写信看信也不用再花钱请人帮忙。

巴克哈只是一个十几岁的孩子，在生活中，时不时地还会流露出他活泼调皮的一面。他和贱民区的好朋友们在一起时会叫洗衣匠家的孩子为"小舅子"，因为他喜欢那孩子的姐姐，娶他姐姐为妻当然是不可能的，他还是会开开玩笑自我解嘲一下。繁重的打扫工作并没有消磨掉他少年人好动的天性，一有机会，他就会和附近的孩子们一起打板球。巴克哈并没有因为自己是个打扫厕所的贱民而感觉太多的不妥和自卑，他甚至还幻想着通过自己的劳动，挣钱来学习、买一些"奢侈"的衣物。随着对外来新事物的接触和认识，他那颗心似乎多了点新的渴望，那便是"人"的尊严，同时他对贱民身份所带来的屈辱也日益不满，这些都在某天中午他不小心碰到一个高等种姓的人所引起的冲突中爆发出来。那天，巴克哈走在集市上，看着道路两边的食品、物件，想着自己的事情，突然听到一个人大叫自己被玷污了，接着就是劈头盖脸的怒骂，"巴克哈站在那儿又是惊异，又是不安。他变得又聋又哑。他的知觉麻痹了。只有恐惧攫住了他的灵魂——恐惧，屈辱，奴隶性。他已经习惯了人家这样粗暴地对他说话"②。骂似乎不能解气，那个人还打了巴克哈一耳光，"巴克哈的头巾给打了下来，手里拿着的那一袋'吉利'散了一地。他站在那儿愣住了。他觉得整个脸上火辣辣的，拱着的双手放下了，泪水涌到眼睛里来，沿着两边腮帮子直往下淌。他那一身的力气，他那巨人似的身体里面的力气，都在他眼睛里闪烁着，眼睛里流露出要复仇的欲望，同时他心里充满了恐惧、愤怒和气愤"③。接下来，他在庙门口的遭遇和他听说妹妹被庙里婆罗门侮辱的事实一次又一次提醒他：你是一个贱民。"即使

---

① ［印］M.R. 安纳德：《不可接触的贱民》，王科一译，平明出版社1954年版，第40页。

② 同上书，第50页。

③ 同上书，第55页。

我们事先喊一声，他们也还是要虐待我们的。他们认为我们不过是些垃圾，就因为我们替他们打扫垃圾。"① 即使他做了有恩于人的事情——把被石子砸破头的书记的小儿子抱回家，别人看到的仍然是他身为贱民的"不洁"身份。

"巴克哈的许多天真的幻想是可以理解，也可以得到原谅的。他不喜欢自己的家，自己的街道，自己的城市，因为他在英国兵营里干过一阵活儿，稍微见识过一下另一个新奇美丽的世界……至少那个世界也是非常值得赞美的，因为那显示出：在他所出生的那个生活环境里，一切腐旧的规矩和刻板的传统起了一种变化。"② 也许正是这种"变化"激发他的觉醒与对尊严的渴望，他不喜欢别人把食物扔给他，也不喜欢吃别人弄得湿乎乎、黏乎乎的面包。自己每天劳动，为什么不能像"人"一样吃一点"人"吃的食物呢？巴克哈有了渴望改变自己的身份和社会地位的朦胧意识。巴克哈知道自己是个贱民，同时对被打骂、被扔食物、妹妹被欺侮这样的屈辱不满，但他并不知道造成自己这种状况的社会文化根源是什么，也不知道自己所渴望的"改变"从哪里开始，该怎样开始。小说最后写到白人对他进行信仰基督教的宣传、甘地演讲以及诗人的主张，这些观点进一步震荡了他单纯的思想，可惜他并不知道何去何从。

安纳德笔下的贱民群像中，巴克哈的形象具有代表性。首先，安纳德成功地塑造出一个惹人喜爱的年轻人的形象，巴克哈是那样的善良、勤劳，他热爱工作，热爱生活，他精心打扮自己，幽默风趣，他显得那样与众不同，哪怕他是个干着最肮脏工作的贱民。对巴克哈的喜爱，自然会引发读者对他的人生命运的同情，引发人们对不平等的贱民制度的深入思考。这对于当时的印度社会具有非常重要的现实意义。其次，巴克哈身上萌发出朦胧的贱民觉醒意识，体现出印度现代贱民社会文化心理变化的时代特征。巴克哈向往"老爷的生活"，渴望被人尊重，包括对英国殖民文化的着迷，表现出随着印度社会的发展和外来文化的冲击，印度贱民开始思考自己的人生命运。最后，巴克哈对美好生活的"梦想"与现实生活中

① ［印］M. R. 安纳德：《不可接触的贱民》，王科一译，平明出版社1954年版，第92页。
② 同上书，第90页。

遭受的屈辱，形成巨大情节张力，不仅揭露印度贱民制度的残酷，也深刻揭示印度贱民文化的劣根性。

三　反抗的贱民

与拉克哈的麻木不同，与巴克哈的迷茫也不同，《道路》中的比库以自己的实际行动反抗传统的贱民歧视，他是期望以实际行动来改变人生命运的新时代贱民形象。

比库这个人物形象延续了类似于巴克哈的外貌特点，相貌英俊，体格健壮。同巴克哈一样，比库吃苦耐劳，干起活来也是任劳任怨，即使是在炎炎酷暑中工作，也不怕苦累，不计报酬。比库身上的这些优秀品质，不仅使地主杜利信任他，雇用他修路，也使村里高等种姓的姑娘对他产生爱慕之情。与巴克哈一样，比库同样要面对沿袭数千年的、对贱民的歧视：比库和他的朋友们一起砸石头铺路，其他高等种姓者就不愿意再碰他们接触过的石头；比库的妈妈想去庙里敬神，在路上遭到高等种姓青年的阻拦，身为贱民，他们不能进庙里去祭拜；村里的高等种姓青年不满比库和其他贱民参与修路，纵火焚烧贱民的房子。与《不可接触的贱民》中贱民歧视事件相比，这些行为的本质都是一样的，在高等种姓者心中，贱民永远是不洁的，是不可接触的。《道路》中描写印度独立后依然会出现焚烧贱民房子这样极端的行为，也就不难理解了。

与拉克哈和巴克哈相比，首先，比库不仅意识到贱民身份所带来的社会不公，他还有所行动去争取自己的权力，比库身上体现出贱民通过行动来改变自身地位、现状的努力和斗争。比库是受过教育的贱民，读书、识字开阔了他的视野，赋予他认识自我、认识世界的能力。与巴克哈朦胧地对自己低下的社会地位不满相比，比库对自己与生俱来的种姓身份和被歧视的境况"内心升起一股渴望平等的冲动，这种想法使他的四肢充满了力量"①。比库已经不能忍受贱民不可被接触、不能进庙等种姓歧视行为，他有力量随时起来反抗。其次，与巴克哈不同的是，比库对于高等种姓者的

---

① Mulk Raj Anand, *The Road*, New Delhi: Sterling Publishers, 1987, p. 7.

侮辱和歧视，不仅表示出自己的愤怒，更表现出抗争性和斗争性。与巴克哈的敢怒不敢言相比，比库的反抗行为是明确的，他明知道高等种姓的人不会同意他和母亲去庙里祈祷，但在母亲的要求下，他还是陪母亲去庙里。高等种姓青年阻拦时，他不惜和他们打一架也不愿意母亲被辱骂。高等种姓者不愿意贱民们参与道路的建设，比库不管其他人的看法和做法，坚持带领贱民兄弟们在火辣辣的太阳下干活。他这些行为不仅是对村里高等种姓者歧视的蔑视，更是对种姓制度的一种无言反抗。

沿袭数千年的种姓制度、不可接触制度是顽固的，比库虽然抗争了，但是他凭一己之力的反抗非常微弱，他的愤怒只能化作出走，去寻找一条不是出路的出路。与巴克哈面对其他宗教信仰的诱惑、甘地思想的影响无所适从相比，比库离开家乡的选择同样充满无奈。在独立后、在政府颁布改变贱民处境的系列法规后，比库还是不被自己村里的高等种姓者接纳。面对不可接触制度所引起的冲突，比库选择"出走"具有一定的隐喻性，安纳德对印度贱民的出路依然充满不安与疑虑。在《晨容》中也有一个叫巴克哈的清扫夫，也是位勤劳、善良的青年，他同样渴望学习，打一手好板球等，这一形象可以看作是《不可接触的贱民》中巴克哈人物命运的某种延续和拓展。安纳德在《晨容》中再次写到巴克哈这个人物时，他已经像拉克哈一样对自己的贱民地位逆来顺受了，这种意味深长的描述无疑表达出安纳德对印度贱民制度的未来和贱民前途的深深焦虑。

第三节　不可接触者的社会空间公平之路

"达利特运动（Dalit Movement）[①] 已经有一百多年的历史，达利特们走过了一条漫长而痛苦的斗争之路。"[②] 20 世纪初，印度贱民就开始有组织地反歧视、反迫害、争取自身解放的运动，他们积极投身到争取个人尊

---

① Dalit 一词，从广义上来说，指的是印度社会中所有被压迫、被剥削阶层。一般来说，此词通常指表列种姓（Scheduled Castes）成员。在本节中，Dalit 指的是"不可接触者"和被压迫阶层。

② V. Suresh："The Dalit Movement in India"，in T. V. Sathyamurthy ed. *Region*，*Religion*，*Caste*，*Gender and Culture in Contemporary India*，New Delhi：Oxford University Press，1996，p. 355.

严、提高社会地位、改善经济环境的斗争中。印度独立后，达利特运动不仅成为印度社会中一个重要社会文化现象，也成为世界被压迫阶层、边缘阶层争取自身解放斗争的一部分。在达利特运动中，贱民们也拿起笔记录自己的生活和感受，印度很多方言文学中都出现贱民创作的、表现贱民生活的文学作品，随着达利特运动的发展，达利特文学①也发展起来。

安纳德反映贱民问题的小说，是在达利特运动背景下创作的。他在小说中所表现的贱民世界和贱民形象，是印度传统文化中的种姓制度、不可接触制度等现象的文学反映。在印度文学史上，安纳德的《不可接触的贱民》聚焦印度最低贱者，第一次用英语小说的形式表现贱民们的遭遇，它所描写的被侮辱与被损害者的社会生活处境与达利特文学有着共同的表现基础，影响了达利特文学的发展。随着印度社会的发展，种姓制度和不可接触制度都有所变化，安纳德以小说的形式展现印度社会对贱民问题所采取的措施以及由这些措施所带来的变化，他同情贱民的处境，在现实生活中用行动帮助和鼓励贱民们，体现出作家的人道主义情怀。

一　达利特运动

种姓制度和贱民问题是印度社会由来已久的问题。种姓制度是印度教社会内被宗教神圣化了的等级压迫制度。在种姓制度下，社会被划分为无数个互相隔离甚至对立的集团，各集团职业世袭，在宗教上处于不平等地位，高等种姓者享有特权，低等种姓者受到歧视和压迫，高等种姓和低等种姓间的交往、饮食、婚姻有着严格限制。在种姓制度下，贱民更是受到非人的待遇，处于社会金字塔的最底层。这种制度在印度之所以长期存在，除了它被宗教神圣化的原因外，还与自然经济长期占统治地位以及社会经济发展节奏的缓慢有密切关系。此外，这种制度属于印度教宗教法的一部分，不仅受到印度教国家政权的维护，穆斯林时期国家政权也不干预。

英国统治印度时期，种姓制度受到冲击。在城市里，种姓制度已不

---

① 本节所说的达利特文学，指的是印度大多数学者所认可的，由贱民所写、表现贱民生活的文学作品，包括诗歌、小说、传记、戏剧等。

可能像原来那样严格遵守，但是在农村，种姓制度依然盛行。这首先是因为随着商品经济和大工业的发展，城市人口急剧膨胀，流动性强，大批人改变职业，出现职业与种姓脱节的现象，职业世袭和限制在许多情况下行不通，经济发展造成各种姓的分化。经济越发展，对种姓的冲击力越大；经济与文化教育的进步也使人的观念不断更新。其次，英国统治的体制和政策对种姓制度也是很有力的打击。英国建立自己的统治机构，垄断官职，以英语为官方语言，建立雇佣部队，大力兴办近代学校。英国人在19世纪中期逐步制定出包括民法在内的法典，冲击了宗教法的权威地位。

印度改革家们反对种姓歧视的宣传活动以及他们在这方面的实践，对削弱种姓制度也做出了卓越贡献。从梵社、圣社改革开始，反对种姓歧视就是印度教改革的一项重要内容。[1]

一般认为，以印度独立为标志，达利特运动可分为独立前和独立后两个时期。在第一时期的开始阶段，一些社会改革家对贱民进行启蒙教育；此后，在甘地和安培德卡尔的领导下，贱民进行了一些维护基本权益的斗争，诸如争取用水、平等进庙权，自由出入邮局等公共场所的权利等。第二时期是印度独立以后，政府颁布实施一些改善贱民社会地位和生活条件的法规，贱民政党也开始出现，贱民展开争取在政治、经济中获得更多权利的斗争。[2]

甘地称贱民为"哈里真"，认为他们也是神和上帝的孩子，这个称呼体现出甘地对贱民的同情和爱护之心。他激烈抨击贱民制度，称它是印度教的最大的污点，他认为贱民制度的存在是"印度社会和印度人本身存在的弊端的最鲜明的表现"[3]。甘地曾经说过："如果我必须再生，我希望转世为一个贱民，以分享他们的不幸、痛苦和侮辱。"[4] 早在1915年，甘地就提出反对贱民制度，并且创办哈里真学校接收贱民入校学习，他还收养

① 参见林承节《殖民统治时期的印度史》，北京大学出版社2004年版，第361—362页。
② 参见 V. Suresh, "The Dalit Movement in India", in T. V. Sathyamurthy ed. *Region*, *Religion*, *Caste*, *Gender and Culture in Contemporary India*, New Delhi: Oxford University Press, 1996, p.355.
③ 参见林承节《殖民统治时期的印度史》，北京大学出版社2004年版，第361页。
④ 同上书，第363页。

贱民女孩做义女。经过他的努力，1926 年，国大党工作委员会建立一个推进解救贱民工作的委员会，使一批庙宇对贱民开放。工作委员会把 1932 年 12 月 18 日定为印度全国"反对不可接触制日"，又把 1933 年 1 月 8 日定为"不可接触者进庙日"。"甘地为拯救贱民披肝沥胆，一片诚心。他在这方面的功绩是没有人能比得上的。正是由于他和安培德卡尔以及其他贱民领袖的共同努力，做了大量工作，独立后才有较强的固有基础实行解救贱民的政策。"①

与甘地不同，安培德卡尔本人就是一个贱民。对于贱民所遭受的苦难和屈辱，他有切身的体会。在贱民运动的历史上，安培德卡尔领导过两次大规模的贱民争取改善地位的斗争，"马哈德水塘事件"和"纳西克寺院事件"。1924 年，孟买管区政府宣布，所有水塘应向贱民开放，但高等种姓的印度教教徒仍然不允许贱民到水塘汲水。1927 年 3 月 19 日和 20 日，安培德卡尔领导贱民在马哈德镇举行了盛大抗议集会。会后，参加集会的一万多名贱民向水塘行进，汲取水塘的水使用。高等种姓的印度教教徒在路上袭击贱民队伍，并请婆罗门祭司来祈祷，净化水塘的水。贱民们被激怒了，他们的斗争更加激烈，安培德卡尔在集会上焚烧印度教教徒尊为圣典的《摩奴法论》。1930 年 3 月 2 日，安培德卡尔带领约一万五千名贱民聚集在纳西克，要求祭祀罗摩神的卡拉拉姆寺院对贱民开放，寺院方面不理会贱民的要求，贱民连续数日进行集会、游行。这两个事件是现代贱民觉醒的重要标志。

与甘地不同，安培德卡尔是反对种姓制度、反对印度教的。"他对印度教、种姓制度的许多反思和评论触到了印度教文化的深层结构，击中了痛处。"② 安培德卡尔为贱民解放所做的一切，使他受到了贱民的衷心爱戴。他主持制定的包含有废除不可接触制度、具有平等主义性质的宪法，直接导致后来许多废除不可接触制度法令的产生。

安纳德就是在印度 20 世纪二三十年代达利特运动的背景下写作《不可接触的贱民》的，小说也是在甘地思想的影响下和甘地本人的指导下修改完成的。安纳德在写作《不可接触的贱民》的时候，读到甘地一篇题为

---

① 参见林承节《殖民统治时期的印度史》，北京大学出版社 2004 年版，第 365 页。
② 尚会鹏：《种姓与印度教社会》，北京大学出版社 2001 年版，第 107 页。

《年轻的印度》（*Young India*）的文章，这篇文章写一个青年清扫夫的故事。他被甘地对贱民坦诚而无私的爱所感动，觉得甘地对自己的小说写作会有所帮助。于是，他回到印度，来到甘地位于阿拉哈巴德城郊的静修院（Sabarmati Ashram）。在这里，安纳德同甘地一起生活了三个月，他穿印度传统衣服，每天亲自打扫厕所，这种生活经历使作家对作品中清扫夫的工作有了真实的感受。在甘地指导下，安纳德参考他的一些建议对小说进行修改。《不可接触的贱民》从一个侧面表现当时贱民的觉醒，用水和敬神是贱民生活中两个最基本问题，公平用水和平等祭祀成为贱民解放斗争中提出的最基本要求，安纳德在小说中对这两个方面都进行描写。当年，安纳德把小说读给甘地听时，甘地对这部描写"哈里真"的小说很感兴趣，他问安纳德："你为什么不写一本宣传册呢？"安纳德回答说："不，先生，写宣传册是你的工作，你是一个宣传家，而我只是一个小说家。"① 可以说，安纳德的《不可接触的贱民》以文学的手法表现出当时贱民的状况。

　　印度独立后，政府采取很多措施来改善贱民的社会地位和生活条件。从独立初期的尼赫鲁到当代印度政府，他们解决贱民问题的愿望都是迫切的。印度国大党的贱民政策反映在宪法中。在涉及贱民的宪法条款中，包括对贱民的保护性质条款和优待性质条款。1955 年，印度政府颁布《惩办侵犯贱民尊严的法令》，对不准贱民进入公共场所、不向贱民提供服务的商店等都要进行处罚。另外，印度政府也试图用多种优待政策来解决贱民问题，如推行贱民子女入学接受教育的措施，政府将一定比例的工作岗位留给贱民，甚至拨专款来改善贱民的生活条件，为贱民提供在政府部门的从政席位。这些优待措施在很大程度上对改善贱民的生活、提高贱民的地位都有很大的促进作用。"至 1977 年，有一万零五百贱民成为工程师和医生，大约有一千一百多万贱民受过教育"，"大约有 40 万贱民在政府企事业中找到工作"②。印度政府的诸多努力，并不能达到从根本上废除贱民制度的目的。一位印度学者这样评价印度政府的措施和努力："尽管这些伟人的热心努力和宪法条款，不可接触制度在传统习惯上仍占有主导地位，宪法

---

① Marlene Fisher, *The Wisdom of the Heart*, New Delhi: Sterling Publishers, 1980, p. 2.

② 陈峰君编著：《印度社会与文化》，北京大学国际关系学院 2003 年版，第 340 页。

中的保留工作、席位制只有利于贱民中的极少一部分人，而数千万的贱民仍生活在贫民窟中，人们的种姓观念并没改变，分配土地，提倡不同种姓结婚，给予教育帮助等措施，更多是一些慈善行为，而不是在不可接触者与可接触者之间导致剧烈的变革，不可接触者仍在日常生活中饱受歧视。"①

正如安纳德在《道路》中所表现的那样，印度独立后，即使政府颁布一些法律、条例保护和帮助贱民，但在数千年来的传统观念和宗教规定影响下，对贱民的歧视很难消除，独立后贱民状况并没有实质性改变。《道路》是以一个真实的故事为基础的，安纳德在给朋友的信中谈到创作这部小说的缘由："当我去德里附近的哈里亚纳（Haryana）时，我有点震惊。在尼赫鲁这个人道主义者的国家里，种姓问题不仅在南印度存在，在北印度，他们（贱民）依然生活在法律的边缘。不可接触者铺路搬的石头，其他人不愿接触。我把这个事情告诉尼赫鲁，他不相信我，也很不高兴。"②时至今日，印度一些地区仍然存在小说中所描写的不愿和贱民一起干活、烧毁贱民房子等现象，甚至杀害贱民的事情也时有发生。同样是在哈里亚纳，安纳德 40 年前所看到的情景今天依然存在。2007 年 4 月 6 日印度《前线》（Fronline）杂志刊登一篇题为《村庄暴力》的文章，介绍哈里亚那邦的高等种姓者对贱民的暴力侵犯。2007 年 3 月 1 日，拉贾普特的年轻人侵扰了 73 户贱民家庭，损坏其中 4 户人家的住房，并焚烧村中的一家商店。90% 以上的印度贱民居住在农村。在《道路》中，作家选择描写农村的贱民生活，或许是想避免遭到第一部作品被评论为"内容很脏"的同样评价。《道路》结尾处写到比库朝德里的方向走去，作者似乎在暗示，在首都这些文明发达的地区，才有可能改变不可接触制度。

安纳德对贱民问题的关注，是他人道主义精神的体现。童年时，安纳德就喜欢与穷苦农民和下层人民交往，为这些人的痛苦和不幸而难过。"在内心的保护层里，他认为每一个生命都应该是平等的"③，他希望描写

---

① 陈峰君编著：《印度社会与文化》，北京大学国际关系学院 2003 年版，第 341 页。

② Saros Cowasjee, *So Many Freedoms: A Study of Major Fiction of Mulk Raj Anand*, Delhi: Oxford University Press, 1977, p. 161.

③ Mulk Raj Anand, *The Road*, New Delhi: Sterling Publishers, 1987, p. 7.

所熟悉的穷苦人的生活，而不是那些生活在城市里富裕的高等种姓者。但是，安纳德也清楚地看到"生活中有一堵无法打破的墙"①，他疑惑"为什么贱民被认为是不可接触的，为什么把这种情况看成是命运"②。安纳德创作《不可接触的贱民》便是希望通过对贱民生存状况的描述来让更多的人了解贱民的痛苦，也希望通过描写一位有觉醒意识的贱民来唤醒更多贱民麻木的灵魂。

独立后，政府虽然努力改善贱民处境，但种姓制度以及对贱民的歧视并不是短时间内就能消除的。安纳德在《不可接触的贱民》结尾处提到贱民的三条出路：第一条是皈依基督教，第二条是追随甘地，第三条出路是"装卫生器"。事实上，甘地思想并没有完成对贱民的解放，改变宗教信仰的办法也只是一部分人的选择，更多的贱民还是无法改变自己的社会和宗教地位，他们的生活也没有多少根本性改善。即使是在德里附近地区，贱民的地位仍然很低，生活依然艰难。安纳德认为印度政府除了以法律的形式来反对种姓制度外，并没有采取更多更有力的措施。《道路》中发展办公室的官员没有惩处纵火烧毁贱民棚屋的人，如果政府真的对贱民问题软弱且无作为，"去德里的道路"也是毫无希望的。有评论家认为《道路》是一部没有力量的小说，认为安纳德对尼赫鲁政府微弱的批评之声削弱了小说反对种姓制度的力度。在《不可接触的贱民》中，作家还有热情去设想解决贱民问题的三种可能方法，而在《道路》中，他却只是寄希望于政府的措施和社会的发展来解决贱民问题。安纳德对于贱民问题的态度，经历了一个从充满希望到逐渐失望的过程，他意识到种姓制度的顽固性，就像书名《道路》一样，贱民问题是印度社会一个长期的问题，解决它，任重而道远。

二　达利特文学

安纳德贱民问题的小说，是在达利特运动的背景下产生的，是对达利特文学的有益补充和有力支持。

---

① Mulk Raj Anand, *Morning Face*, New Delhi: Arnold-Heinemann, 1976, p. 138.
② Ibid.

在古代印度，除了佛陀时代，其他任何时代里那些不可接触者都没有学习的机会。印度教的高等种姓者禁止贱民接受教育、学习知识。1850 年的清除社会歧视法规和 1857 年的女王宣言，是印度贱民教育中的里程碑。然而，即使政府颁布了一些法规，也没有哪个婆罗门愿意教贱民们学习。1851 年，马哈拉施特拉邦的 J. G. 普拉（Jyotirap Govindra Phule，1827—1890）在浦那创办贱民学校。此后，其他人也陆续开办一些贱民学校，贱民接受教育的人多了起来，贱民有机会进行写作来揭露婆罗门阶层和印度种姓制度带给他们的痛苦、压迫和非人的待遇。

安培德卡尔在达利特文学深领域处于领袖地位，他从印度文化和文学传统中吸取营养，他的作品中传递出的信息就是在印度建立达利特"人"的地位和环境，让受歧视的达利特们在社会生活和社会建设中发挥自己的作用。他写了大量的作品，是达利特作家的宝贵财富和遗产。马拉提语的达利特文学深受安培德卡尔思想的影响，成为印度其他语种达利特文学的精神动力。印度传统文学中，甚至是近代的文学中，很难找到对贱民的描写和表现。孟加拉语一位达利特作家在他的自传里说，贱民们从来没有在印度文学中存在过。达利特运动中，一批达利特作家为自己、为低等种姓贱民和其他弱势种姓的人写作，形成了蔚为壮观的达利特文学现象。马哈拉施特拉邦的安纳布·萨德（AnnaBhau Sathe，1920—1969）是一位天才的达利特作家，他虽然没有受过正式教育，却写了 32 部小说，22 本短篇小说集，16 个剧本和一些诗歌。他的代表作《法克拉》（*Fakira*，1959。*Fakira* 意为"乞丐"）获得 1961 年度马哈拉施特拉邦最佳文学奖，是获得此荣誉的第一部达利特文学作品。萨德所取得的成绩表明贱民们的声音不再微弱，他们响亮而激烈的呐喊越来越引起社会的关注。

达利特文学的出现是印度文化史上的一个重要事件。对于达利特作家来说，他们离不开所生活的社会基础，离不开自己的贱民兄弟，他们关心的问题也是达利特群体共同的问题：我们是谁？我们在印度社会和历史中的地位是什么？为什么我们要处在社会底层、处于边缘状态？与达利特作家相呼应，印度有越来越多的作家开始关注贱民问题。马拉亚姆语作家 T. S. 皮拉伊（Thakazhi Sivasankara Pillai，1912—1999）于 1957 年获得印度文学院奖，他的很多作品表现印度下层人民和贱民的生活，《贱民的儿子》(*Scavenger's Son*，1947) 是继《不可接触的贱民》之后，印度文学中反映贱民问题的又一部力作。

T. S. 皮拉伊在一次访谈中说，自己在创作这部小说时受到安纳德《不可接触的贱民》的影响①，在小说表现内容和人物形象上，《贱民的儿子》继承了《不可接触的贱民》中的一些特点，形象地描写了喀拉拉邦一个小镇上的清扫夫一家三代地狱般的生活。与巴克哈一样，小说中的清扫夫楚达拉姆杜 (Chudalamuthu) 走在街上也会被高等种姓者斥骂，让他走开点，不要碰到他们。楚达拉姆杜也是吃别人施舍的食物，也都是一些脏饼、馊豆汤之类的东西。他不明白，像自己这样清扫粪便的清扫夫，难道就应该吃这些像垃圾一样的食物。与巴克哈对自己被歧视的生存状况不满不同，楚达拉姆杜对自己生来就具有的身份产生了疑问："谁使贱民成为贱民？"他对自己儿子生来也是一个清扫厕所的贱民感到恐惧、悲哀和无奈。小说中有一段描写楚达拉姆杜看到刚出生的儿子的情景：接生婆让楚达拉姆杜抱一下刚生出来的孩子，他看着自己用来清理粪便的手，迟疑着不敢伸手去抱儿子。他匆忙抱了抱儿子，又把他还给了接生婆。在这一刻，楚达拉姆杜从来没有如此厌恶过自己的身份，也仿佛看到儿子的未来命运——像他一样，成为一个打扫厕所的清扫夫。他想：他有资格做一个父亲吗？为什么要制造这个生命让他到人间来做一个清扫夫呢？他感到恐惧，也感到不公，更萌生渴望儿子能够改变命运的梦想，他说："儿子能成为一个伟大的人吗？我总在想，有一天，他会知道自己是一个清扫夫的儿子。即使这样，我也不能把他作为一个清扫夫的孩子来抚养。如果他也是一个清扫夫，那么他的儿子不应该再是一个清扫夫。"② 但楚达拉姆杜不知道自己的这个愿望还需要几代人的努力才能实现。

1997 年，印度的英语作家阿兰达蒂·洛伊 (Arundhaati Roy) 的小说《微物之神》荣获布克奖，小说讲述了印度喀拉拉邦阿耶门连小镇上的贱

---

① C. P. Sivadasan, "Two Proletarian Novels", *Indian Literature*, No. 119, May-June, 1987, p. 119.

② Thakazhi Sivasankara Pillai, "Scavenger's Son", *Frontline*, September 22, 2006, p. 24.

民维鲁沙和高等种姓女人阿慕的爱情悲剧。阿慕离婚后带着自己的孩子、一对双胞胎姐弟回到了阿耶门连，并与童年伙伴贱民维鲁沙重逢，两人逾越种姓和阶级的爱情震惊了周围的人。阿慕侄女从欧洲回来探亲，她和双胞胎姐弟划船玩的时候溺水而亡。警察认定维鲁沙为凶手，将他逮捕杀害。阿慕离开家庭和孩子外出打工，最后因酗酒引发的疾病孤零零地死在异乡的旅馆中。维鲁沙"是一个有前途的帕拉凡"①，他在文化传统所隔离的社会空间中，不同于其他贱民的存在空间，小说中贱民维鲁沙既是文化传统的受害者也是抗争者，他以自身的行为逾越了本身所被归属的社会空间，从一个方面展现了印度当代社会种姓制度和贱民问题的现状。维鲁沙对社会传统所设定的身体、文化等空间的屡次逾越，是身为男人对人之天性的响应，是生而为人对人之本身应有的尊严的吁求，他打破了那个传统文化指导运作下井井有条的空间世界，触动并异化了那些空间，冲击了贱民的观念，也震惊着非贱民群体。

像达利特作家们一样，安纳德、T. S. 皮拉伊和洛伊在表现贱民问题的小说中同样提出贱民所关心的普遍性问题，如对贱民身份、社会地位的质疑，对贱民经济条件的关心等，他们的贱民主题的小说和达利特文学的发展有着千丝万缕的关系。首先，这些作家的贱民题材小说和达利特文学存在一定的联系性。在表现对象和表现内容上，两者都关注贱民和贱民问题，他们虽然和达利特作家们处在不同的社会阶层、拥有不同的宗教背景，但在表现贱民的苦难和内心的挣扎等方面，他们的作品同样具有表现力和感染力。其次，就安纳德来说，他以自己人道主义的情怀关注、描写印度贱民生存状况，具有打破印度文学表现传统的开创性的意义，他的小说和他所创造的人物形象具有鲜明的时代性，也具有浓厚的民族性。

由于安纳德与贱民之间社会地位、宗教地位等方面的距离，他无法亲身感受到的贱民所经历的被压迫感和屈辱感，读者难免会怀疑他作品的真实性。福斯特在《不可接触的贱民》的序言中写道："不可接触的贱民只有印度人才写得出来，而且只有以局外人的身份来看问题的印度人才写得

---

① ［印］阿兰达蒂·洛伊：《微物之神》，吴美真译，人民文学出版社2006年版，第112页。

出。"① 当时,达利特们并没有多少人有受教育的机会,更没有多少人有在文学作品中表现自己的机会。虽然是一个"局外人",安纳德小说中所描写的贱民去水窖取水、贱民进庙等问题都是达利特运动中最基本的问题。在达利特文学广泛发展的今天的印度,福斯特的这句话就显得有些片面,从《不可接触的贱民》到现在的达利特文学,是印度文学进步的表现,也是印度种姓制度的变化、改革之路的表现。

在生活中,安纳德经常关心、帮助贱民。在马哈拉施特拉邦的一个村庄,安纳德资助抚养了几个达利特儿童。他还经常帮助那些找上门来的达利特青年,让他们在自己身边工作或给予他们其他方面的帮助。V. B. 拉瓦特(V. B. Rawat)曾在安纳德身边生活过两年半的时间,帮助安纳德打印信件和小说,这位当年的达利特青年如今已经成为一位作家和电影工作者。安纳德逝世后,拉瓦特写文章回忆、怀念和安纳德在一起的日子。② 安纳德是达利特运动的支持者,他身体力行,给予贱民组织、贱民刊物很多帮助,他参与达利特诗选的编辑工作③,还担任过贱民刊物的顾问。1981 年 6 月 1 日,《达利特之声》(Dalit Voice)创刊,开始它还只是"内部交流"杂志。成为定期出版的刊物后,从 1981 年 12 月 5 日起,安纳德的名字就作为顾问出现在杂志上。他利用到班加罗尔出差的机会,去杂志办公室参观、指导。他还邀请杂志的编辑去他在孟买、德里的家做客。像当年甘地建议他脱掉西服一样,他也建议杂志编辑们脱掉短裤和衬衫,穿上印度传统服装。不难看出,安纳德晚期虽然没有再写表现贱民生活的小说,但他却给予了达利特文学和达利特文学家不少帮助。"只像甘地那样对达利特表示同情是不够的,作为一个作家,他需要的是给印度种姓社会动一次外科手术,找出那些造成种姓毒瘤的原因。"④ 安纳德看到种姓毒

---

① Mulk Raj Anand, Untouchable, New Delhi, Arnold-Heinemann, 1981, p. 9.

② V. B. Rawat, *Salute to a Mentor*, http://sacw.insaf.net/free/vbrawat07102004.html(7:45,Apr. 8,2008).

③ Mulk Raj Anand ed., *An Anthology of Dalit Literature*(Poems):*English translation of Marathi poems by Dalit authors*, New Delhi: South Asia Books, 1992.

④ V. T. Rajshekar, *Mulk Raj Anand's short-lived connection with DV*, http://www.dalitvoice.org/Templates/oct_ a2004/articles. htm.

瘤造成的伤害，他大概也找出了种姓毒瘤的生成原因，他虽然没有能力去割除毒瘤，他的作品却提醒着世人关心、帮助那些被种姓制度压迫着的人们。

社会空间是社会的产品，它既是规训、控制人的政治工具，也是剥削、压迫人的经济手段。可以说，印度种姓制度所设定的空间隔离是一个反映人们居住空间、社会经济特征与物质空间状态的概念，处于高低有序的不同等级、层次的社会成员分别组成的不同的空间，其实质是社会阶层的分化在空间上的表现，空间位置的改变，也是人在社会阶层中位置的改变。从"第三空间"理论的角度出发，改变人类生活空间中的位置，从而达到社会空间公平。

第三章　城市里的漂泊者与工人主题

　　1854 年，印度建起第一家现代棉纺织工厂，印度的棉纺织品产量曾位于世界前列。英国殖民时期，棉纺织业和茶产业是印度工业的主要形式，工人也主要集中在这两个行业。印度政府对工人阶层的关注相对较晚，第一次世界大战结束后，印度工人状况才成为政府的认知对象。1920 年 5 月，政府成立劳工局，以便收集所有可获得的关于印度劳工状况的信息，1921 年 9 月，印度政府提出"注册和保护工会"法案，希望有助于稳定和改善劳工生产、生活条件。① 旅居伦敦时，安纳德接触到英国工人运动，对马克思主义也有所涉猎，受十月革命胜利的鼓舞，他对俄国式的社会主义革命充满好奇和好感，作为一位进步主义作家，他很自然地在作品中探讨印度工人问题。安纳德以工人问题为主题的小说有《苦力》《两叶一芽》和《伟大的心》三部作品，分别以城市工人、种植业工人和传统手工业者为主人公，从不同角度展现了独立之前印度工人的不同形态。

第一节　生存空间的流变：农村到城市

　　历史上，印度是传统的农业国家，工业生产不是社会经济的主要部分。近现代时期，随着英国殖民剥削的加强和印度本国民族工业的发展，印度工人阶层开始出现并发展壮大起来。除了原有的手工业种姓的工人外，大多数工人是失去土地、流浪到城市中的农民。（因而，在某种程度

---

　　① 刘健芝等选编：《庶民研究》，林德山等译，中央编译出版社 2005 年版，第 20 页。

上，这种工人形象是农民形象的延伸。）安纳德在小说《苦力》《两叶一芽》和《伟大的心》中，通过塑造孟奴、甘鼓和阿南德等工人形象，描述了工人艰难的生存状况，展现了现代印度在工业发展过程中，传统手工业和机器生产之间的矛盾，以及印度工人阶级的无奈与抗争。

印度工人们的生活和工作环境可以用"恶劣"一词来形容，无论是私人家的帮工，还是种植园里的苦力，抑或是现代工厂里的工人，他们都生活在种种压迫和剥削之下。

孟奴被叔叔送到银行老爷家做佣人，劳累一天后他只能蜷缩在厨房的一个角落里睡觉。一次他和邻居家的佣人打架打破了头，接连几天昏迷不醒，被老爷家的主妇丢在厨房角落，由他自生自灭。孟奴在火车上遇到好心的咸菜厂老板，跟他去厂里做工。咸菜厂所在的胡同"角落里堆积着牛粪、稻草、破布、残缺的陶器、陈腐的食物和其他垃圾"①，厂房就是阴森可怕的地洞，工人们还经常在果酱瓶里发现"两头都有嘴巴的、死去的爬虫"②。孟奴在孟买纺纱厂上班时，和工友哈里一家住在一起。他们的房子是一间草棚，雨季时，棚子被水淹了，孟奴他们就搬到另外一个工友家住。第二天早上，他们被一阵恶臭熏醒，发现房子所在的胡同已经"像一条粪河了"③。《两叶一芽》中，甘鼓和家人劳动的茶园没有干净的饮用水，卫生设施也很差，蚊虫肆虐，疟疾横行，甘鼓和妻子刚到不久就感染上了疟疾。《伟大的心》中，工人的聚居区也是布满垃圾、粪便的窄窄胡同。

工人们的生活环境恶劣，生产环境同样很恶劣。种植园里到处是"挥舞着鞭子走来走去吆喝人的协理"④，咸菜厂的"墙上东一块西一块地涂着牛粪和泥土，蜘蛛织成了长而细密的网，煤烟凝成了黏糊糊的黑块，……好几双蝙蝠像水晶一样黏在一起"⑤。咸菜厂闷热黑暗，在孟奴看来"天上

① ［印］M. R. 安纳德：《苦力》，施竹筠、严绍端译，中国青年出版社1955年版，第112页。

② 同上书，第118页。

③ 同上书，第255页。

④ ［印］M. R. 安纳德：《两叶一芽》，黄星圻、曹庸、石松译，新文艺出版社1955年版，第61页。

⑤ ［印］M. R. 安纳德：《苦力》，施竹筠、严绍端译，中国青年出版社1955年版，第88页。

的风仿佛从来不曾光临这个世界，阳光也从来不曾照进来"①，孟奴觉得在咸菜厂过的"是一种不幸的、暗无天日的生活。他过了半夜才睡觉，天刚麻麻亮，还没有睡够就起床。他下厂干活时，眼皮沉甸甸地挂下来，觉得疲惫、发热、软弱无力，仿佛所有的气力都离开了他的身体，剩下的只是以往他自己的一具没有脊骨的骷髅"②。工人在传统的咸菜工厂里需要起早贪黑地工作，在孟买机器大工厂里干活，他们也是要在天还没亮就赶到厂里，晚上九点天黑才下工回家。"房里的气氛啊，那机器的狂吼，机器上的活塞的吱吱作响，钮键的嘀嘀嗒嗒的声音，宽阔的传动带在机轮上疯狂的转动，链条的啷当声，还有这一切散发出的热气，那跟新棉线的气味混合在一起的、强烈的油腻味，虽然它本身不难闻，但却像嘴里含着胆汁一样令人作呕"，孟奴觉得自己像被"无形的手指扼住了喉咙"③，就在这样的环境中，工人们每天都机械地劳作着，日子仿佛没有尽头。

在工厂上班、种植园劳动的妇女和儿童，经常会遭受到比男人们更多的伤害。妇女们上工了，孩子没有地方去，也跟着来到厂里，大点的孩子就做了童工。"纺织厂里挤满了女人，她们的背上背着孩子，怀里抱着孩子，或者让孩子在灰尘里打滚，哭着，尖叫着，啜泣着，在刨平机、活塞和蒸汽机的那边，在选棉机突出的配件附近危险地蹲着。"④ 在这样的环境里，孩子们很容易受伤，哈里的儿子用手摸机器的传动带，胳膊被撞伤了。《两叶一芽》中，种植园里的英国工头，强行霸占苦力的妻女，谁反抗就开除谁。妇女们不仅要承受和男人们一样的劳动强度，还要担心被工头等人骚扰，对工人们来说"老婆、姊妹和母亲没有一个是安全的"⑤。工人们辛勤劳动并不意味着可以获得相应的报酬。孟奴和哈里一家人辛苦一个月，本来应得的 45 卢比的工资才领到 20 卢比，工厂总是会找各种理由克扣去大部分的工资。

① ［印］M. R. 安纳德：《苦力》，施竹筠、严绍端译，中国青年出版社 1955 年版，第 89 页。
② 同上书，第 115 页。
③ 同上书，第 239 页。
④ 同上书，第 245 页。
⑤ ［印］M. R. 安纳德：《两叶一芽》，黄星圻、曹庸、石松译，新文艺出版社 1955 年版，第 177 页。

由于经济环境恶化，工厂主们会经常停工或减少工作量，这样一来，工人工作的机会就会减少，工人的生活就更困难了。再者，由于工厂开始大量使用机器生产，对工人的需要正逐步减少，这对传统手工作坊冲击最大。《伟大的心》中阿姆利则发现城里传统手工店铺生产的东西越来越难卖，原因有两点：一是因为穷人越来越多，他们缺乏购买力；二是因为一些工厂引进生产机器，生产大量又便宜又好看的器皿，也使得人们不再买铺子里打造的传统手工品。这样一来，工人经常失业，连基本的生活费用都难以保障。面对资本家的盘剥，印度的工人阶层被迫开展斗争。安纳德的小说中不仅写到茶种植园苦力自发的、无组织的反抗暴乱，也写到孟买等地工人在工会领导下的斗争。安纳德从不同角度描写印度工人运动从萌芽到产生到发展的过程。

《两叶一芽》里写了茶园苦力暴乱。这场暴乱的"导火索"是由两个女人争风吃醋打架引起的。这场"意想不到的骚乱"是"歇斯底里的人群"，处在一片"唠唠叨叨的谈话声中，在恶骂和喧嚷中，在哭泣和尖叫中，在呻吟和叹息中"①，苦力们惊慌失措，无所适从。暴乱只是苦力工人们在忍无可忍的情况下、突发性的反抗行为，没有组织没有目的，他们的愚昧和软弱以及渗透到骨子里的奴性，只能任英国人的马在"完全陷于混乱的挤着、趴着、跑着的男女和小孩身上踩过去"②，他们只能在木棍敲在骨头上的疼痛中，体会命运的无望。但是，即使是苦力们这样没有组织、突发性的行动，也足以引起种植园主和英国统治者的恐慌，他们甚至调来警察、飞机进行镇压。

《苦力》中的工人们已经知道依靠工会，在工会的组织和保护下以罢工等方式来争取工人的最大利益。小说通过拉丹的叙述，侧面介绍了工人罢工的情况："我在杰姆谢浦尔的达达钢铁厂干过活。那儿有五万工人。我们全体都罢工，因为他们减低了我们的工资。"③拉丹在纱厂工作的时

---

① [印] M. R. 安纳德：《两叶一芽》，黄星圻、曹庸、石松译，新文艺出版社1955年版，第176页。

② 同上书，第177页。

③ [印] M. R. 安纳德：《苦力》，施竹筠、严绍端译，中国青年出版社1955年版，第259页。

候，厂方害怕他的影响，找茬开除了他。作为一个成熟工人，拉丹知道，让工会出面同工厂交涉来保护自己的权利。工会在工人斗争中的作用和地位，并没有得到全部工人的信任和支持。工人知道他们得像奴隶一样拼命干活，知道他们受人剥削和压榨，在慢慢地饿死，但他们听到工会领导的罢工宣传时，一想到罢工期间一家大小要吃饭，他们就害怕了。当然，在罢工中，也会出现工会和领导者出卖工人的情况，"公司方面用威胁和升级的办法，笼络了领导罢工的人"①。《伟大的心》中，也写到手工匠们对工会的不信任。由于大量使用机器和购买力的下降，工匠们越来越难找到活干，为了挣点日常伙食钱，他们每天早上都拥挤在工厂门口，不惜压低身价争取能让工厂主雇佣自己。这让工厂主得益最多，他们可以用极低的价钱雇佣工人。阿南德主张建立工会，大家团结起来与工厂主斗争，改善工匠们日益恶化的生产和生活环境。但是工匠们为了每日可能得到的糊口钱，不愿意参加工会。苦力、工人们对工厂主剥削、压迫的沉默和忍受，令人在同情他们不幸生活的同时，也哀叹他们的自私愚昧。作者对工会组织的态度是支持的，相信它能在工人运动中发挥作用。

对工人生活和斗争的表现，是安纳德 20 世纪 30 年代作品的主要内容。这些工人题材的作品，也是对现代印度工业发展和工人运动的全景式展现。

首先，随着印度民族工业和英国在印度的殖民工业的发展，印度的工人队伍发展壮大起来，成为印度社会的一支新兴力量。"19 世纪 90 年代初，全国产业工人约为 40 万人，到 90 年代末，工厂、铁路和矿山工人总数达 80 万人。"② 但是，工人们的工作环境恶劣，他们有了自己的生存需求与政治诉求。"无论英资或印资企业，工人工资都极低。劳动条件极端恶劣。资本家为了谋取更多利润，竭力延长工人劳动时间，通常工人是日出前 15 分钟上工，日落后 15 分钟收工，每天劳动时间为 12—13 个小时。……劳动保护设备极为简陋，因工致残的事屡有发生，致病的更是家常便饭了。……多数工人常年居住在临时搭起的矮棚屋，没有窗户，没有

---

① ［印］M. R. 安纳德：《苦力》，施竹筠、严绍端译，中国青年出版社 1955 年版，第 259 页。
② 林承节：《印度史》，人民出版社 2014 年版，第 283—284 页。

用水设备，室内甚至直不起腰"①。在小说《苦力》中，孟奴和拉丹工作的纺织厂是英国人开设的，在这样英资企业工作的工人，除遭受沉重剥削外，还受到种族歧视和压迫。

其次，印度工人有着光荣的斗争传统。早在 19 世纪六七十年代，印度工人就开始罢工斗争，要求提高工资，缩短劳动时间，改善劳动条件。据史料记载，1882—1890 年，在孟买和马德拉斯管区发生 25 次较大的罢工。工人在斗争中组织工会，1890 年，孟买一家纺织厂建立第一个工人组织——孟买纺织工人协会，这是印度工人工会的雏形。②《苦力》中，工会组织已经很成熟，在保护工人权益方面起到很大作用。小说里的工会中还出现了同情印度工人的英国人形象，这是世界工人运动发展的一种表现。第一次世界大战后，共产主义运动在印度也发展起来，随后印度也受到苏俄十月革命的影响。最早接受十月革命影响的是一些小资产阶级秘密革命组织成员和国大党内的少数激进青年。他们要把马克思主义运用于印度，希望开辟一条通向民族解放和进步发展目标的新途径。这批最早的马克思主义者和印度工人运动相结合产生印度共产主义运动。"第一次世界大战和俄国十月革命后，印度革命者与外界的接触使社会主义和共产主义思潮传入印度。资本主义在印度的发展和工人运动的开展为这些思潮在印度的传播提供了物质基础和土壤。"③ 1925 年 12 月 26 日，在康浦尔（坎浦尔）召开印度共产主义第一次全国会议，会上成立印度共产党。印共成立后，即把主要精力放在发展工人运动和组织工农党上，工人运动取得突出成绩。1928 年孟买工人大罢工，要求改善工人地位，有 15 万人参加。罢工中成立的红旗工会成印度工人运动中最有战斗力的组织之一。④

最后，安纳德笔下的工人形象及工人运动具有印度特色，展示的是印度社会文化背景下的印度工人生活、思想和斗争，以及他们对待命运的态

① 林承节：《印度史》，人民出版社 2014 年版，第 284 页。
② 同上书，第 285 页。
③ 同上书，第 345—346 页。
④ 同上书，第 347—348 页。

度。作者塑造了一些觉醒的愿意为劳苦大众谋福利的先进工人形象，在得不到其他人的理解和支持、甚至在被误解的情况下，依然坚持为印度工人大众服务，这些人是作者歌颂的对象。然而，更多的印度工人、苦力更愿意安于现状，他们在迫不得已的时候也有反抗，但更多是对压迫剥削采取逆来顺受的态度。

第二节　城市空间漂泊者：工人阶层的多样形态

安纳德小说塑造系列工人形象，如种植园苦力甘鼓、山区少年孟奴、手工匠阿南德等具有一定的代表性，小说中工人形象的嬗变，从一个侧面反映出当时印度工业和工人运动的发展情况。

一　农民—种植园工人

甘鼓因弟弟欠债太多，连累他也失去土地和住房。他听信村民的花言巧语，带着家人离开家乡去茶园做工人。甘鼓祖祖辈辈都是农民，他从内心深处就离不开土地，希望在种植园挣点钱赎回土地和房子。种植园工人住宿区很脏，疟疾流行，工人很难喝上干净的水，甘鼓也并没有按照合同上所说的那样得到一块地。对土地的渴望和农民逆来顺受的天性让甘鼓和家人在种植园定居下来。即使成为一名苦力，甘鼓也没有对生活和未来失去信心，相信只要重新有块土地，就能再过上原来自给自足的平稳生活。他和家人终于在种植园里获得一块地后，借钱买来种子，每天在地里干活，期望有收成后不仅可以还掉欠款还能有点余粮。成为种植园工人并没有挽救甘鼓和家人的生活。

甘鼓一家人在种植园工作一星期才挣两个卢比。周末，甘鼓和家人去附近的集市想买点便宜的粮食，可是店主却说方圆20里之内的粮店都是他开的，粮食是不可能便宜的。甘鼓夫妇染疟疾后，强烈的求生欲望使甘鼓战胜病魔，妻子却去世了。甘鼓无钱安葬妻子，想去茶园英国老爷那里借点钱，老爷得知他是得疟疾的苦力，不但没借钱给他，还把他打了出来。甘鼓只得典押妻子的几件小首饰，借点钱安葬妻子。种植园里的英国协理是个好色、残暴的人，他经常欺侮苦力、包工头的女人。一天，女工采茶时，协理的新旧情妇的打架引起种植园苦力的暴乱。在警察暴力协助下，种植园主平息了苦力暴动。这天，甘鼓的女儿一个人在采茶，姑娘年轻美丽的容貌引起了英国协理的情欲，他跟踪姑娘来到苦力住宅区，企图侮辱她。甘鼓从外面赶回来搭救女儿，却被协理用枪打死。

甘鼓本性善良老实，刚到种植园，他"因为自己没有干活，良心上很感到过意不去"①。本着农民吃苦耐劳的天性，他以为凭着一家人的辛勤可以过上好日子。他不相信茶园老爷会无视工人的疾苦，"难道他一点也不在意我们怎么想？"② 妻子感染疟疾去世后，他还天真地相信"经理老爷都是爹妈一样的人，苦力需要钱的时候，他会借钱给他们"③。甘鼓逆来顺受，觉得任何事情都会习惯起来。在种植园，他和家人住的铁皮房子冬天冷，夏天热，甘鼓想着不久就会习惯住这所房子，习惯后就没有关系。甘鼓生性胆小、懦弱，当他去向老爷借安葬妻子的钱时，"因为恐惧和软弱，脸色发青，气也透不过来"④。当英国老爷斥骂他不在隔离区待着反而跑到办公室来时，他只能一声接一声地哀求老爷饶恕。

甘鼓的身上更多地体现印度农民的特点，热爱土地，以土地为生。失去土地成为种植园苦力后，甘鼓还是想能挣点钱，再回到土地上，再次回归农民这一身份。种植园里的其他苦力，大多和甘鼓有相似的经历和相同的想法，他们一方面是种植园的苦力工人，另一方面还向种植园老板要求分点地来耕种。与土地的密切联系和对土地的渴望，使甘鼓和他的苦力兄弟们并没有意识到自己身份已经改变，从之前的农民变成被雇佣的工人，种植园主人与自己的关系也不像之前地主和自己的关系，甘鼓的身份是殖民统治时期，早期工人形态和农民身份的交接点。"甘鼓"这个苦力形象，实质上还是被迫转变成工人的印度农民形象，体现了印度工人阶层难以摆脱的农业社会心理特征。

---

① ［印］M. R. 安纳德：《两叶一芽》，黄星圻、曹庸、石松译，新文艺出版社 1955 年版，第 101 页。

② 同上书，第 61 页。

③ 同上书，第 100 页。

④ 同上书，第 102 页。

二　工人无产者

《苦力》中的山区少年孟奴（Munoo）父母双亡，在城里银行做门卫的叔叔把他带到城里，让他在银行出纳老爷家做佣人。孟奴在老爷家起早贪黑地干活，一点不敢懈怠，即便这样，稍不如意还被太太打骂。一天，小姐和她的同学一起玩时，孟奴在旁边跳起猴子舞逗她们开心。孟奴看到小姐开心的样子，就兴奋地在她脸上亲了一口。为此，孟奴遭到老爷和太太的毒打。孟奴趁着天黑，逃到一列火车上。孟奴遇到咸菜厂老板普拉巴，就跟着他到厂里干活。普拉巴和妻子没有孩子，他们对孟奴很好。可是好景不长，普拉巴的朋友用贪污的钱也开了一家咸菜厂，并诬陷说普拉巴破产了。债主们纷纷上门讨债，普拉巴被抓到警察局挨一顿打后回来大病一场，带着妻子回山区养病，工厂也倒闭了。无家可归的孟奴再次搭上火车来到孟买，他在街上认识了哈里一家，就和他们一起去纱厂做工。在工厂，孟奴和拉丹成为朋友，在他介绍下，孟奴知道工会组织，还认识工会的人。工会准备领导工人罢工，政府和工厂老板收买一些穆斯林，挑起印度教教徒和穆斯林的冲突，引起工厂区骚乱，破坏罢工。骚乱中，孟奴与朋友失散，他就跟随收留他的太太来到西姆拉，帮太太拉车。孟奴拉车时认识一些人力车夫朋友们，他们中的莫汉让孟奴想起孟买的工人和工会。由于劳累过度，孟奴染上肺结核离开人世。

孟奴原本是快乐的孩子，虽然父母双亡，可是他和婶婶住在农村，有小伙伴们玩，日子倒也十分开心。他到城里在银行出纳老爷家做佣人，在每天繁重的劳动中，孟奴偶尔也会童心大发，表现出天真的少年情怀。从一个地方到另一个地方的流浪中，孟奴并没有改变自己善良、勤劳的本性。在咸菜厂的时候，工厂主普拉巴和妻子对他很好，他也和别的工人一样早早地起床干活。在普拉巴落难的时候，孟奴到市场做苦力挣钱，希望能回报普拉巴。遇到哈里一家人，孟奴把他们当亲人看待，他们孩子生病的时候，陪哈里带孩子去医院，还把自己的工钱给哈里。在别人家作车夫，他循规蹈矩，不好奇主人的隐私。太太外出的时候，他总是卖力地拉车，连其他苦力车夫都劝他别太累了。在辗转的苦力生涯中，孟奴始终保持着对美好生活的渴望。在银行出纳家做佣人时，孟奴崇拜、尊重主人当医生的弟弟，孟奴从他那里感受到知识带给人的快乐和力量。如果说哈里工作是要养家糊口，拉丹挣钱是要维持每天的开销，那么相对来说，孟奴的生活就没有这么沉重的压力和明确的目的了。认识拉丹、莫汉之前，孟奴只是在"活着"，他虽然也经历了一些不幸，但是他觉得这些不幸都是他的"命"，他只能接受这样的命运安排。通过拉丹的介绍，孟奴知道还有工会这样可以帮助工人的组织，他认识到在工会的指导下，工人们团结在一起才能获得更多好处。认识莫汉后，孟奴知道他是有知识有学问的人，莫汉的目的就是"要让你们（苦力）这些人懂得：要是你们干活，你们用血汗生产出来的东西，自己该得一份"①。与拉丹和莫汉的交往，孟奴感觉到自己可以过另一种生活，既为自己也可以帮助别人，他意识到人的命运是可以改变的。孟奴是无产者，他在农村没有土地因而流动到城里寻找维持生计的机会，他没有一技之长，无法获得固定职业，只能根据工厂的需求随时改变自己的工人身份。与甘鼓相比，孟奴身上对土地的依恋变少，印度农民的传统特征也褪色很多，他身上的这种流动性是早期印度工人的特征之一。

三　传统手工业者

《伟大的心》中的阿南德在孟买和阿拉哈巴德都工作过，回到故乡阿姆利则城后，重操旧业，又当起手工匠。阿南德与身患肺病的漂亮寡妇蒋吉同居了三年，这次也把她带回了故乡，继母对此非常不满。工厂里增加很多制作器具的机器，再加上工厂主要生产供应英国战争需要的物品，人们对传统工艺做的器具的需要量降低。大部分工匠失业在家，无钱维持生活。工人们虽然痛恨机器，可是为了养家糊口，大清早就围在工厂门口，等着工厂招新工人，希望能挣点钱。工匠拉里阿没有活干，又喝了很多酒，对向他要钱买面粉的妻子大打出手，阿南德制止他，却遭到一顿抢白。阿南德拿着卖货得到的钱来到店里，买了些食物和其他工匠们一起

---

① ［印］M. R. 安纳德：《苦力》，施竹筠、严绍端译，中国青年出版社1955年版，第354页。

吃，边吃边商量成立工会的事情，有些激进的工人主张用暴力解决人与机器的矛盾。傍晚，阿南德午睡醒来，听说拉里阿和一帮工人拿着斧头砸机器，他急忙赶到工厂，希望能劝阻他们。然而拉里阿根本不听他的劝告，还失手打死了他。阿南德去世后，工匠们非常伤心，蒋吉勇敢地走出家门，投身到阿南德未竟的事业中。

作为工匠，阿南德手艺精湛，在工匠们很难揽到活的情况下还有人向他定做生活用品。对他来说，利用自己的手艺维持生活并不困难。但是手工匠们的处境不再是原来的情景，机器大生产已经严重影响了工匠们的生存。在传统手工业占统治地位的时代，手工匠们以种姓规定归属于某个集团，大家可以在集团内部相互协调生产和生活中的冲突。随着机器大工业生产发展，产品生产不再是单件、零星产生，而是大规模批量生产，产品数量大大超出市场需求，手工匠们也无法依赖集团内部协调来保护自己的利益。手工匠者不仅需要面对生产方式改变所带来的生活质量下降，更需要调整集团内部构成来保护自己阶层的利益。在这种情况下，就需要阿南德这样有见识、肯为大家服务的工人站出来把大家动员起来，成立新的、能适应现代工业生产条件的组织来保护大家。阿南德的工作不仅仅只是在铺子里敲敲铁，打点器皿，而是要把工匠兄弟们组织起来建立工会，使大伙都有事情做、都有饭吃。为建立工会，阿南德并不像书中的诗人一样耽于言论，而是切实地行动起来："不要害怕，绝对不要。即使山崩地裂，洪水滔滔，电光闪闪，你也要坚持。软弱、疲惫和怀疑的时候，只要有坚持工作和为他人服务的信念，你就会坚强。坚强地走下去，哪怕你到达不了目的地。这是一个很长的朝圣过程，为了自己也为了他人。"[①] 安纳德以"伟大的心"作为小说名，就是对主人公阿南德品格的赞扬和肯定，手工匠们在向现代工人身份转型过程中，需要像阿南德这样具有伟大心灵、为大众幸福不惜牺牲自己生命的人。

阿南德有一颗充满爱的心，对孩子、对工友和对自己的爱人，阿南德都尽可能地付出。小说描写了阿南德和蒋吉之间真挚的爱情。作者赞美阿

---

① Mulk Raj Anand, *The Big Heart*, New Delhi; Arnold-Heinemann, 1980, p. 68.

南德的善良，他爱蒋吉，也同情她悲惨的命运。对待蒋吉，阿南德感情真挚，表现出他温柔的一面：回家的路上，他想着买饮料给蒋吉喝；到家看到蒋吉时，他的眼神瞬间变得温柔，体贴地试她体温、喂她吃东西。这时候，阿南德是一位温情的、有责任感的男子汉。他对蒋吉的照顾，是丈夫对妻子的照顾，是善良的人对不幸者的照顾，是一个具有伟大心灵的人对同胞的关爱。阿南德不顾蒋吉的寡妇身份和她生活在一起，他的行为是他叛逆不羁性格的表现，也是他向旧思想、旧传统的宣战。同时，从蒋吉对阿南德的理解和支持中，读者也能从侧面感受到阿南德那颗伟大心灵的感染力。在蒋吉看来，阿南德是机器人，她对阿南德说，"你身体内不是有颗心，是有台引擎，让你不停地说话做事。你的大手大脚就像机器一样，从来不停。你是个容易交到朋友也容易交上敌人的人"①。蒋吉理解阿南德，她从不责怪阿南德忙于工作而忽视对自己的照顾，反而无怨无悔地等在阿南德回家的路上。正是在阿南德伟大心灵的感召下，蒋吉才继承了他的事业。

阿南德对工匠们充满兄弟友爱，他认为工匠兄弟是群"他所热爱的、和他一样过着屈辱生活的人们"②。这些工匠们都是勤劳的手艺人，"他们面色有的苍白，有的发黄，灰尘污垢满面。他们不得不努力干活，维持生计"③。在工厂使用机器生产的影响下，工匠们大多失业在家，无事可做，无钱养家，有的工匠就酗酒赌博打老婆。阿南德明白他们的处境，"他知道这些工匠们，虽然他们因为愤怒和吵闹而面红耳赤，在每日每夜的空虚中，他们的思想是无助、衰弱和痛苦的。这些情绪都如影子跟随身体一样，工匠们摆脱不掉它们"④。阿南德对工匠们说："如果我比你们富有，那我会把钱拿出来大家共享。受苦受饿，我们一起承受。"⑤ 阿南德认识到个人力量是有限的，他希望通过成立工会来保护工匠们的权益，"我们必须成立工会，如果我们统一行动，就能控制我们自身的弱点，为整体利益

---

① Mulk Raj Anand, *The Big Heart*, New Delhi: Arnold-Heinemann, 1980, p. 38.
② Ibid., p. 36.
③ Ibid., p. 17.
④ Ibid., p. 32.
⑤ Ibid., p. 159.

斗争。"①

　　和孩子们在一起时，阿南德是个快乐的大孩子。小说中写他和孩子们在一起的情景：一看到阿南德，孩子们就跑过去，有的抱腿，有的搂腰，七嘴八舌地向他要钱。孩子们和他在一起比和父母在一起还自由欢畅。小说还写到阿南德和工匠们一起吃饭时细心地用叶子包点食物给工匠的孩子带回去。从孩子们身上，阿南德看到生活的美好和未来的希望，也增加他改变现状的信心。对于街上流离失所、无家可归者，阿南德也同样充满同情。路边很多妇女儿童，因为饥饿，连站起来乞讨的力气都没有，他看到儿童饿得脊柱弯曲、上身几乎贴在地面的惨状时，"眼泪涌上了他的眼睛，阴云浮上了他汗淋淋的脸，他的胃里升起一阵疼痛"②。他说："我看到饿得无力行走的父母，以一把米的价钱就把孩子卖掉。当我看到号哭的孩子和父母分开的时候，一股怒火传遍我的全身，如同燃遍森林的火苗。很多天，我都沉浸在这种熊熊而燃的愤怒中。直到有一天我狂乱地跑着说：'如果我能抓住造成饥饿的那些人，我会把他们剪成碎片。'"③ 阿南德的这种同情和愤怒，使他会尽自己微薄之力去帮助他们，哪怕只是一张饼和一分钱。

　　阿南德是个纯真而纯粹的人，是一个愿意为团体利益不计个人得失的人。安纳德并没有把自己的主人公塑成一个完美的人。在工厂主和长者的眼里，阿南德是个酒鬼，养寡妇的人，而他粗鲁无心的外表下有一个善良、敏感的灵魂。在安纳德所塑造的工人形象中，拉丹和莫汉可以说是阿南德这一人物的过渡形象。拉丹是个孔武有力、粗鲁开朗的工人，他同情弱者也乐于帮助他人，在孟奴和哈里租住的房子被雨水损坏后，邀请他们和自己一起住。他是工会的积极参与者，也是利用工会保护自身利益的行动者。在他身上，体现了工人豪爽、干脆、敢于斗争的一面。与拉丹不同，莫汉"是上等人家出身的，他小时候和年轻时候生活过得很舒服"④，

---

① Mulk Raj Anand, *The Big Heart*, New Delhi: Arnold-Heinemann, 1980, p.91.

② Ibid., p.55.

③ Ibid., p.29.

④ [印] M.R.安纳德：《苦力》，施竹筠、严绍端译，中国青年出版社1955年版，第355页。

他曾经留学欧洲，是位有知识的人。莫汉之所以要和苦力、车夫们在一起，就是想有机会和他们聊天、谈话，想让他们明白要从地主等压迫者手里拿回自己劳动应得的一份血汗钱。他号召工人们说："那就跟我来，咱们有一天要杀死地主，把你的土地夺回来。"① 在莫汉身上可以看到工人阶层中觉醒者、先行者的斗争精神和牺牲精神。

实际上，印度工人大多来源于无地的农民和破产手工业者。"19 世纪40—50 年代以来，由于土地兼并盛行，农民失地者日渐增多，更有大量农民耕种小块土地，不足养家糊口。这些过剩的劳力必须另谋出路，或设法挣得额外收入，弥补家庭费用的匮乏。……大工业出现后，有条件的便去了工厂，更多青壮劳力去铁路、矿山或种植园当季节工，通常，由包工头来农村招工，去工厂后要受包工头的中间剥削。破产的城镇手工业者惟一出路是当工人。由于工资过低，无法维持一家人的生活，他们的妻室儿女也得做工糊口，这就形成了女工和童工队伍"②。正如安纳德小说中所描写的，印度有的是失去土地的农民，不愁招不到工人，"兄弟，我们是种地的，可怜可怜我们吧！天旱得我们把家都丢了。我们到这个地方，是到巴里瓦尔的毛纺厂来找活干的"③。还有的工人是破产手工业者，他们无法维持自己原来的手工作坊，只好到工厂里找个事做，维持生计。小说《伟大的心》中有一段对工匠们清早挤在门前等工作机会的描写，工人们拥挤在工厂大门口，脸色憔悴，打着哈欠，歪歪斜斜地靠在半开的门上，他们之所以这样早就赶过来，是听说工厂今天可能需要一两个工人，"因为做器皿的机会越来越少，工匠们都关了铺子。原先都是些年轻人和学徒才在工厂干活，现在工匠们也希望能在工厂找点事做，这样好歹一天也能挣一个卢比"④。

甘鼓、孟奴和阿南德以及其他工人形象，有共性的一面，也有迥异的一面。甘鼓迫不得已成为茶园苦力后，他还是期望能有一块地来耕种，他

---

① ［印］M. R. 安纳德：《苦力》，施竹筠、严绍端译，中国青年出版社 1955 年版，第 354 页。

② 林承节：《印度史》，人民出版社 2014 年版，第 243—244 页。

③ Mulk Raj Anand, *The Sword and the Sickle*, Liverpool: Lucas Publications, 1986, p. 30.

④ Mulk Raj Anand, *The Big Heart*, New Delhi: Arnold-Heinemann, 1980, p. 27.

觉得有了地，就会有收成，卖了收成就可以换来钱，有了土地，生活才能变得踏实。这样一想，甘鼓就对印度工头、英国协理等人对自己的剥削和压迫采取忍受的态度。当茶园苦力爆发反抗以后，他才觉得工人暴乱是应该的。在甘鼓这样的苦力身上，体现更多的还是农民的特征，他们对于生活的期望和将来的幻想，还是建立在拥有房子和土地、自我生活改善方面。从家庭苦力到小作坊厂苦力，再到大工厂的工人、富人家的苦力，孟奴的工人生涯也是被动的。通过和工人莫汉的接触，孟奴认识到自己的生活一直都是被命运驱赶着，自己从来不能主动去把握它们，在病床上的时候，他反而对自己的生活有了计划，有了新打算，朋友要他到孟买去，在工会干一个小差事，负责组织对巴旦放债人、工头和工厂老板的斗争工作。孟奴的这种改变是他个人自我意识的觉醒，也是一个工人对自己所处这个群体的认识的更新，他希望能像莫汉一样，帮助其他工人朋友们。从甘鼓到孟奴，人物形象身上的工人阶级特性在逐步加强，最后塑造出阿南德这样一个敢于斗争、善于斗争、勇于牺牲的工人形象，甘鼓—孟奴—阿南德这三个人物形象的递进与嬗变勾勒出印度工人阶级自身不断成长的过程。

第三节 印度工业现代化与甘地思想

安纳德小说中所表现的工人问题，换句话说也就是"贫困和失业问题"[①]。"一战"后，印度的工业得到了相当大的发展，而这种工业大发展也是建立在英国和印度本土资本家对工人阶级的大剥削基础上，战后印度工业的发展并没有持续多久，20 年代中期就开始了大幅动荡。同时，"一战"后其他国家也处于经济恢复时期，它们大量向印度销售货物，这对印度工业各部门构成了严重威胁，造成印度国内市场产品滞销，大量积压，影响了生产的正常进行，印度工业发展受影响，工人失业情况严重，工人生存环境更加恶劣。这个时期，印度工人农民要求改善处境的呼声也越来

---

① 陈峰君编著：《印度社会与文化》，北京大学国际关系学院 2003 年版，第 342 页。

越高。战争和世界经济的萧条，使得农产品价格暴跌，农民蒙受严重损失。这种情况下，殖民政府并没有采取保护措施，税收也没有减少。为了交租交税，农民不得不借高利贷。"据印度中央银行调查委员会报告，英属印度各省农民负债1924年总额为60亿卢比"①。农民只能卖地来减轻点债务，越来越多的农民生存难以为继。正如安纳德小说《剑与镰》中从欧洲归来的拉卢所看到的：在乡村，田地是绿油油的、雨水也很充足的、不闹饥荒的年景里，农民还是没有收入，只能失去土地流浪到城市里。整个国家都处于困难状况，城市的工人无活可干，流浪到城里的农民没有谋生的手段，成为"白天要饭，晚上做贼"的人。工人和农民的生存无法得到保证，因此，工人、农民运动时有发生也就不足为奇了。

在《苦力》和《剑与镰》中，明显看到俄国十月革命成功对印度工人运动的影响，这与当时的国际环境是相符的。第一次世界大战后，俄国十月革命的胜利和世界其他被压迫民族争取自由的斗争给印度人民极大的鼓舞，战后印度共产主义运动也得到发展，这在安纳德的小说中也有所反映。他以文学形式展现出印度工人的生存状况以及那个大时代背景下小人物的人生遭遇，小说中所反映出的工人运动指导思想和斗争方式，无疑是作者对这些问题思考的结晶，也是对当时复杂的印度社会风貌的现实主义真实再现。

印度近代资本主义大工业产生于19世纪50年代，这种机器大工业是英国殖民者掠夺印度财富的重要手段。大工业生产所用的机器都靠进口，机器越来越多地被应用到工厂生产中，这必然减少对人工的需要，导致机器和人争夺工作机会的局面。1939年，安纳德回到故乡阿姆利则，他看到手工匠阶层的兄弟们，有的使用了机器，有的对机器采取排斥的态度。手工匠们对机器的不同态度也引起了冲突和对立。他创作小说《伟大的心》以阿姆利则城里传统的手工匠者们的遭遇，表现这种大工业发展与传统手工生产的矛盾。

小说中，阿南德的手工匠兄弟们认为大量使用机器才导致他们原来的

---

① 林承节：《印度史》，人民出版社2014年版，第330页。

生活、生产状况被破坏，使他们中失业的人数不断增加。他们认为机器是罪恶的根源，应该毁坏机器，回到原始的劳动状态，书中学生的观点可以代表一种用暴力抵制机器、抵制社会变化的思想。安纳德在小说中提到甘地思想中对于机器与现代化的看法，甘地说："古犁，纺车和古代地方教育，保证她——印度有了智慧和福利。必须恢复往昔的纯朴。"①甘地在《印度的自治》中写道："迷恋机器是最大的罪恶，它使人民成为奴隶。"② 安纳德认为这里不是有没有机器的问题，是人如何使用、控制机器的问题。

安纳德不是绝对的甘地主义者，他认为要考虑如何调整机器和工业化对人生活的影响。在《伟大的心》中，安纳德不仅描写工人和资本家的冲突，也揭示传统和现代之间的对抗，阿南德和诗人虽然看到工业化和传统生活方式的优点，他们也意识到在经济、社会、政治激烈变化的现代，传统方式中不合时宜的部分。不管怎样，机器还是需要的，工厂主和工人之间如何共生共存是解决问题的关键。安纳德说："泰戈尔和甘地等人的西方经历和西方影响是一件好事。否则，我们还停留在正统思维的旧套套里。对于传统，他们有合宜的思想，从过去继承好的部分，但是也让新思想注入传统中。"③ 这句话表达出安纳德如何看待传统和现代、机器与手工以及外国文化对印度社会影响的思想观点。他还说，"责备工具是没有用的。问题是谁控制机器。机器是没有感情的，是人控制着它们"④。"我不知道用什么方法让他们明白责备工具是没有用的，问题是谁是机器的主人。像一个时髦的外国新娘，当我们接受她的时候，也接受她带来的机器这个嫁妆，机器没有感情也不会思考，会思考和有感情的是人。"⑤

随着工业现代化的发展，应用机器和更新生产方式出现在越来越多的生产领域，人改良工具（机器）以便让机器更好地为人服务，与此同时，人类生活方式、社会构成方式等也会被机器应用方式所带来的工业社会的

---

① 参见李文业《印度史：从莫卧尔帝国到印度独立》，辽宁大学出版社1998年版，第224页。
② 同上。
③ Marlene Fisher, *The Wisdom of the Heart*, New Delhi: Sterling Publishers, 1980, p. 75.
④ Ibid., p. 27.
⑤ Ibid., p. 40.

改变而重构，这是人类社会发展趋势，不以人的意志为转移。甘地和甘地思想的追随者，当时看到的是机器生产对人类生活浅层的改变，没有意识和预见到机器应用对人类社会深层次的改变。

当安纳德以冷静的笔墨描摹现代印度社会中工人的人生世象的同时，他更倾注了多年来对这个古老而多灾多难的国家的政治思考。正如他自己所言，《伟大的心》是"一个在新的世界环境中人如何使用机器的寓言。我认为，所有的东西，机器，政治，议会等都可以用它对人的影响来判断。如果一个大水坝建好了，可是人们还是得不到水，水坝是没有意义的"①。奥罗宾多·高士说："谁把工人农民（他泛称'无产阶级'）从沉睡中唤起，谁就能掌握印度的命运。"② 安纳德希望自己的小说能起到唤醒印度工农的作用，也希望修建"水坝"者——掌握印度命运的统治阶级——能给印度工人、农民奏响生活的幸福之音。

---

① Marlene Fisher, *The Wisdom of the Heart*, New Delhi：Sterling Publishers, 1980, p. 79.

② 转引自林承节《印度民族独立运动的兴起》，北京大学出版社 1984 年版，第 319 页。

第四章　个人身份探寻与农村主题

　　"一路上，难得看到几座聚落和村庄，放眼望去，净是一片荒凉、贫瘠的褐色土地。……低矮的房舍，四处弥漫的灰尘，仿佛跟周遭的土地融合成一体。马路两旁卷起一团团尘土；每一团尘土中，我们都可以看到一个正在干活的农夫。"① 这是诺贝尔文学奖得主奈保尔返乡途中所见到的印度农村的情景，贫穷、落后，他所描述的景象与安纳德小说中的印度农村没有本质的区别。印度 2/3 的人都是依靠农业为生的，但是农业只占国内生产总值的 1/5，印度农民仍然在土地上为了生存苦苦挣扎、辛勤劳作。

　　安纳德的外祖父是农民，小时候，他随母亲到外祖父家住过，印度北方农村的美丽景象给他留下深刻印象，农民的苦难生活也让他感到震惊。在《村庄》《剑与镰》中，安纳德描绘出印度农村的生活画卷，表达自己对农民的热爱和同情。安纳德塑造的农村青年拉卢，既有印度农民传统的勤劳、朴实的品德，也有反抗压迫的不屈精神。拉卢从一个充满叛逆个性的少年，成长为带领农民起来斗争的农运领袖，他是那个时代印度农民的优秀代表。

第一节　拉卢身份探寻：农民、士兵和农民领袖

　　关于后殖民主义理论何时产生，有人追溯到 19 世纪后半叶，有人说它

---

　　① ［英］V. S. 奈保尔：《幽暗国度：记忆与现实交错的印度之旅》，李永平译，生活·读书·新知三联书店 2005 年版，第 380 页。

是 1947 年印度独立后出现的一种新的意识，也有人认为它是由 20 世纪 50—60 年代出现在非洲的殖民主义批评话语产生时开始的。作为一种西方理论，后殖民批评于 20 世纪 70 年代末趋于成熟，从历史语境看是晚期资本主义所带来的全球关系变化的一种反映，从理论背景看则与 60 年代末兴起的后结构主义思潮有着密切的联系。后殖民理论已经成为一种力量，渗透到文化和知识的建构之中。文化身份研究关涉到"我是谁？""我与什么认同？"的重要问题，它是一个族群或个体界定自身文化特点的标志，也是每一个民族或个体安身立命的根本。当旧的殖民体系瓦解，西方对东方的殖民性侵略主要表现为一种文化渗透和控制的时候，文化身份问题是后殖民批评中一个让人关注的问题。每一个时代和社会都重新创作自己的"他者"，不断重新建构自己的身份，身份是流动的、复合的、杂交的。

拉卢是"三部曲"小说《村庄》《黑水洋彼岸》和《剑与镰》中的主人公。农民子弟拉卢在村里英国人办的学校上学，英国官员到村里来视察的时候，拉卢因为能说英语被选为村里童子军的队长，他的表现激怒了村里的地主。父母从高利贷者那里借来钱，为拉卢二哥筹办婚礼，邀请一些人到家里准备婚礼用的物品。地主的女儿玛娅和村里的姐妹们到拉卢家来看热闹，拉卢和她们玩得正开心之际，被地主碰见。地主诬陷拉卢偷他家的饲料，带警察来抓拉卢。拉卢一气之下打了地主，逃了出去。在城里，拉卢遇见部队征兵，他报名成为一名英印部队的士兵。拉卢逃走后，大哥打死人被判了绞刑，二哥成了出家人，父亲也去世了。"一战"爆发后，拉卢随部队到了法国，参加对德国军队的战斗。战争中，拉卢的战友们有的战死，有的被弹坑积水淹死，有的无法忍受战争带来的心理折磨而自杀，他也在一次战斗中负伤成为德军的俘虏。"一战"结束后，拉卢被释放回印度，看见城市街道上乞丐和流离失所的农民，他的心中充满同情。拉卢回到村里，知道母亲已经去世，自家的土地被地主霸占，他幻想回村种地、好好生活的愿望破灭，他见到守寡在家的玛娅，就带着她投奔到闹革命的朋友们那里。拉卢和朋友们领导农民进行一系列反抗地主压迫的斗争，斗争引来地方政府的干涉，拉卢的朋友被警察监禁了起来。拉卢准备带领农民游行抗议，救出朋友。警察开枪镇压，拉卢和农民们被捕入狱。在狱中，拉卢收到玛娅发来的电报说他们的儿子出生了。

安纳德笔下的农民勤劳善良，洋溢着旁遮普地区农民的热情、开朗，他们中有的勇敢、坚强，敢于反抗压迫，但也有的摆脱不了愚昧、麻木，摆脱不了奴性。安纳德不仅描绘出印度农民的众生相，也突出塑造拉卢这样敢于和甘愿为广大农民的解放而奋斗、牺牲的农民形象。

安纳德写出印度农民性格中共性的一面，他们天生胆小，很难摆脱与生俱来的奴性。《剑与镰》中这样描写一个到地主家求情的农民："于是那个独眼男人战战兢兢地提起帘子，把他那整齐胡子上面的黑脸皱得像个无声的痛苦的大疙瘩，开始伸出合十的双手，以头触地，在地板上引人反感却又出奇地引人揪心地拖着身体，向脱鞋子的地方爬去。"[①] 常年处于被压迫的境地，农民们已经形成怯弱、胆小的心理，他们这种跪在地上爬走的样子，让每一个有良心的人都恨不得对他们大喊："站起来，像个人样。"[②]

他们天性善良，却也鲁莽、愚昧。拉卢的大哥沙尔姆虽然总是沉默寡言，喜欢耷拉着脑袋，头上的头巾包得很松，他却是个刚愎自用的人。他发现妻子和地主的儿子、寺庙住持一起饮酒作乐，一气之下用斧子劈死地主的儿子。作为长子，沙尔姆在家里发生变故时应该保持冷静，但他却鲁莽杀人，自己也被绞死。父亲承受不了家破人亡的打击也生病去世了。与沙尔姆相似，《高丽》中的潘奇也是个鲁莽农民。他因为牛耕地的事情，和叔叔吵架分家；经过芒果园的时候，他不假思索就冲动地偷摘芒果，最后只好把当首饰得来准备买粮食的钱用来赔偿。沙尔姆和潘奇的鲁莽行为，使原本生活就艰难的家庭，陷入更深的痛苦中。

《村庄》中写一个愚昧的农民的土地被人骗走后，他成了苦修者，常年从村子里送井水给庙里的住持和朝圣者。他平常挂在嘴边的话就是"遵命"、"请吩咐吧"和"上帝是独一无二的"。农民还有其迷信、不理智和残忍的一面。在集市上，一个江湖郎中正叫卖一种"长生不老药"，围观的农民们将信将疑。这时候，假装成买家的江湖郎中的合伙人叫嚷着要买

---

① Mulk Raj Anand, *The Sword and the Sickle*, Liverpool: Lucas Publications, 1986, p. 97.

② Ibid.

药，他的叫喊声立刻打消了其他农民的顾虑，大家纷纷从自己的缠腰布里拿出钱袋，摸出那点可怜的积蓄去买药。而有的农民全神贯注地看人卖药，钱全被偷走了。拉卢在集市上看见这样一出骗局后，又听说集市上其他种种欺骗农民的花招，他无可奈何地发出了这样的感慨，"为什么这些农民这么容易就上当受骗？"① 农民的愚昧、迷信使他们无法抵制这些花言巧语的蒙骗。小说《高丽》中正是由于潘奇的迷信、残忍和不理智，才听信婶婶的话，赶走怀孕的妻子。

"一双粗糙而结实的大手由于静脉曲张而暴满了青筋，肤色黑得怕人，面庞皱缩，两颊深深凹陷，好像某种消耗精力的暗病已经夺去了它的生气，把它弄得歪歪扭扭，丑陋不堪"②，这是一幅典型的印度农民画像。在宗教信仰的"神力"、僧侣的威力和地主的暴力下，印度农民已经变成逆来顺受的人，他们关心的是自己那几小块土地，不知道也不关心是什么力量在压迫他们，在他们的身上随时可见的是奴性、孱弱无力和萎靡不振，遇事畏首畏尾，犹豫动摇，顾虑重重，简直像半死人一样。然而，也有像拉卢父亲和克里希那外祖父那样充满血性的农民。他们是"为真理打过仗"③ 的印度农民，他们身上还保留着锡克农民渴望自由和不怕牺牲的精神。年轻的时候，面对英国殖民者的入侵和当地统治者的软弱投降，拉卢父亲和克里希那的外祖父这一代印度农民奋起反击，现在他们老了，生活也让他们变得胆怯，他们曾经沸腾过的热血还激荡、鼓励着年轻的印度农民继续为争取民族独立和个人解放而斗争，拉卢就是典型的代表。

（一）《村庄》里的拉卢：叛逆的农村少年

《村庄》是"拉卢三部曲"的第一部，也是安纳德早期写作中最重要的作品之一。小说再现第一次世界大战前夕，灾难深重的印度农村情景，也开启了安纳德作品中重要的人物形象之一"拉卢"的文学之旅。在这部小说中，安纳德塑造出一个性格鲜明、真实可信的农村少年形象，在忠厚老实、刻苦耐劳之外，他不畏权势，反抗农村地主势力和宗教势力。此节

---

① ［印］M.R. 安纳德：《村庄》，王槐挺译，上海译文出版社1983年版，第121页。
② 同上书，第122页。
③ 同上书，第67页。

分析拉卢的少年经历，他从一个快乐而富有叛逆和斗争精神的少年开始走上人生的苦难历程，探寻他少年阶段的幸运和不幸。

拉卢有一个普通而和谐、幸福的家，他是父母最疼爱的孩子。和旁遮普农村很多家庭一样，拉卢的家庭以务农为生，父亲和兄长们在田野里辛勤耕作，母亲和嫂子细心照顾家庭，一家人过着还算富足的生活。拉卢的大哥已经成亲，父亲期望拉卢和二哥也能早日娶妻生子，"只有这两个孩子成了亲，他家才能传宗接代，他才能看到他儿子的儿子兴旺发达，他才能把祖先的美名传给怀念他的子孙后代"①。拉卢热爱家人，和他们一样勤劳，他喜欢干活，觉得干活易如反掌，毫无难处，"只要他们肯多爱我几分，也让我爱他们，我要不了多久就能靠干活来偿清他们的债务，解除他们的烦恼"②。

拉卢是个心地善良的少年。他看不惯牛倌毒打牛，也看不惯母亲总是嫌弃村里的穆斯林吃肉，"不错，他们是很肮脏，可是他们是村里最穷苦的人呀"③。他甚至同情村里不可接触者，提醒自己不要因为他们低贱就看不起他们。在集市上，农民用辛苦挣来的钱去买江湖郎中的长生不老药，去看将人变成兔子的魔术，拉卢痛心集市上那些单纯、无力、被欺骗的农民。他鄙视将利益放在第一位的商人们，尤其是奸刁刻薄的放债人。放债人以低价把借钱人的首饰、地契等收进，却以高利息借钱给农民，那些借钱的农民却还怀着感激的心情收下自己以祖传物品借来的钱。拉卢看透了借钱人的把戏，忍不住自己的性子，把放债人说了一通，也让自己受到父兄的责备。

拉卢是个热爱自由的少年，在他眼里，宗教习俗、祭司巫婆都是让人压抑的东西，因此他干出剪辫子、反抗祭司、质疑巫婆的行为。拉卢从小就被妈妈宠着，是用牛奶和杏仁喂大的孩子，父母、家庭的宠爱不仅使拉卢长就强健的体魄，也养成他叛逆的个性，与身边的世界格格不入。他尊重父亲、兄长，却看不惯他们因循守旧的行为。父亲不仅对村庙住持言听

---

① ［印］M. R. 安纳德：《村庄》，王槐挺译，上海译文出版社 1983 年版，第 330 页。

② 同上书，第 161 页。

③ 同上书，第 79 页。

计从，还花钱从城里买来绸子送给他，这让拉卢很不理解，也很生气。大哥行为鲁莽，喜欢打妻子，也让拉卢感到不满。拉卢非常尊敬母亲，但对她刁难刻薄嫂子的做法充满反感。父母为二哥的婚事借高利贷，拉卢看不惯这些迷信风俗，咒骂他们做这些事是毫无意义的繁文缛节。他目光敏锐，善于分析问题，他憎恨各种旧恶，敢于挑战它们的权威。短裤、铁手镯、双刃短剑、束发和发梳是锡克男人的标志，但拉卢觉得这些标志规定都是在古代战争时期根据必要和常情而作出的，他认为这种必要性在现代已经不再存在，也就没有必要继续遵守这些习俗。拉卢的头发在头顶梳成辫子，平日梳理起来非常不方便，在炎热的夏季里，清洗起来就更加不方便，他就趁去城里赶集时剪掉辫子。拉卢的行为不仅受到父母责骂，村里狂热的教徒还强迫他坐在驴子身上游街来羞辱他。拉卢剪掉辫子也许更多是出于少年人贪图方便，想以后可以悠闲自在地搔头发，可以扔掉头巾，擦上头油，光着脑袋四处走动。但回到村里所受的侮辱，让他重新思考自己剪辫子的行为，他认识到这是自己对宗教陋规的一种无意识反抗。

如果说少年拉卢对家人的反抗更多是出于年轻人成长期的逆反心理的话，那么他反对锡克教传统、鄙夷锡克教长老的行为则是与旧恶势力的对抗。他认为村里的祭司住持"这个宗教人士的灵魂很肮脏"，"他吃的是美味佳肴，穿的是黄绸法衣，抽大麻烟，喝大麻酒，如果传说不错，他还嫖妓宿娼，勾引妇女"①。即使这样，祭司住持们还愚弄村民说："生命总是要停止的，你侍奉了圣徒，你一定会得到公正的报答。因为别的事情比起侍奉圣徒来都算不得一回事了。"② 他从住持的举止行为中看到他们虚伪、狡猾和奸诈的本质。

拉卢是个感情细腻的少年，看到田野上美丽的景色，"看到牧草地上射出的粉红色光芒时，一股异样的柔情从心头漾起，他不由得热泪盈眶"③，家乡土地的自然美景，一次次让他感动落泪。他凭着天生的坦率态度和身上的农民气质，以压倒一切的坚韧精神追求生活中的真理，他对乡

① ［印］M. R. 安纳德：《村庄》，王槐挺译，上海译文出版社 1983 年版，第 70 页。
② 同上书，第 69 页。
③ 同上书，第 224 页。

村之外的世界也充满好奇，对新鲜食物没有排斥心理，对生活充满信心和许多美好的设想。以少年人最淳朴的热情，拉卢想以自己的能力来改变家乡面貌。他在英国人办的学校读到八年级，懂得些科学知识，对农村事务都有自己的看法，"他曾经根据自己的热情和信念，想出了些不甚明确、也不大实际的改造村庄的计划"①。他喜爱各种机器，向往着用新的生产工具、新的耕种方法改变家乡的状况。

尽管生活中有很多欺骗和束缚，少年拉卢依然热爱生活，以少年人特有的热情渴望爱情。拉卢憧憬美好的爱情，他暗恋的对象是地主家的女儿玛娅，"一张惹人喜爱的鹅蛋脸，闪耀着金花的光彩。一双印度北部罕见的蓝眼睛，……总是闪耀着快乐的光芒"②。拉卢和小伙伴去城里赶集时和玛娅搭同一辆牛车，到城里后，拉卢把玛娅抱下车，美丽活泼的玛娅和她苗条柔软的身体给拉卢留下难忘的印象。对地主阶层的恐惧和憎恨使拉卢对玛娅的感情在渴望和疏离中挣扎，拉卢被自己对玛娅的感情扰乱了心，少年人叛逆个性和对爱情的渴望加深了他对玛娅的喜爱之情。地主看到拉卢和玛娅一起嬉戏的情景很愤怒，借口自己家东西丢失，诬陷拉卢为小偷，并勾结警察来抓他，拉卢打伤地主后逃离家乡。少年拉卢根本就不担心自己喜爱地主的女儿会产生什么后果，为了爱情他愿意加入军队到处奔波，流落他乡。

正如安纳德笔下的印度北方农村里美丽的景色一样，少年拉卢蓬勃年轻的生命和刚刚展露的对生活的渴望和憧憬，是这部小说里让读者难以忘怀的阅读感受。拉卢对把持着乡村里农民生活的宗教势力、地主势力的单纯地反抗，是涉世未深的少年人所具有的本真性格，是那些经历过生活磨难者已经失去的生命原初的动力，这种动力才能促使拉卢这样的农民去改变印度农村的落后和贫穷。另外，拉卢还只是个初步具有反抗意识的少年，他没有从本质上认识到造成印度农村、印度农民苦难的根源所在，也无法根本上使家人和乡亲们摆脱困境。他的行为更多的还是青春期少年的任性行动，无法惩处地主、祭司，反而使家人遭受迫害，最终导致自己家破人亡。

---

① ［印］M. R. 安纳德：《村庄》，王槐挺译，上海译文出版社 1983 年版，第 216 页。
② 同上书，第 96 页。

（二）《黑水洋彼岸》中的拉卢：在法国的印度士兵

王槐挺先生在《黑水洋彼岸》的前记里说："1914 年 9 月，第一次世界大战爆发后不久，一支英印军队便远涉重洋，到达法国，投入了人类历史上前所未有的大屠杀。"① 这句话交代了这部小说发生的历史背景，而参与其中的主人公拉卢则在黑水洋彼岸的经历中，通过法国、战争认识了自己作为英印军队士兵的身份——一个印度人，一个在法国的印度人，一个在欧战中的印度士兵。

拉卢从小在旁遮普农村长大，他的世界就是自己生活的村庄、去卖粮食的城镇和当兵的军营，而现在他渡过被印度人认为的辽阔"黑水"，他作为一个印度人的身份在法国文化背景下，显得异常醒目，他是被法国人所观看的异质文化的演绎者。在异国他乡，即使很多印度人在一起，印度的文化、宗教习俗和生活习惯仍然是他们彼此认同的依据，也是个人民族身份不被异化的保证。

从饮食、起居到敬神习惯，印度人从最小的细节里延续着自己熟悉的生活习惯。"等他从厕所出来，营地里已经很热闹，好像这是个印度的一般兵站。……有的在解行李，有的在用唾沫擦皮鞋、皮带及铜纽扣，有的在洗脸，用国内带来的洁齿棍刷牙，喉头发出雷鸣般的咕噜声和吓人的震荡声，一面还哼着赞美诗、圣歌和众神的名字"②。作者通过几个细节就生动描摹出典型的印度生活场景。

印度语言缓解士兵的思乡之情。大家在一起的时候，用印度人都知晓的带有民间故事背景的习语来表达自己的情感。"送水夫，当国王，两天半里真风光。"③ 印度民间故事里说，一个国王为报答一个送水夫在他处境困难时对他提供的帮助，向送水夫表示可以向他提一个请求，不管是什么样的请求。送水夫说他想当几天国王，国王果然满足了他的要求。这是用民间故事讽刺军队里一个在父亲庇护下好吃好住的士兵。"在瞎子面前哭

---

① 王槐挺：《译者前记》，载 M.R. 安纳德《黑水洋彼岸》，王槐挺译，上海译文出版社1985 年版，第 1 页。
② ［印］M.R. 安纳德：《黑水洋彼岸》，王槐挺译，上海译文出版 1985 年版，第 19 页。
③ 同上书，第 153 页。

泣，是白白损坏自己的目力。"① 表达印度士兵对待被扯入于己无关的战争时的无能为力感。

　　作为一个来到异域的印度人，迥异的法国文化和社会风情冲击着拉卢的心灵，他睁大好奇的眼睛，观看着、感受着、比较着异质文化呈现的一切景象。初到法国的兴奋之情让他有种"乞丐发横财，心中无限美"② 的感觉，在他的想象中，这是一个未知而让人向往的世界，他"激动得几乎达到了歇斯底里的程度"③，从景观到法国人的生活，都吸引着他。在印度，年轻人几乎没有和女性自由交往的机会，刚到法国的印度年轻人首先被大方、活泼的法国姑娘们吸引，拉卢和他的朋友一起去酒馆、酒吧，甚至去妓院。拉卢对这些场所的好奇，还带有年轻人的任性和想放纵一下的念头，这也说明拉卢（和其他刚刚接触异质文化的人一样）初次真切置身于异域文化空间体会到的感官和外在刺激。当拉卢渐渐习惯这些外在感觉之后，他也开始思考达努所抱怨的外国人"不信宗教。没有律法。他们喝酒，对女人做媚眼。他们只相信今生今世，就知道吃吃喝喝"④ 的现实，他意识到印度人和法国人在文化上的差异。"他曾象仰望某种天国一样仰望着整个欧洲，总是为所有的外国事物进行辩护。他往往会忘掉自己国家里也有好的东西。"⑤ 随着对法国的接触增多和了解增多，他发现法国人和印度人有着不少相同的地方，比如，母亲对孩子的溺爱，他寄住的法国人家，法国妈妈让他想起自己的妈妈，因为她给了拉卢像母亲一样的慈爱。像法国妈妈一样，拉卢的同胞达努大爷看到法国小女孩想起来自己的女儿，他像对待印度孩子一样，拿出一个安那想给她，看到钱币才想起自己身在法国。拉卢看到站台上依依惜别的法国夫妻，看到法国妻子的眼泪，他发现法国人和他一样厌恶这场被迫参加的战争。

　　法国—欧洲文化和社会现象、社会状况开拓了他的视野，启发他对世界、社会的思考，为将来他的另一个"农民运动领袖"身份的形成，进行

---

① ［印］M. R. 安纳德：《黑水洋彼岸》，王槐挺译，上海译文出版1985年版，第245页。
② 同上书，第6页。
③ 同上书，第8页。
④ 同上书，第89页。
⑤ 同上书，第44页。

了文化上、思想上的铺垫。拉卢看到圣女贞德的雕像，回想起在课本中学到的贞德带领民众抵抗英国人的历史时，他不禁"热血沸腾，立志要学她的样，走光荣的道路"①。

拉卢和他的同胞们之所以到达黑水洋彼岸，他们排在第一位的身份是到欧洲参战的英印军队的士兵，他们是参加欧战的亚洲人。这场发生在远离印度千万里之外的战争与他们并没有切身的关系，他们仍然表现出一个士兵的勇敢和忠诚，以生命和鲜血不辜负自己的士兵身份。同时，在战争中拉卢和他的士兵同胞所遭遇的军队腐败和对士兵生命的漠然等，也让他意识到军队里的长官和印度其他类型的统治者一样，都是压迫底层人民的代表。

拉卢逐渐意识到战争的真实性和残酷性，随着一个一个熟悉的、朝夕相处的同胞阵亡，拉卢意识到人的生命的宝贵。战争锻炼了拉卢，使他从一个单纯的农民士兵变成杀人工具，一个在战火和炮声中情感逐渐麻木的人。开始时，拉卢并不知道战争到底是怎么回事，也没有认真想过战争能让一个人失去鲜活的生命，"在欧洲幸福地逗留了几天，经过了不断的行军之后，他现在不得不面对终结生命的威胁了，这种局面他可是从没指望过，就连在最荒诞不经的胡思乱想中也没有想到过"②。拉卢看到与自己年龄相仿的德国士兵变成尸体，他又难过又害怕，"他们为了好好生活，进行了那么多年的准备，现在都死了，完蛋了"③。拉卢听过自己的同胞英勇战斗的事迹，"敌人突然在堑壕里出现在他面前的时候，他单枪匹马和他们干，在刺刀折断以前杀死了五个德国兵"④。也亲眼看见自己熟悉的朋友在战斗中牺牲，"士兵乌斯门·汗让步枪子弹打中了，后来又中了一枪，可是他象英雄一样挺立着"⑤。经过和德国人一次面对面交锋后，拉卢和他的朋友一样，"似乎经历第一次出击的苦难以后，他们现在已经什么事情都不怕了"⑥。他很快就适应了艰苦的战场环境，也变得麻木了，"他们总

① ［印］M. R. 安纳德:《黑水洋彼岸》，王槐挺译，上海译文出版 1985 年版，第 49 页。
② 同上书，第 132 页。
③ 同上书，第 136 页。
④ 同上书，第 215 页。
⑤ 同上书，第 149 页。
⑥ 同上书，第 205 页。

是在不见星光、气候恶劣、下着蒙蒙细雨的夜里紧张地干上三四个钟点，然后精疲力尽地回到战壕里，象老鼠一样钻进潮湿发臭的粘土洞里，把头巾、围巾或破衣服裹住了脸和耳朵，把大衣和毯子裹住了他们象土墩一样坍在地上的不成样子的身体，企图在睡眠中忘掉一切"。①

在战场上的时间越长，拉卢就越习惯这个杀人场所，"拉卢守在自己的岗位上，耐心地等待着，同时凝望着对……炮火的猛轰显得出奇地无动于衷的每一个伙伴。他的血液好像已经凝固了，他似乎只是视而不见地看着站在他身旁的所有的人，仿佛无论对自己或他们都不再有一丁点儿同情心了"②。战争终于也使拉卢成了冷静的杀手和残酷的掠夺者，"拉卢立即下了决心，象觅食的狮子般把腰弯得低低的，端起刺刀朝那人猛冲，使出平生气力向他扎去，……他解开皮表带，哆嗦着取下手表，让这德国兵的还有点儿热气的手掉到他的身旁"③。习惯战场之后，拉卢和朋友们还能泰然地"欣赏"战场"景色"："这一排被弄醒的士兵都挺直身子站立着，看着这只铁鸟受到火线后面某个地方的高射炮针对它的阵阵射击。"④ 他们在战争中可以悠闲地看在身边发生的战斗。

然而，当身边熟悉的同胞一个个被一次次的战斗夺去了生命，拉卢梦见迦梨女神血腥的样子，会想起朋友死去的样子，他那忐忑不安的心里充满达努大爷那张呆板而僵硬的死人脸的形象。他摇晃一下身子，想忘掉达努，可是那些在抵御德国人的纵向射击中冒着枪弹挺身而出因而牺牲的人又钻进了他的脑海。他开始质疑参战的意义，"只要是他们信仰的事情，便干得比谁都忠诚，可是在这场战争中他们是中立的，因为这场战争并不是为了任何一种他们祖传的宗教，也不是为了任何能使人热血沸腾、壮怀激烈的理想。他们被政府遣来差去，为了洋先生们付给他们的每月一英镑的饷金"⑤。拉卢的战友基尔奴平静的外表下一直压抑着对战争的厌恶和反感，因为伤亡的人越来越多，他被任命为班长，他不愿意带领同胞投入死

---

① [印] M. R. 安纳德：《黑水洋彼岸》，王槐挺译，上海译文出版1985年版，第161页。
② 同上书，第395页。
③ 同上书，第223—224页。
④ 同上书，第157页。
⑤ 同上书，第164—165页。

地，更不想亲自发出进攻的命令后看着士兵在自己的号令下失去生命。他因抗拒任命被关禁闭，夜里开枪自杀。基尔奴以自己的生命去抵制战争，战争的残酷性和正义性再次冲击着拉卢的思想，军队里上级长官的冷酷和指挥不力，"所有的军队都是处在不明真相的环境里的。……一时被人撇下的又不只是你一个人"① 也让他思考参战的意义。

作为一个在黑水洋彼岸参加战争的印度兵，拉卢从一个农民子弟变成一个成熟的士兵，恶劣的战场环境和残酷的战争场面使他在心理上变得麻木，也使他对自己的生命变得淡漠，变成杀人机器。拉卢在异域完成了对自己士兵身份的建构，同时也解构自己单纯的青年农家子弟的身份。安纳德塑造拉卢士兵身份时，一方面借拉卢的身份之旅揭露英国殖民政府拖印度进入战争的殖民本质，另一方面，也是借拉卢的战争经历表达自己对战争的看法。

1914 年至 1918 年的第一次世界大战是英国和其他殖民国家为重新瓜分世界、争夺殖民地而发动的，英国殖民政府一方面加大对印度的殖民掠夺，以扩充、保障自己参战的经济实力，同时更是在印度国内加大战争宣传，号召印度举国一致支持殖民政府，并把印度军队作为英国军队的一部分，派遣到三个大洲的战场作战。对于这场与自己没有直接关系的战争，印度人民不仅出钱还贡献出自己民众的生命。小说以拉卢的欧洲战场见闻真实地再现战争场面，也揭露英印政府号召的献身精神完全是骗人的幌子，印度人民只希望早日摆脱战争，印度士兵也希望能早日离开战场回到印度斯坦。

安纳德是位和平主义者，他年轻时曾支持西班牙人民反抗弗朗哥的独裁统治，参加过国际纵队在西班牙的战争，这段经历帮助他在小说里真实地再现战争场景，更准确地描摹出处于生命危险边缘的士兵的心理感受。《黑水洋彼岸》写作的时候，欧洲已经处于第二次世界大战的边缘，作家希望能借着对第一次世界大战的回顾和反思，呼吁人们避免这样的杀人战争再次爆发。2014 年是第一次世界大战爆发 100 周年纪念，再次翻阅这本

---

① ［印］M. R. 安纳德：《黑水洋彼岸》，王槐挺译，上海译文出版 1985 年版，第 141 页。

小说，一是为纪念百年前那场人类之间的大屠杀，也是为提醒当代世界人民不要把人类再次拉入战争的灾难中。

（三）《剑与镰》中的拉卢：成长中的农民运动领袖

"拉卢三部曲"在安纳德的创作中占有重要地位，中国在 20 世纪 80 年代翻译出版《村庄》和《黑水洋彼岸》，尽管翻译家王槐挺先生在 1985 年就完成《剑与镰》的翻译工作，然而直至译者逝世四年后这本小说才出版，中国读者终于有机会一睹"拉卢三部曲"的完整风貌，知晓主人公拉卢的命运走向。《剑与镰》中拉卢回到印度，参加农民斗争，但斗争因领导人犯自发性错误而归于失败，安纳德写的是失败的教训。为反映农民的苦难，他从当时侨居的英国回印度农村体验生活，接触各式各样的人。本节继续追寻拉卢的成长足迹，见证他从一个被迫参加农民运动的退伍兵成长为一个自觉的农民运动领袖的过程，解读他所经历的、风雨飘摇中的印度社会。

第一次世界大战期间，拉卢在法国被德军俘虏。在俘虏营里，拉卢接触到印度革命者的宣传，"皮尔莱先生和查托帕达亚先生来向我们讲话，可是我们俘虏谁都不感兴趣"①。对于拉卢这样的俘虏兵来说，他们所梦想的还是将来回到印度后，印度军方能按照战前所答应的条件，"赏一方许诺给每个军人的土地，发一个立功奖章"②，让他们回家娶妻生子过上安稳生活，回国后的拉卢就是怀着这样的愿望去军营里的。当他在军官那里受到盘问侮辱后，他没要政府的肮脏钱就离开军营回家，和家人团圆的渴望支撑着他返乡时的愉快心情。当然，"除了回归故里引起的极端高兴之外，他脑子里也还浮现出过去的全部不幸经历在他心中留下的阴影，流露着对前途的担忧"③。拉卢的担忧变成了事实。回家后，他发现母亲已经去世，自己家的房屋被卖掉，二哥出家为僧，原先给他带来幸福的家庭和家人都已经不复存在。拉卢成了不名一文的退伍兵和家破人亡的无产者，战争直接毁灭他自己的生活和前途，也间接摧毁了他的家庭。在一连串的打击

---

① ［印］M. R. 安纳德：《剑与镰》，王槐挺译，社会科学文献出版社 2011 年版，第 13 页。
② 同上书，第 17 页。
③ 同上书，第 31 页。

后，拉卢见到自己少年时喜爱的地主之女玛娅，正是玛娅的父亲毁了拉卢的家。此时的玛娅不再是当年和他嬉闹的美貌少女，而是失去丈夫的寡妇。拉卢是身无分文的退伍兵，玛娅是生活毫无希望的寡妇，忧虑和哀愁将两个人又拉到了一起。拉卢一想到玛娅的父亲就有无法控制的仇恨沸腾起来，但是他不愿意再品尝失去爱人时绝望的滋味，拉卢还是带着这个自己深爱的、仇人的女儿去参加革命。拉卢是在走投无路时接受别人的邀请参加革命的，"自然我是愿意去的，……就是有送命的危险我也要去。我母亲去世了，家破人亡，土地被人抢走，自己又被部队赶了出来，我有这么些仇要报"①。拉卢带着报仇的目的被韦尔马以做买卖的方式邀请进革命群体中，"我们此时此地就来订个合同，马上签字盖章"②。拉卢被邀请到联合省去帮助一个名叫拉姆帕尔·辛格的贵族去做发动农民、组织农会的工作。

刚刚从"一战"中解脱出来的印度，很多地方又发生了饥荒，农民失去土地被迫进城流浪、打工，这些都成为印度所有城市和村庄里的人民觉醒起来的条件，也是拉卢要去的联合省农村发起农民组织的条件。在当地，拉卢确实帮助农民进行过一些维护权益的斗争，还领导农民徒步去阿拉哈巴德抗议地主的暴行。在阿拉哈巴德，拉卢见到圣雄甘地，而圣雄对于农民苦难的言谈却让他失望，他无法理解圣雄所宣讲的能动的非暴力是自觉地经受苦难，"这一番经受苦难的议论，激怒了坐在那里等待圣雄，倾听他谈话的拉尔·辛格，因为这与他的感情是完全抵触的。凭良心讲，他自己就受过苦，然而他从来没有欢迎过苦难。他一向向往幸福，在追求中受苦。这位伟人的教导，与那些圣人嘱咐人们必须经过苦行净化自己的说教毫无二致。所有那些折磨自己的僧侣、瑜伽师父、苦修僧和乞丐，他们跟这位有识之士有什么区别呢?"③ 拉卢还不能理解和认同甘地提倡通过非暴力的形式来开展农民运动和争取印度民族独立斗争的想法。拉卢不能完全理解甘地说的话，但拉卢说的话却一针见血地指出农民性格中最明显的逆来顺受的这个特点：

---

① [印] M. R. 安纳德：《剑与镰》，王槐挺译，社会科学文献出版社 2011 年版，第 60 页。
② 同上书，第 58 页。
③ 同上书，第 158 页。

"我能对农民说的第一条意见……是抛掉恐惧，真正的解脱，在于他们解除恐惧心理"①。这句话震撼着拉卢的思想，甘地对农民和贱民平易近人的态度，也使拉卢从个人情感上倾向于接受甘地的领导。

　　拉卢并不完全理解甘地关于农民运动的思想理念，然而从自身参与的农民斗争经历来看，他开始认真思考甘地的话。拉卢将参加农民斗争看成一件工作来做，还本着善良的天性去同情受苦的农民，并没有真正做到发自内心地投入这场运动中。拉卢在农民运动中的几次失败经历，让他开始思考斗争的指导思想和方式。一次次暴力（武力）对抗政府的过程，让拉卢痛心于农民兄弟流血甚至失去生命。他意识到韦尔马和伯爵这些为了领导农民运动而穿上粗布衣服的运动领袖，和穿着粗布衣服的农民之间相互是无法沟通和理解的。他们将领导农民运动看成是捞取政治资本的手段，看成是迎合当时国际斗争潮流的行为，并不能从根本上解决农民对土地、对生活的要求。甘地是印度乡村所信奉的文化的终极倡导者，他以非暴力主张将农民所奉行的仪式、传说、史诗等形式改造成斗争手段，将自己以农民一员的形象融入农民中去。在狱中，拉卢认识到甘地思想的行动性和有效性，他认识到"一个人一旦下定决心奉献自己，为他人献身，他就必须学会控制自己，抛弃家庭和种姓利己主义，破除一切宗教谎言"②，让自己完全为众人效劳。甘地是这样做的，在狱中的拉卢决定放弃悲伤，行动起来，争取幸福。在斗争的挫败中，拉卢成长了起来。拉卢认清自己所遭受的种种不幸不只是个人问题，而是印度全体农民都经历的苦难，因而他把自己的命运和千万农民的命运结合起来，领导农民向权势者挑战，领导农民建立一个"全体民众都是弟兄"的美好世界。在斗争中，他掌握了斗争理论和斗争策略，不再是一个胆小无知的莽汉；认识到依靠大家的力量可以改变众人的命运，他成长为一个积极乐观的农民运动领袖。

　　总的来说，拉卢从一个农民的儿子成长为农民运动领袖，是他个人性格、经历使然，也是一个觉醒的农民在时代背景下的自觉选择。拉卢这一人物形象是印度现代农民的新形象，他身上闪烁的时代气息正是印度农民

---

① ［印］M. R. 安纳德：《黑水洋彼岸》，王槐挺译，上海译文出版1985年版，第158页。
② 同上书，第296页。

的希望所在。拉卢的性格有一个发展、变化、成熟的过程，这是个人经历和社会运动相互作用的结果。拉卢少年时的叛逆性格，有少年人的恣情之处，但他从欧洲回来后的人生之路是自我的选择。第一次世界大战时期，拉卢身为英印军队士兵，和自己的同胞远赴欧洲参战，在经历战争炮火、战友死亡和战俘营的生活以后，拉卢不仅在年龄上长大，在心理和生活经验上也成熟很多。回国后，政府并没有因为拉卢在"一战"中的表现而奖给他一块土地，而是打发他回家。亲历过欧洲文明的拉卢，回国后看到印度的现状，意识到自己国家的农民——这些如他父辈兄长一样的人们——正在穷困痛苦中挣扎。在他内心深处的某个地方，潜藏着所有那些与田野中的根茎柱桩纠缠在一起的高涨的激情，这种激情像一座即将爆发的火山。

在领导农民运动的过程中，拉卢从思想、个人情感上都经历了一次洗礼。拉卢带领农民抬尸到阿拉哈巴德进行游行请愿活动，在路上，他们遇到地主和家丁的持枪阻拦，农民与他们发生暴力冲突，两个农民被打死了。到阿拉哈巴德后，拉卢拜见甘地，他并不赞成甘地所主张的非暴力思想，他认为农民面对地主的迫害，理所应当选择暴力反抗。拉卢之所以会有暴力革命的思想，和他的军旅生涯有关，也和他缺乏斗争经验和对印度社会认识得不够深入有关。随后，他和朋友们在农村成立农民协会，按照苏联暴力斗争的方式领导农民集会、示威，这导致了政府、警察更强的镇压。在斗争中，拉卢对社会现实逐渐有了清醒的认识，同时对朋友们的思想和观点也有了新的看法，他意识到照搬外国的方法在印度行不通。

安纳德所塑造的印度农民形象，与普列姆昌德小说中的农民形象之间有一定的继承性，也有一定的突破性。普列姆昌德的小说《戈丹》被认为是印度农民和农村生活的史诗作品，何利一家是印度农民群体的代表，他们的遭遇是印度农民悲惨生活的写照。与普列姆昌德一样，安纳德也关注农民的痛苦，愤怒于他们的麻木和愚昧。安纳德在小说中避免对"何利"式传统农民形象的重复塑造，而是从"何利"式农民的群体中突围，他生动刻画出拉卢这样具有时代特征的农民代表。在农村题材上，安纳德在继承普列姆昌德写作传统的同时，也深化了印度农民形象。

第二节　农村社会变革:农村空间和农民问题

印度北方农村，特别是旁遮普地区，是印度农业生产较为先进的地区，安纳德在《村庄》中描绘出印度北方农村一片喜人的景色:"太阳愉快地眨着眼睛，向远方的田野频送秋波。在山脚下的牧草地下面，河水在碎石间泛起了银光，油光乌亮的翻过的土地上萌发着新芽，远处井台上还传来嗡嗡的声响，似乎在被冬天染成暗红的树丛里，有蜜蜂在新叶间飞舞歌唱。"① 安纳德笔下的种植园有，"富丽的夜色，从布满星辰的天空到坚实的大地是一片浓郁的香气，大地上响动着树木的沙沙声，偶尔被青蛙的咯咯声和甲壳虫的金属般的叫声所间断"②。田野上有"长着赤者红色、金黄色和橙黄色倒挂树枝的爪哇李和木波罗树，以及长在那行基卡尔树和五六棵矮白杨树中间的尼姆树，树身上满缠着长长的蔓生植物"③。乡间，田地，原野，牧童和牛铃声，一切如田园牧歌般美好而平静，作者通过拉卢的眼睛向读者展开一幅印度农村的风情画:"拉卢把目光从这熟悉的起伏的田地上移开，看着远处蒙眬的雾霭。下午的太阳烤得田野里热气腾腾，透过热气，可以看到在轮休牧草地那焦赭色的地面上有一片灰尘在滚滚升起。……他知道那是本村的牛群放牧归来了。牛只的黑色、褐色和白色躯体还看不大真切，它们身上发出的响亮的铃声和哞哞的叫声也听不大清楚。"④ 傍晚时分，村庄里洋溢着浓浓的生活气息，"农民家炉灶里冒出的牛粪饼的烟，灌满了条条胡同。一群群小孩子就在这些烟雾弥漫的胡同里玩板球，在堵塞的排水沟里泥污四溅地跑来跑去"⑤。到了夜晚，"在院子里，农民们围坐在冒烟的火堆旁聊天，他们深沉圆润的声音和水烟筒的咯咯声相互抗衡着。孩子们在尖声争吵。有些地方，母亲们在进行劝解，有些

---

① ［印］M. R. 安纳德:《村庄》，王槐挺译，上海译文出版社1983年版，第224页。
② ［印］M. R. 安纳德:《两叶一芽》，黄星圻、曹庸、石松译，新文艺出版社1955年版，第85页。
③ ［印］M. R. 安纳德:《村庄》，王槐挺译，上海译文出版社1983年版，第4页。
④ 同上书，第43页。
⑤ 同上书，第54页。

地方，人们唱起了使人安静的催眠曲，或者讲起了古老的故事"①。

在季节的交替轮回中，乡村呈现出不同的景象和生活气息：芒果收获的季节，农村芒果园里有黄黄的芒果和香甜的果味；夏季清晨的薄雾中，井边的台阶上，窃窃私语的姑娘和低低的笑声。村里有人家要举行婚礼了，婚礼前，新郎的妈妈会提着篮子，挨家挨户送椰子糖，邀请邻居家的妇女到家里来合唱；为婚礼而烹制的各种甜点，在农家院子里散发着诱人的甜香；裁缝被请到家里做婚礼上家人穿的新衣服，院子里铺着布，衣服上的坠饰在阳光下闪闪发光。安纳德用优美的语言，描绘出印度北方农村的风情，"似乎这是个极乐世界，到处都是男女老少、飞禽走兽和水果鲜花，充满了生活所赋予的难以用语言表达的幸福和快乐"。② 但美好的田园风光掩盖不了农民生活中的种种不幸，它们在美丽的自然景色映衬下，更显出人世间的丑陋。

在田地里耕耘的农民，盼望每一年都能风调雨顺，可老天爷并不让农民如愿，总是会带来各种自然灾害，其中暴雨和干旱最为常见。《两叶一芽》中，甘鼓背井离乡来到茶种植园成为一名苦力，一场大雨冲毁了他的田地，也冲走了他的希望，"大地哭起来了，流着一条条的细流和洪流，与河水汇合在一起，冲去了苦力们的稻子庄稼的嫩苗"。③ 面对这样的打击，"甘鼓怀着一片几乎是泰然自若的心情，看着老天爷的这场横暴的表演，看着这场暴风雨，就像他在身心极度苦痛的这一刻，在他因为收成的损失而绝望的这一刻，已经扫除了他对于那不可逃避的劫数的恐惧，释去了他胸头的一件可怕的重负似的"④。或许身为农民，难免会经历这种希望和失望的交替心情，也可能是甘鼓对于大自然所带来的种种不幸已经由习惯到麻木了。

与暴雨同样可怕的是干旱。《剑与镰》中是这样描写的："大地像被火烧了一样裂成一块块干得像煤渣的黑泥巴；草木被烤得卷起了叶边；人们

① ［印］M. R. 安纳德：《村庄》，王槐挺译，上海译文出版社1983年版，第87页。
② 同上书，第19页。
③ ［印］M. R. 安纳德：《两叶一芽》，黄星圻、曹庸、石松译，新文艺出版社1955年版，第227页。
④ 同上。

四肢发软，气力全无；坑、潭、塘、池干涸了，害得牲口没命地乱踢，徒然地掘取泥中的潮气，然后身上溅满了自己的粪便，匍匐到地上；鸟儿一小段一小段地飞行着，寻找食物和空气，瞥得气都喘不过来；就连寂然无声地爬在草根和缝隙中的甲虫和蚱蜢，都被熏得气息奄奄——仿佛大地已到了一年中的正午时分，正在等待着，等待着一丝凉风，些许湿气。"① 在这种情景下，"干旱似乎变成永久性的了，还是没有下雨，干热的田里，死鸟越来越多，井几乎干涸了，家畜也越来越少，主人们把他们的母牛、公牛、水牛都卖到很远镇上的屠宰场里去了"②。干旱使"人们的日子难过到了极点。无地农民的妻子和儿女被大自然和营养不良糟蹋得不像人样，衣衫褴褛地在村中被人舍弃的街道里游荡、哀号"。③

干旱不仅在生理上折磨着农民，更是从心理上摧残着这些无助的人。没有雨水，也就没有收成，也就没有钱归还所借的债，也就意味着将要失去作抵押的土地。在这种压力下，人类原本向往的天伦之乐，也变成一种沉重的负担。《高丽》中，丈夫潘奇听说高丽怀孕了，他并没有感受到即将成为父亲的幸福，而是想到又要多张嘴吃饭。在旱灾如此严重的情况下，夫妻两个人糊口都很困难，哪里还有能力再抚养孩子。于是，他把高丽赶回了娘家。

自然灾害带给农民的伤害是季节性的，而政府的剥削压迫和高利贷者的压榨却是农民们无法逃避的灾害。在英国殖民统治下，印度农民被迫缴纳沉重的赋税，农民经常卖了收获所得的钱还不够交田租。这样沉重的税收，有良心的英国统治者也不赞成，在《村庄》中，安纳德写道："对于政府的税收政策，据说朗先生就压根儿不赞成。他认为每年把农民收成的三分之一刮走，是很不合理的事情。"④ 除了税收，政府还想方设法压低粮价，囤积粮食，而在出售的时候，却又抬高价钱，《村庄》中的农民这样控诉道："人家说粮食税已经提高了。还有人告诉我，政府正在低价收购

①　[印] M. R. 安纳德：《剑与镰》，王槐挺译，社会科学文献出版社 2011 年版，第 223—224 页。

②　Mulk Raj Anand, *Gauri*, New Delhi: Arnold-Heinemann, 1981, p.84.

③　[印] M. R. 安纳德：《剑与镰》，王槐挺译，社会科学文献出版社 2011 年版，第 224 页。

④　[印] M. R. 安纳德：《村庄》，王槐挺译，上海译文出版社 1983 年版，第 193 页。

新谷，囤在仓里，将来再抛出来赚钱。粮食已经跌了价。他们还指望我们交田赋！"①

高利贷者那里还有农民一辈子都还不清的欠债。农民为保住收成，要借债；为养家糊口，还得借债；为缴纳田租，更得借债；筹备婚礼准备嫁妆，还是要借债。"直到借的债有大山那么大，像吓人的喜马拉雅山那么高，直到被高山压得腰断背折才算完事！"② 很多农民不得不拿出首饰、田地等作抵押，从放债人那里借高利贷，有时候年利息高达"百分之十八点七五"③。这样的债务很难还清，农民陷入债务中越来越贫困，用来做抵押的物品也就不可能拿回来，可是放债人不仅戴着农民拿来作抵押的首饰，而且还能盖起大房子。

农村的宗教组织和祭司们也是剥削农民的参与者。他们利用宗教的名义，迷惑农民，"如果你想要上帝听到你的声音，你就不能凌驾于我们这些圣徒之上。你有什么烦恼，只消来找我们，上帝就能知道。你越是谦卑，我们就越容易代你向上帝求情"④。这样一来，庙里的住持、祭司们就有理由让农民们向庙里捐地，向农民们收取各种节庆、宗教庆典的费用，也可以任意惩罚村里敢于和他们对抗的人。

农民遭受的压迫无处不在，"无论走到哪里，都是一个样。法院里，集市上，批发市场里，全都一个样。辩护律师敲你的竹杠；做买卖的账算得那么快，你根本弄不清楚；还要给警察贿赂"⑤。打官司的时候，要被律师坑骗，律师收取高额的费用，却不帮农民办事情；到城里买东西，卖布的商人像土匪一样一个劲地向农民推销，可拿出来给农民的全是卖不出去的零布头。

印度农民仿佛生活在大山重压之下，他们像大山下沉默的土地，忍受着。贫困问题是农村问题。"印度的贫困问题是英帝国长期殖民统治的沉

---

① ［印］M. R. 安纳德：《村庄》，王槐挺译，上海译文出版社 1983 年版，第 33 页。
② Mulk Raj Anand, *The Sword and the Sickle*, Liverpool: Lucas Publications, 1986, p.31.
③ ［印］M. R. 安纳德：《村庄》，王槐挺译，上海译文出版社 1983 年版，第 179 页。
④ 同上书，第 67 页。
⑤ 同上书，第 35 页。

重遗产，也是印度农村严重的封建残余和残酷剥削的结果。"① 19 世纪下半叶，在印度的英资工厂和印度民族工业都得到了发展，但是商品经济和机器工业的发展，并没有使印度工人农民的生活处境得以改善。进入 20 世纪，印度被拖入第一次世界大战中，"印度没有成为战场，直接参加战争。但是印度作为不列颠的一个组成部分，自然不可避免地卷入了战争。英帝国主义利用印度士兵做炮灰，与德、奥国的同盟国厮杀。英国把战争中的军费加在印度人民身上，把一部分军费，包括雇佣印度士兵的费用，交由印度负担，把印度作为军事物资的主要供应地。到 1917 年，英国将 130 余万印度人投入战争，从印度攫取了大量的军需品。整个战争期间，使印度人民担负了 1 亿英镑的战争债务"②。英国加大了对印度殖民地的剥削，更加重了印度农民的负担，加深了他们的贫困。

在安纳德的小说中，作者对农民所背负的沉重赋税和高利贷等问题都有所描写，"殖民国家、封建地主、高利贷者联合一起压榨农民"③，这些都是造成印度农民贫困的直接原因。从 19 世纪末开始，农民要求减税免税甚至抗税的斗争时有发生，也有很多农民参加对高利贷者的抵制运动。印度农民把争取自身权利的斗争和印度民族独立运动结合到了一起，在这过程中，对领导人、斗争指导思想和斗争策略的探寻在安纳德的《剑与镰》中得到充分体现。《剑与镰》中，拉卢带领农民抬着被地主打死的农民尸体向阿拉哈巴德游行，在行进途中，他们和地主的家丁发生冲突，又有一位农民被打死。冲突和死亡让拉卢对这次抬尸游行的做法产生怀疑，他一方面认为无法在遭受毒打等威胁面前不还手，另一方面，他又为这种暴力冲突所造成的伤害感到痛苦。这种矛盾的思想，让拉卢非常迷茫。在甘地看来，农民需要做的最重要的事情就是抛掉恐惧，只有在解除恐惧心理的情况下，才能得到真正的解脱。甘地认为农民用非暴力的话，这种"力量并非来自体力。它来自意志。非暴力不是屈服于坏人的意志，而是用全部

---

① 孙培钧、华碧云：《印度国情与综合国力》，中国城市出版社 2001 年版，第 98 页。

② 李文业：《印度史：从莫卧尔帝国到印度独立》，辽宁大学出版社 1998 年版，第 212—213 页。

③ 林承节：《印度民族独立运动的兴起》，北京大学出版社 1984 年版，第 319 页。

精力反对暴君的意愿。根据我们人类的法则行事，人们单枪匹马也能对抗一个非正义帝国的全部威势，为那个帝国的灭亡或新生奠定基础"①。20世纪二三十年代，甘地思想是印度独立运动的指导思想，他所号召的非暴力不合作运动，在反对英国殖民统治的斗争中获得很好的效果。1919年，甘地号召全国在3月30日总罢工一天，举行祈祷和绝食，以反对当时英国政府通过的罗拉特法（Rowlatt Acts）。在接下来的几天中，印度全国热烈响应甘地的号召，这场斗争成为战后印度民族斗争高涨的序曲。

依照甘地思想，拉卢和他的农民兄弟们在遭到虐待的情况下，遵循"非暴力"思想便能忍受痛苦，然后用"不合作"的方式发挥意愿的威力获得斗争的胜利，拉卢对此感到困惑。他接触到的朋友以及自身经历，使他认同俄国十月革命式的暴力方法，但是拉卢对自己在斗争中的所作所为和他对甘地的不敬态度，又让他心存内疚。拉卢觉得甘地是一位年长智高者，他的斗争经验应该很丰富；再者，为了农民的利益，拉卢愿意接受甘地的方法来获得他对农民运动的支持。并且，他也认识到印度农民的现状更适合以甘地思想为指导。

作为文学作品来说，与安纳德的其他作品相比，《剑与镰》充满政治运动的说教和对政治理念的分析。这部写于1940年至1941年的小说充满浓厚的时代意味，是作家本人对当时国际共产主义运动和苏联模式思考的结果。今天的读者更关注的是主人公拉卢个人成长过程中的磨难所昭示的人生意义，所表达的人对自身命运的抗争意义，和个人经历中所见证的印度历史意义等。此外，对于新一代印度人来说，乡村不再是一个生机勃勃的地方，它越来越成为人口和统计上的数据，是政策制定者所认为的"落后地区"，是陌生人所居住的地方。现在，印度乡村不再是引发人们创造力的地方了，也很难在当代印度城市居住者中引起对乡村的共鸣和向往，安纳德的"拉卢三部曲"这个农村主题的系列小说愈发成为一个带有乌托邦色彩的史诗之作。

---

① ［印］M. R. 安纳德:《剑与镰》，王槐挺译，社会科学文献出版社2011年版，第159页。

第三节 安纳德小说中的甘地形象

《伟大的心》中，安纳德写印度传统手工业工人因为引进机器而纷纷失业，《圣雄甘地短剧》中，安纳德写一个工人找不到工作没有钱拿回家养老婆孩子，他在外面酗酒，喝醉就跑回家打老婆。妻子去寻求甘地的保护。丈夫向甘地解释说，因为工厂有了机器，不需要很多工人，他就失业找不到工作。甘地认为机器剥夺了人工作的权利，人没有工作就会产生很多家庭、社会问题。甘地号召手纺车运动，国大党同伴奈杜夫人尊敬他的简朴，但有时也会说甘地做得太过分，她还认为甘地将大量时间浪费在纺织上实在是太可惜，说："你永远也猜不出，为了让这位圣人——奇妙的老头生活在贫困里，我们花了很多钱！"① 近年来，"重新认识甘地"的话题在印度国内引起人们的关注，笔者在此节中分析安纳德小说中的甘地形象，并不是想彻底否定什么或者是重新树立什么，而是希望多一个角度认识甘地。

时至今天，甘地仍然被认为是印度文化、政治和精神方面的偶像，他对印度文学创作的影响得到学者们的广泛认同。现当代印度文学中有被称为"甘地文学"的作品流派，印度英语文学和其他语种都有这样的作品。M. K. 纳依克在《印度英语文学史》中有一节为"甘地主义旋风（1927—1947）"（Gandhian Whirlwind）②，论述独立前印度英语文学创作受甘地思想影响的情况。P. 高帕拉在《印度英语小说》中也以"圣雄奇迹：甘地和文学印度"为一节③，论述从安纳德、纳拉扬和拉贾·拉奥等早期印度英语文学"三大家"到当今印度英语作家沙希·塔鲁尔（shashi Tharoor）等作家作品中的甘地因素。中国学者石海军在《20 世纪印度文学史》中也有"甘地主义影响下的现实主义文学"④ 一节，简略论述独立前甘地思想

---

① ［美］威廉·夏伊勒：《甘地的武器》，汪小英译，中国青年出版社 2012 年版，第 38 页。

② M. K. Naik, *A History of Indian English Literature*, Delhi：Sahitya Akademi, 1997, p. 118.

③ Priyamvada Gopal, *The Indian English Novel*, London：Oxford University Press, 2009, p. 43.

④ 石海峻：《20 世纪印度文学史》，青岛出版社 1998 年版，第 90 页。

影响下印度文学写作情况。中外学者们都认为,早期印度英语小说以印度民族独立为时代背景,塑造具有甘地思想的人物形象,描述印度人民在甘地思想指导下所进行的争取民族独立的运动,通过作品宣扬甘地思想和政治策略。在这些作品中,有些是甘地作为人物形象直接出现在文学作品中,成为情节发展的动力因素,例如安纳德的《不可接触的贱民》和纳拉扬的《等待圣雄》(*Waiting for the Mahatma*)等。这其中尤以安纳德小说中的"甘地"形象较有特色,本节以安纳德作品为例,分析早期印度英语小说中甘地形象的特点和作用,从另一角度观照甘地对早期印度英语小说创作影响和表现。

安纳德的文学写作生涯就是在甘地的指导和影响下开始的,这在印度作家中是不多见的。20 世纪 20 年代初,安纳德在英国写《不可接触的贱民》时读到甘地一篇题为《年轻的印度》(*Young India*)的文章,里面写一个青年清扫夫的故事,他因甘地对贱民坦诚无私的爱所感动,觉得甘地对自己的小说写作会有所帮助,于是他回国来到甘地位于阿拉哈巴德城郊的萨巴拉玛提静修院 (Sabarmati Ashram)。在这里,安纳德同甘地一起生活三个月,他穿印度传统衣服,每天自己打扫厕所,这种生活经历使他对小说中清扫夫的工作有了真切感受。安纳德还参考甘地的一些建议对小说进行了修改,他把小说读给甘地听时,甘地对这部描写"哈里真"的小说很感兴趣,问安纳德:"你为什么不写一本宣传册呢?"安纳德回答说:"不,先生,写宣传册是您的工作,您是一个宣传家,而我只是一个小说家。"[1] 身为小说家,如中外学者所认同的那样,安纳德的现实主义作品很多是甘地思想影响下的产物,此外,他也是在小说中塑造出甘地文学形象最多的作家。在《不可接触的贱民》《剑与镰》和《圣雄甘地的短剧》等小说中,"圣雄甘地"成为文学形象,安纳德通过人物外貌、对话和行动等叙述手法,使文学中的甘地非常贴近现实生活中的圣雄;另一方面,作品中的"甘地"形象也担负起宣传甘地思想的修辞作用,号召民众投身于印度民族独立运动。《不可接触的贱民》小说结尾,在屈辱中劳累一天的

① Marlene Fisher, *The Wisdom of the Heart*, New Delhi: Sterling Publishers, 1980, p. 2.

年轻清扫夫巴克哈心情沉重，这时他听到圣雄甘地的演讲，觉得生活似乎有了希望。《剑与镰》中拉卢带领农民们步行去阿拉哈巴德抗议地主打死佃农，拉卢在阿拉哈巴德城见到圣雄甘地并聆听他的教导，甘地个人风貌和思想都给拉卢留下深刻印象。《圣雄甘地短剧》是以甘地为主人公的 15 幕短剧，讲述从英国回来的青年克里希那在甘地身边生活期间，见到不同的人去甘地那里讨论"非暴力"、贱民取水被打、村民酗酒打妻子、机器生产、教育、印穆教徒关系等问题，以具体事例介绍甘地思想中的相关内容。

西方叙事学家一般认为叙事作品由"故事"和"话语"两个层次构成，在故事层中包括事件、人物和背景等内容。在人物塑造方法上，有直接法和间接法。"间接塑造法主要指通过具体手法对人物形象进行多维度描述，包括对人物行动、语言、外貌、环境的描写，以及通过人物关系来映衬人物性格。"[1] 安纳德通过外貌、语言等方面的描写，在文本中塑造出甘地文学形象，展现其个人魅力、宣传其思想和表现其影响力等。

一 甘地个人魅力的载体

印度很多地方都有这样一个雕像：身穿缠腰布的甘地，脚蹬一双凉鞋，手拄一根拐杖，正跨着大步往前走。在现实生活中，世人已经熟知瘦削的身材、皮肤黝黑、戴着一副眼镜的甘地形象。同样，作家在小说中也是如实地描写甘地的外貌。在《不可接触的贱民》中，巴克哈爬到树上看甘地：

> 他身上披着一条乳白色的毯子，只有他那乌黑的、修剪得整整洁洁的头让人家看得见，两只大耳朵向外突出，天庭宽阔，鼻子长长，鼻梁上架着一副眼镜，透镜一分为二，上面用来看东西，下面用来阅读。他那薄薄的嘴唇上挂着一丝空想家的微笑，嘴唇下面的坚毅的小下巴和那个架在小脖子上的没有牙齿的长颚，颇有靡菲斯托弗利的风味。[2]

这成为安纳德所有文学作品中关于甘地外貌描写的符号式表征，也是

---

① 申丹、王丽亚：《西方叙事学：经典与后经典》，北京大学出版社 2010 年版，第 60 页。
② ［印］M. R. 安纳德：《不可接触的贱民》，王科一译，平明出版社 1954 年版，第 174 页。

对现实生活中甘地外貌的油画般写实。

　　从外貌上看，甘地是位普通印度男人，"赤裸的身上只披一块长布"①。尽管甘地穿着土布衣服，围着土布缠腰带，外表上和任何穷困潦倒的农民一样，作家还是用人物外貌的直接塑造法写出普通外表下所传递出来的甘地的精神特征：

　　　　一个奇特的小个子男人，瘦削的身材，两个大耳朵仿佛生就用来听万民苦难，困惑时颤抖的双唇，对峙时严厉瞪视别人、旋即又变温和的双眼，圣洁的前额。②

　　这里，"奇特"、"温和"、"圣洁"等形容词概述了描写对象的基本特点，全知叙述者向读者点明已被世人达成共识的甘地特点，安纳德再次以文学手法强化甘地的个人魅力。圣雄待人和蔼，常常以微笑与来访者打招呼，这样简单而不拘形式的见面方式缓解了人们的拘谨，也便于他们倾听甘地的谈话。甘地与人交谈、表达自己思想时，不管是崇高的内容还是可笑的内容，深奥的道理还是幼稚的想法，他都用一种平和的语气说出来，始终不会提高自己的声音。他的演讲也是这样，不像其他政治家那样声情并茂，声调抑扬顿挫。即使对待因为不同意他的说法而显得怒气冲冲、情绪激动的听众，甘地也保持平静，使谈话氛围产生一种"伟大而崇高的精神以及纯洁和直率的气氛"。③ 在安纳德笔下，甘地也不失幽默，会发出孩子般的笑声。

　　作为文学作品中的人物形象，"甘地"并没有脱离现实生活中圣雄甘地本人所呈现给世人的外貌特点。甘地也好，"甘地形象"也罢，都因为其独具特色的外形成为一种象征，作品中人物形象的创作出发点与这个人物形象的特殊身份有关，也与人物在作品中所担负的功能（甘地思想传播者）有关。另外，现实生活中甘地的形象已经固化并深入人心，从作品的接受目的

---

① ［印］M. R. 安纳德：《剑与镰》，王槐挺译，社会科学文献出版社 2011 年版，第 157 页。
② M. R. Anand, *Little Plays of Mahatma Gandhi*, Aspect Publication Ltd. 1991, p. 36.
③ ［印］M. R. 安纳德：《剑与镰》，王槐挺译，社会科学文献出版社 2011 年版，第 160 页。

来看，作家也无法对其做出创新或改变，较好的做法是沿袭生活中真实的人物形象，通过文学写实手法再现出来，得到读者的认可和接受。

二 甘地思想的传播者

人物话语是叙事作品的重要组成部分，用对话来塑造人物和推动情节发展是小说家较为注重的手法。在叙事作品中，人物话语的不同表达方式有其不同功能。因为作品主题的关系和对读者接受的设定，安纳德小说中多采用人物直接引语的方式来记录"甘地"话语，具有直接性和生动性，起到保留其语言特征和意义的作用，通过人物的特定话语塑造人物。如甘地已经被世人所接受的外貌一样，安纳德小说中"甘地"形象的性格特征也存在一定程度的固化现象。因此，作家很少考虑人物语言、行动对人物性格的生成、发展等塑造作用，而更多地关注语言的修辞功能，作家以小说人物之间的对话方式更广泛地阐述甘地的主张和思想，甘地形象最重要的作用就是"思想传播者"。

安纳德在小说中通过甘地形象较为全面地阐发了甘地思想。甘地广为人知的哈里真（Harijan）观点，机器与手工劳动者之间的观点，"非暴力"思想等，这些在《不可接触的贱民》《伟大的心》和《剑与镰》中都有所表现。而在《圣雄甘地短剧》中，安纳德更是用戏剧对话体简洁而明确地将人物语言变成甘地思想的直接传播方式。有些小说中，安纳德注意到文学作品不同于宣传材料或者政治家的思想手册等读物，会通过与其他人物的对话适当地缓解这种说教的方式。如在《剑与镰》中，作者利用"甘地"和小说主人公拉卢的对话表达甘地保护奶牛的主张：

> 我喜爱牲畜，曾致力于研究牲畜问题。很少有人认识到保护印度的牲畜资源是个涉及许多复杂问题的重大经济问题。……近年来这种情况成了日益严重的威胁。保护奶牛，我自命是萨纳坦派印度教徒，因而是个立誓要保护奶牛的人！①

----

① ［印］M. R. 安纳德：《剑与镰》，王槐挺译，社会科学文献出版社2011年版，第157页。

安纳德写拉卢边听甘地说话边表达自己的感受,"拉卢听到圣雄论述奶牛时所用的过于严肃的口气,直想发笑"①。这里用叙述干预法适当缓冲人物对话所产生的说教功能。小说中"甘地"经常用这样的方式来表达种种观点和思想,从小说写作的时代背景和作家人物创作的目的来看,这样的文学形式是适应当时社会对文学功能的要求的。《圣雄甘地短剧》是话剧剧本的形式,能充分而全面地通过对话来演绎、解说甘地思想。如同样是"保护奶牛"这个观点,剧本不仅表达出甘地所提倡的保护神牛、奶牛的主张,同时还补充甘地因地制宜对待病牛的观点,当牛病危或受到疼痛折磨、必死无疑时,甘地赞同安乐死(mercy killing)的处理方式。此外,如甘地主张"非暴力"的形式,但遇到妇女受到侮辱,他积极主张以暴力手段保护妇女。甘地反对机器,但是他不反对人在需要的时候合理利用机器,就像他推崇步行,但在需要的时候也会搭乘汽车或者火车。

正如甘地和安纳德就《不可接触的贱民》小说写作的对话中所说的,写小说是作家的事情,写贱民问题的宣传单则是政治家的事情。总的来说,将甘地思想穿插到文学作品中以达到传播目的,如果能将思想和文学手段用较为合适的方法结合起来,会起到很好的解说作用。安纳德很多次在作品中塑造甘地形象、传播甘地思想,这种做法起到一定的社会效果,但作品的文学性难免会受到影响,读者审美愉悦也会受到限制。

三 "甘地崇拜"的展示

在当代印度人的生活中,甘地已经成为一位"神"。其实早在印度独立运动时期,民众对甘地的崇拜和尊敬已经达到了空前的规模。安纳德的小说在描写人们所熟知的甘地形象和语言之外,也从人们对甘地的反映等行动中,折射出"甘地崇拜"的规模和状况。

除了人们所熟知的甘地外貌外,在众人的眼里,他的外表也被赋予了"神"的光彩,"他脸上同时也具有美丽和崇高的表情。他头顶中央留着一

① [印] M. R. 安纳德:《剑与镰》,王槐挺译,社会科学文献出版社2011年版,第157页。

小撮头发，头发上涂着油，闪闪发亮，他的圣体发射出一道闪亮的灵光，好像圣像头上的一圈光轮"①。人们以敬神的方式来礼遇他，"热诚的信徒打着五色的旗子，把花瓣像雨滴似的摔过去，就在这花瓣组成的帷屏后面，在'圣雄甘地万岁、印度教徒—回教徒—锡克族万岁，神的儿女万岁'的呼喊声中，那个脖子上挂满金盏花圈、素馨花圈和毛色莉花圈的小身个儿的大伟人走近前来了"②。在甘地出席的集会上，人们拖家带口争相前往，想亲眼目睹圣雄的身姿、亲耳聆听圣雄的教诲。印度人民极度崇敬甘地，使他成了高不可攀的人物，是普通民众难以接近的"新神"，"就连得到他的接见也很困难"③。到甘地静修院拜访的人要被门口的守门人严厉盘问和检查，人们对甘地身边的人充满怨言，"这两个弟子与其说是人，倒不如说是看管登天梯的守护神"④。甘地对这样将自己和民众隔离起来的做法也觉得不满，"我们对警察关闭大门，不是也要对每个来看我的人关闭大门"⑤。对甘地思想不了解或者是不赞同的人，会抱怨这样的情形，"人变成了神仙，就会抛弃凡人，靠跟其他神仙和帝国主义搞妥协过日子"⑥。小说所展现的"甘地崇拜"，真实再现了印度民众对甘地的崇敬，这样的描写呼应人物所传递出的甘地思想的重要性和重大意义。

除安纳德外，纳拉扬也在《等待圣雄》中塑造过甘地形象。小说由五个部分组成，从玛尔古蒂人等待圣雄的集会开始，到甘地在德里最后一次参加祈祷会遇刺结束，其中在第一和第五部分中，甘地作为人物形象出现在作品中。与安纳德作品一样，小说中的甘地成为主人公投身印度民族独立运动的启蒙者，甘地思想是其行动指导。小说同样采用人物对话、内心独白等方式展现甘地思想。尽管纳拉扬没有像安纳德那样对甘地外貌进行详细描写，但他同样通过甘地的言谈、生活起居和其他人物的反应来表达甘地的影响力。例如写群众冒酷暑等待圣雄："沙子是热的，太阳很毒。

① ［印］M. R. 安纳德：《不可接触的贱民》，王科一译，平明出版社 1954 年版，第 174 页。
② 同上书，第 173 页。
③ ［印］M. R. 安纳德：《剑与镰》，王槐挺译，社会科学文献出版社 2011 年版，第 155 页。
④ 同上书，第 156 页。
⑤ Mulk Raj Anand, *Little Plays of Mahatma Gandhi*, Aspect Publication Ltd. 1991, p. 24.
⑥ ［印］M. R. 安纳德：《剑与镰》，王槐挺译，社会科学文献出版社 2011 年版，第 155 页。

人群毫无怨言地坐在地上。"① 印度的四月已经很热了，人们在太阳下等待甘地的场景和安纳德小说中群众参加甘地集会的情形相似，都表现出甘地的号召力和人们对甘地的尊敬。

　　总的来说，早期印度英语小说中的甘地形象很好地起到了宣传甘地思想、号召民众的作用，同时也难免存在着甘地形象单一、甘地思想表现形式单一和文学影响力单一等情况。随着时间的推移，甘地和甘地思想在印度的政治影响力远没有在人们的生活方式、思想哲学等方面的影响广泛。另外，随着社会经济的发展，甘地的一些主张和做法受到质疑，这也成为当代印度社会"重新认识甘地"的导火线。笔者认为，作为一个"人"，甘地有他的局限性，接受者过分夸大他的伟大之处或局限性的地方，都是不客观的。不管是什么思想，都有其产生的时代性，人们在认识、理解和接受时，要有实事求是的态度，有所选择有所放弃。现代社会，人们应更多关注甘地和甘地思想所蕴含的精神意义。在今日崛起的印度，甘地还是其灵魂吗？对于这个问题，每个人都会告诉你不同的甘地和印度的未来，甘地是"一个对所有的阶级、对所有的种姓、语言和宗教具有同等感受力的印度人。数百万印度人在他的身上重新认识到自我，不管是富人还是穷人，也不管是印度教教徒还是穆斯林群众，他们都感到与他息息相关，并且从他身上获得了一种归属感"。② 在人们认识甘地的过程中，早期印度英语小说中的甘地形象，在其中起到一定的作用。

---

　　① R. K. Narayan, *Waiting for the Mahatma*, Chicago and London: The University of Chicago Press, 1981, p. 25.
　　② ［瑞士］贝尔纳德·伊姆哈斯利：《告别甘地》，王宝印译，人民日报出版社 2009 年版，第 158 页。

第五章　性别身份的建构与女性主题

毫无疑问，妇女问题是当代印度社会中最重要的问题之一。印度妇女问题的根源很大程度上存在于历史中，女性性别身份的困境具有相似性和历史延续性，女性问题关注的是表现女性的苦难和权利被剥夺的情况。随着社会的发展，妇女运动关注的是实质性地改善、提高妇女的社会地位，以更多的福祉条件来重构女性的性别身份。

1998 年度诺贝尔经济学奖得主、印度学者阿玛蒂亚·森（Amartya Sen）在很多书和文章中谈到在印度的性别不平等问题，"男女间的不平等是许多社会最重要的不平等之一，在印度尤其如此"[1]。他还从六个方面详细论述印度女性所面对的主要的不平等，如生存方面的不平等，出生方面的不平等，设施方面的不平等，所有权方面的不平等，分享家庭利益和分担家庭劳务方面的不平等，家庭暴力和体罚等。他所列举出的不平等问题，是印度社会中长期存在的。女性身份困境在安纳德和很多印度作家的作品中，都或多或少地有所描述。同时，阿玛蒂亚·森提出女性教育和有偿就业等方式是降低印度女性不平等地位的有效方式，这得到很多作家的认同，并在他们的作品中通过具体人物形象和事件来呼应。安纳德一直关注女性和印度妇女问题。1960 年，他发表了小说《老妇人与牛》，这是安纳德第一部以女性为主人公的小说。从第一部小说《不可接触的贱民》到自传体小说《泡沫》，安纳德在浩繁卷帙中塑造多姿多彩的女性形象，描写她们面临的种种问题。作者在展现印度女性勤劳善良等美德的同时，也

---

① ［印］阿玛蒂亚·森等：《印度：经济发展与社会机会》，黄飞君译，社会科学文献出版社 2006 年版，第 165 页。

表现她们的痛苦、挣扎与反抗。

第一节　女性性别身份的困境

女性主义（Feminism）又称女权主义、女权运动，是指为结束性别主义、性别剥削和压迫，促进女性阶层平等而创立和发起的社会理论与政治运动。除对社会关系进行批判之外，女性主义者也着重于性别不平等的分析以及推动性底层（如女性、跨性别）的权利、利益与议题。"女性"一词，一般指文化意义上的架构，不同于具有生理意义的"妇女"或"女人"。在美国的一些女性批评家看来，女权主义文学批评关注作为读者的妇女的批评，而女性主义文学批评则指对女作家的批评。西方女性主义文学批评大致经历了三个阶段：20世纪60年代末至70年代为第一阶段，批评重点是揭露男性文化对女性形象的歪曲，立足点以生理差异为主；第二阶段开始于70年代中期，女性主义评论家从女性的角度解读经典作品，展开对语言文学的批评，产生大批女性主义评论著作；第三阶段开始于80年代中期，跨学科的女性主义文化兴起。总的来说，女性主义文学批评所提倡的基本原则，包括批判男性中心主义传统文化，争取妇女在经济、政治、法律、文化、教育、家庭及性生活选择等方面与男性有平等的权利，探讨文学中的女性意识、改善女性形象等，给读者以一种新角度去审视文学中的女性问题。

此外，随着女性主义的发展，它与其他理论相结合而衍生出的新的批评范式也给文学评论带来新的思维角度。空间女性主义批评是空间批评和女性主义批评相结合的一种文化批评范式，在批评实践中从空间角度出发去考察性别文化，一方面保留女性主义批评的关注点，另一方面将视线转向地理空间、社会空间等，开拓对文学和文化的研究维度。

20世纪七八十年代，西方学术界发生"空间转向"，空间问题受到重视，空间研究成为后现代显学，不同思想家的著作以多种方式表明"空间本身既是一种'产物'，是由不同范围的社会进程与人类干预形成的，又是一种'力量'，它要反过来影响、指引和限定人类在世界上的行为与方式的各种可能性"①。法国思想家列斐伏尔和福柯在恢复空间对于西方现代性规划中所起作用方面做出重大贡献。列斐伏尔的著作为思考现代社会和文化的空间维度提供强有力的途径，福柯的著作提供了形成我们现代世界的空间转换的详尽谱系史。目前，学界多用"空间批评"指列斐伏尔、福柯、索雅、哈维、吉登斯等空间理论家的思想，以及受"空间转向"影响以社会空间角度进行的文学研究。这种空间批评以不同的方式改变文学和文化分析，使我们关注文学和其他文化文本对空间的表现，关注空间问题如何改变我们思考文学史。同时，对空间关系的关注可以使我们对各种文学风格、模式和其他文本形式所完成的各种作品变得更加敏感。

随着女性主义的发展，女性主义批评逐渐成为成熟而活跃的批评方式，与其他学科相结合的实践也日益增多，空间女性主义是后现代女性主义的表现之一。如福柯提出的关于身体生产和主体性的问题，被女性主义理论以各种方式加以发展，Edward W. Saja 在《第三空间》一书中认为女权主义"对于第三空间不断发展的理论概括，作出了特定的和普遍的贡献"②，"增强第三空间的开放性"③。可以说，对空间生产的关注已经从诸多角度进入文学研究领域，如"女性主义和性别研究的角度，身体、性别和主体的具体化这些问题在其中一直都是最重要的"④。"后现代女性主义的一个重要的理论观点就是否定所有的宏大叙事"⑤，空间女性主义批评就更多关注日常生活经验、私人空间和身份，要求空间的性别平等性和差异性。空间女性主义批评将为文学解读和文化批评提供有益而广泛的帮助。

传统印度女性的活动空间就是家庭，她们在家庭空间里所要面对的事情是婚姻问题和身份问题。印度妇女的婚姻问题有其独特的民族文化属性，这种规定性更加凸显印度妇女身份的困境。安纳德小说中的女性世界

---

① 菲利普·韦格纳：《空间批评》，载阎嘉主编《文学理论精粹读本》，中国人民大学出版社2006年版，第137页。

② ［美］Edward W. Saja：《第三空间》，陆扬等译，上海教育出版社2005年版，第136页。

③ 同上书，第135页。

④ 菲利普·韦格纳：《空间批评》，载阎嘉主编《文学理论精粹读本》，中国人民大学出版社2006年版，第137页。

⑤ 王淼：《后现代女性主义理论研究》，经济出版社2013年版，第116页。

里，婚姻、家庭问题是妇女面对的最沉重问题，现代印度妇女即使有爱情的渴望，也没有追求爱情的权利。安纳德对印度妇女处境充满同情，在小说中，他从包办婚姻、嫁妆问题、家庭暴力和寡妇歧视等方面对印度妇女的身份困境予以描写和揭露。

包办婚姻和早婚给青年男女带来痛苦，产生和激化诸多家庭生活中的矛盾，女性是这种制度直接的受害者。在印度，绝大多数婚姻是由父母安排的，家长们为子女选择的结婚对象大多出于对种姓阶层、门第和嫁妆多寡等方面的考虑，很少考虑子女结婚后夫妻间能否培养出良好的感情。《高丽》中，高丽与丈夫潘奇在婚礼前没有见过面，以至于在婚礼进行中，"潘奇努力想象高丽到底是怎样一个姑娘，皮肤白还是黑，相貌好看还是一般"。① 《情人的自白》中，穆斯林姑娘雅斯敏在父母的安排下嫁给一个已经有两个妻子的铁路职工。按照当时穆斯林宗教习俗，丈夫可以娶多个妻子，雅思敏嫁给一个有妻子的公务员，在父母眼里，这是既合乎礼教又有生活保障的安排。但雅思敏是一位热爱诗歌、对生活有自己构想的女性，她无力反对父母的安排却不甘心在婚后坠入繁琐的家庭生活里，最后因追求自由爱情，被丈夫打死。

印度有童婚的风俗，早婚现象很普遍。一些父母在子女还是幼童时就让星相家占卜，找人说亲，给他们安排好婚事，选择良辰吉日举行婚礼。在安纳德自传体小说中，克里希那的妈妈八岁就同父亲结婚。妈妈很小就结婚，她很自然地也会按照习俗安排自己的儿子很早就结婚，克里希那的大哥哈里斯中学刚毕业就在父母的安排下结了婚。婚后，哈里斯为维持家庭生计不得不放弃到医学院学习的计划，在一所监狱里当狱警。早婚就这样耽误了一个原本可能大有作为青年的前途。这个由父母包办的婚姻，夫妻间缺乏了解，没有共同生活的感情基础，夫妇俩经常吵闹，家庭生活也无幸福可言。即使大儿子的生活是这样，克里希那的父母还是为年幼的二儿子安排了婚礼。

甘地在自传中说印度教教徒结婚不是一件简单的事情，为了一场婚

---

① Mulk Raj Anand, *Gauri*, New Delhi: Arnold-Heinemann, 1981, p. 10.

礼，男女双方父母常常为之倾家荡产。在印度，不管是新娘家还是新郎家，一场婚礼的花费都是巨大的。高丽的叔叔对高丽的丈夫说："无法数的钱！你不知道为了这场婚礼，我花了多少。"① 《晨容》中，克里希那的父母将二儿子过继给亲戚，主要目的就是让亲戚给孩子操办婚礼。为了办一场婚礼，很多人不得不向高利贷者借款来维持昂贵的婚礼花销，很多农民拿土地做抵押，借款人还不起欠债，就失去土地。而婚礼费用之所以这样高，是因为婚礼上的很多风俗习惯都是要维护的，即使这些风俗习惯都是些毫无理由的面子观念。购买衣饰和置办酒席往往要花上好几个月的时间，酒席还要互相竞争，看谁家的花样多。《村庄》中，拉卢父母准备把全部金钱用来请邻里和出家人在婚礼上吃喝，拉卢对这种做法非常生气，想到这个旷日持久、奢侈浪费、充满繁文缛节的婚礼，他就感到厌烦。与此同时，拉卢家为举办婚礼所借的钱是无法归还的，他们典出的财产最后也会归别人所有。

除了婚礼费用外，姑娘家还要准备嫁妆，嫁妆制也是长期压迫印度女性的陋习之一。安纳德在小说中写高丽的丈夫在婚礼进行中还在向她的家人索要额外的嫁妆。在印度，一些条件稍好的男人就更有本钱向新娘家索要丰厚的嫁妆，正如《黑水洋彼岸》中所写："有时候也有个把人手臂上佩着根杠杠，肩膀上安着颗星星，或者胸口挂着枚勋章回到村里，要求得到一大批妆奁后才同意娶教友中间任何一个大人物的女儿做妻子。"② 这样一来，没有嫁妆的女孩子就很难出嫁，安纳德的小说不乏这样的描述：

"我有一个女儿，"这个朝圣者说，"但是很难给她找个丈夫，现在的年轻人结婚前会要很大一笔嫁妆费。"③

"这几个月来他们解决不了嫁妆费用，他们无法将她嫁给地主辛格普的儿子，因为男孩的父母要 5000 卢比做嫁妆。"④

---

① Mulk Raj Anand, *Gauri*, New Delhi: Arnold-Heinemann, 1981, p. 15.
② ［印］M. R. 安纳德：《黑水洋彼岸》，王槐挺译，上海译文出版社 1985 年版，第 256 页。
③ Mulk Raj Anand, *The Sword and the Sickle*, Liverpool: Lucas Publications, 1986, p. 31.
④ Mulk Raj Anand, *The Road*, New Delhi: Sterling Publishers, 1987, p. 12.

婚姻实际上成为一种变相的商业交易，男青年由于种姓、教育程度、职业等差别，而具有不同的"价格"。有一些父母，为了省去儿子结婚的费用、女儿结婚的嫁妆，甚至选择各自有儿有女的家庭换亲，这种做法无异于拿儿女做交易，《道路》中就写了两个各自有儿女的地主商量着用儿女换亲。

阿玛蒂亚·森在一篇文章中曾经说过："性别不平等最赤裸裸的特征之一表现为对妇女的人身暴力。"① 在印度，家庭生活中，妻子经常会受到婆婆的虐待、丈夫的殴打，这种暴力发生率高得惊人。结婚后，丈夫是一家之主，妻子是"晚上搂在怀里，白天随便踢打"② 的女人。《七夏》中，克里希那的母亲结婚后，父亲当兵在外，母亲和她的婆婆生活在一起。婆婆不仅平日自己打骂母亲，父亲回家的时候，她还唆使父亲更狠地打骂母亲。即使是四个儿子的妈妈，母亲还是会遭到父亲的打骂。而当母亲自己成为婆婆的时候，她似乎忘记了当年自己被婆婆打骂的情景，忙着去责骂自己的儿媳妇。《村庄》中，拉卢的妈妈对大媳妇凯萨丽非常凶暴，毫无怜惜之心，认为她"整天就知道穿红着绿，戴着贵重的首饰给人家看，这儿坐坐，那儿溜溜。不通情理，不要脸皮"③。说起丈夫，凯萨丽就会说："他跟我吵起架来，我一开口他就打我。"④ 好在凯萨丽并不因此而难受，"尽管婆婆管得很严，丈夫的脾气又坏得惊人，她总是成天乐呵呵的"⑤。安纳德的很多小说中都写了丈夫殴打妻子的情节。哈里斯无法忍受妻子在弟弟们面前喋喋不休地唠叨他到妓女家喝酒的事情，就把她痛打一顿；克里希那的父亲因为他参加示威游行被抓了起来，就打妻子出气；丈夫甚至还打怀孕的妻子，"潘奇从床上跳下来，推倒高丽，伸出巴掌劈头盖脸地打过去"。⑥

印度女性在家庭中地位也十分低下，除了遭受肉体的折磨以外，同样

① ［印］阿玛蒂亚·森：《惯于争鸣的印度人》，刘建译，上海三联书店2007年版，第179页。
② Mulk Raj Anand, *Gauri*, New Delhi：Arnold-Heinemann, 1981, p.10.
③ ［印］M. R. 安纳德：《村庄》，王槐挺译，上海译文出版社1983年版，第52页。
④ 同上书，第51页。
⑤ 同上书，第164页。
⑥ Mulk Raj Anand, *Gauri*, New Delhi：Arnold-Heinemann, 1981, p.226.

还得面对种种陈规的束缚。对农民来说妻子是可以料理家务，帮助干农活的女人，但是妻子整日忙碌，却连和丈夫一起吃饭的权利都没有。《村庄》中在炎热的夏日，拉卢的妈妈古杰丽给在地里干活的丈夫和儿子送饭，"她手掌上高高地托着一个大铜盘，铜盘的圆边在阳光里闪闪发亮。暑热从她脸上直往下传，使她整个身心都快融化了"①。而吃饭的时候，"古杰丽把分好的饭菜递给每个人，她自己可没有。按照至今还在流行的习惯，农村妇女只有在家里的男人吃完以后才开始吃饭，而且往往是就吃男人盘子里剩下的东西"②。

　　印度寡妇的命运是悲惨的，大量证据表明许多寡妇被剥夺了社会地位，遭遇到重大的社会伤害。《剑与镰》《情人的自白》和《伟大的心》里都写到一些不幸成为寡妇的女人们失去追求幸福生活的权利。《情人的自白》中，克里希那的姊姊是一位美丽温柔的女性，丈夫去世后，她继承了一笔可观的遗产，由于自己没有子女，很多亲戚都对她的财产虎视眈眈。克里希那的父母把二儿子过继给她，就想让她承担孩子结婚的费用。姊姊准备出钱在乡下挖井以纪念去世的丈夫。她和自己的侄子一起找人挖井，就有人传言她和侄子关系暧昧。姊姊和穆斯林女人交往，族里的长老们就威胁说把她从家族中开除出去。最终，姊姊选择了自杀以逃避种种压力。在印度，陪葬的"萨蒂制度"（Sati System）是在肉体上对寡妇的摧残和毁灭，而对于那些活在人世间的寡妇来说，从外貌服饰上的种种歧视性标志，到生活起居上的种种限制，这些无形的社会习俗和宗教法规上的规定，则是对寡妇们施行的一种精神上的虐待和摧残。这种精神上的"殉葬"观念，就是导致克里希那姊姊自杀的原因之一。

　　与克里希那姊姊的命运不同，《剑与镰》中的玛娅选择和爱人私奔到外地过自己的生活。守寡的时候，玛娅虽然也使用表示寡妇身份的白色遮面巾，可面巾下的头发却是按欧洲样式梳的。和拉卢出走后，玛娅像一个普通人家的媳妇，穿着时髦的镶有饰边的束身上衣，身上还撒着紫罗兰味的香水，她不仅是随拉卢私奔的寡妇，更是这个男人的妻子，玛娅向拉卢

---

①　[印] M. R. 安纳德：《村庄》，王槐挺译，上海译文出版社 1983 年版，第 23 页。
②　同上书，第 30 页。

声明："我要我的地位，我不是妓女。"① 玛娅挣脱了传统寡妇观念，解放了自己。《伟大的心》中蒋吉和阿南德生活在一起，她并没有放弃对幸福爱情、婚姻生活的渴望。她虽然被族人、邻居所鄙视，但是她以自己对阿南德的理解和支持，成为他生活的伴侣和工作中的同志。

安纳德小说中所描写的女性对爱情的追求，从一个方面体现出女性被禁锢的严重性，对印度妇女来说，爱情是美丽而悲哀的梦，是一种不被允许的情感。他笔下的爱情故事，是印度女性不幸生活里的一丝光亮。《情人的自白》中，穆斯林姑娘雅斯敏为追求爱情，不惜以生命为代价。雅斯敏美丽、纯洁，受过教育，她不仅能流利地背诵穆斯林诗人们的诗句，还能自己写诗。雅斯敏和克里希那真诚相爱，安纳德用优美的语言写出了年轻人初恋时的紧张和甜蜜："我心狂跳，我努力不让自己浑身燥热，血涌到我的掌上，感觉胀胀的。她身上的香水味弥漫在我的鼻中，让我沉醉。很奇怪，当雅斯敏握住我的手时，我感觉自己可以面对全世界。"② 即使是屈从父母之命结婚以后，雅斯敏也没有放弃和克里希那之间的爱情，她给恋人捎去情诗，陪恋人出游，这些行为表现雅斯敏对爱情的执着，也是她对包办婚姻的反抗，更是她争取女性自由的表现。《伟大的心》中蒋吉与阿南德之间的感情，有爱情也有同情。阿南德牺牲后，蒋吉继承他的遗志，继续他的事业，他们之间的爱情超越男女间简单的情爱，升华成为共同理想而奋斗的同志情感。

在印度文化传统的规定性下，最直接的受害者是广大妇女，造成她们身心两方面的不自由。在安纳德的小说中，我们可以看到印度传统文化对女性的制约是通过其生存空间中的种种规定性而达成的。

第二节　女性身份的建构

印度女性处于家庭空间中，也多是母亲、妻子这些传统的女性身份，并在这样的身份下重复着身份所规定的生活方式和生活内容。安纳德小

---

① Mulk Raj Anand, *The Sword and the Sickle*, Liverpool: Lucas Publications, 1986, p. 105.
② Mulk Raj Anand, *Confession of a Lover*, New Delhi: Arnold-Heinemann, 1976, p. 123.

说中母亲、少女、妻子和情妇等四种女性形象，从她们的身份建构中可以了解当时印度女性的生存状况。安纳德塑造出众多的女性形象，她们性格中会有些自私、麻木、虚荣，她们的人生命运不尽相同，却同样体现印度数千年社会传统对女性的规范和要求，鲜明地凸显出印度社会文化的烙印。

《不可接触的贱民》中的巴克哈的妈妈、"拉卢三部曲"中的母亲古吉丽、《七夏》《晨容》中克里希那的母亲以及婶婶等，这些母亲形象是安纳德描写最多的女性。安纳德准确地传递出印度女性母亲身份所具有的勤劳、善良等人性光辉，也刻画出她们身上真爱、无私、奉献、牺牲的母性特质，这是安纳德对印度母亲的歌颂和赞美，也体现出他对女性的尊重和热爱。同时，安纳德也毫不留情地写出印度母亲身上落后愚昧的一面，在同情她们命运的同时谴责她们自私、狭隘的行为。

安纳德笔下的母亲身上有"地道的印度气息"①，她们永远是忙碌、操劳的样子，"黑黝黝的小个儿，光穿一件束腰外衣，一条大裤腿的裤子，围一条围裙，弯着身子忙东忙西，煮饭扫地"②。母亲也总是"那么慈祥，那么善良"，对孩子"那么大方，那么慷慨，替他买这样买那样，真是说不尽的恩情"③。母亲对孩子疼爱中不免有点溺爱，她们"唯一的毛病就是太爱孩子"④，从对孩子的称呼中就可见一斑："哎，狮子！哎，我的乖乖！哎，我的珍珠！我的宝石！我的宝贝！"⑤《七夏》中，小克里希那的昵称是"布尔克"（Bulk），母亲和婶婶总是喜欢把他抱在怀里，哼着用他的昵称编的歌。母亲对孩子任何一个可爱、调皮的举动，都是喜爱和纵容的。克里希那四五岁的时候，还喜欢躺在妈妈的腿上，妈妈不仅不生气，还会哼儿歌、讲故事哄他入睡。晚上，即使妈妈在厨房里多么忙，当克里希那叫她去陪他睡觉的时候，母亲都会到卧室陪他。孩子生病、劳累的时候，母亲经常说的一句话就是"我要能做他的替身就好了"。克里希那被石头

---

① ［印］M. R. 安纳德：《不可接触的贱民》，王科一译，平明出版社 1954 年版，第 8 页。
② 同上。
③ 同上。
④ ［印］M. R. 安纳德：《村庄》，王槐挺译，上海译文出版社 1983 年版，第 319 页。
⑤ 同上书，第 259 页。

砸破头，高烧昏迷，一直不见好转，妈妈就彻夜不睡，守在他的床边。《村庄》中，古吉丽看见儿子拉卢满身大汗地从外面回来，她满心关爱：

> "儿子啊！"古杰丽亲热地撅着嘴说，同时又倒了一杯乳浆。"你看他，从暑热中跑回来。他一定又饿又渴。我要能做他的替身就好了！"①

母亲对孩子的爱，在"能做他的替身就好了"这句话中表现得淋漓尽致。

母亲们不希望自己的孩子受到一点委屈，对别人家的孩子就难免不够大度了。克里希那和小朋友一起玩的时候，被石子打破头，小清扫夫不顾自己的身份，抱着克里希那把他送回家。即使在这个时候妈妈也不希望儿子被贱民所玷污。可是，母亲后来还是给救孩子性命的贱民一些东西作为感谢。母亲的自私，有时表现在她对儿子喜欢的女性的妒忌上，例如克里希那喜欢婶婶，母亲就会在他面前说婶婶的坏话。

安纳德小说中的母亲大多是不识字的妇女，她们不能诵读经书，而这并不妨碍她们对神灵的信任，对宗教的虔诚。有时候，母亲们的这种虔诚更多地表现为愚昧和迷信，她们的出发点却是对家庭幸福、家人健康的祝福，对孩子的担心和爱护。《七夏》中，克里希那小时候不懂事，把一只刚出生的猫丢进井里，为了不让儿子因为这种残忍的行为遭受到天神的降罪，母亲就花钱打一只小金猫献到庙里。虽然母亲平日省吃俭用，但为了儿子的健康、安全，她却毫不吝啬。克里希那被石子砸破头，母亲担心、焦急，情急之下用灰来给儿子止血；克里希那发烧昏迷，母亲以为请巫婆跳大神就可以把孩子的病治好，她用最简单的方式表达自己最深厚的母爱。这就不难理解母亲的神龛上会出现各种神的雕像，从印度教中的诸大神到基督教的耶稣，对她来说，无论哪种宗教里的神，凡是可以保佑家人的，都应该被顶礼膜拜。安纳德在文章中谈到过，他不理解也难以接受自己钟爱的母亲变成"恶婆婆"②。在小说中，作家把母亲的行为以及对她行

---

① ［印］M. R. 安纳德：《村庄》，王槐挺译，上海译文出版社 1983 年版，第 29 页。
② Mulk Raj Anand, *Pilpali Sahab：The Story of a Big Ego in a Small Body*, New Delhi：Arnold-Heinemann, 1985, p. 1.

为的迷惑和疑虑投射到自己所塑造的人物形象上。作者并没有过多批评母亲的不觉醒，而把更多笔触投入女性生活的原生态中，尤其是形象地描绘了落后的印度传统婚姻观在一代代女性身上病毒似的繁衍。

《村庄》中，拉卢的母亲对儿媳妇不满，总拿自己的女儿和媳妇的穿衣、打扮、言行举止相比较，觉得自己的女儿才不会像儿媳妇那样看着不顺眼。身为婆婆，她大概没有想到女儿在别人家做媳妇的时候，是不是也会遇到她这样的婆婆，如果是自己这样的婆婆，女儿们的生活难道会幸福吗？克里希那的母亲不喜欢大儿子哈里斯的妻子，虽然这个儿媳妇是自己挑选的，但她还是不满意。她不喜欢媳妇的胖脸、肥体，不喜欢她鼻音很强的说话声，更不满意儿媳妇在结婚一段时间后，还不能让自己抱上孙子。小夫妻俩一起回家的时候，她给儿子准备食品，对儿媳妇却不闻不问，任她在炎炎夏日坐在黑暗、不通风的角落里。克里希那的母亲年轻时也受过婆婆的虐待，她不但要做很多家务和农活，而且克里希那的父亲从部队回家探亲的时候，婆婆还调唆父亲殴打母亲。等克里希那的母亲也成了婆婆后，她似乎忘记了自己当年不幸的日子，对儿媳妇摆出婆婆的威严。

在安纳德的笔下，印度女性既是受害者也是施害者。作者同情她们的遭遇，也叹息她们的愚昧。《高丽》中，妈妈拉克希米是一位卖女儿的母亲。干旱季节，高丽被丈夫赶回娘家，妈妈为了保住维持日常生计的奶牛，同意高丽叔叔的建议，把女儿卖给了一个死了妻子的老头，并连哄带骗地把高丽送到他家。作者后来写到了拉克希米对自己卖女儿行为的忏悔和她四处寻找女儿的情景，在讽刺批评母亲贪婪自私行为的同时，也表达出对她迫于生活所犯过错的同情。

安纳德笔下的少女，不管是出身贱民的清扫夫的女儿，还是手工匠家的丫头，抑或是地主的闺女；不管是印度教姑娘、穆斯林姑娘，还是基督徒姑娘，都是那样美丽活泼、温柔善良。《不可接触的贱民》中的莎喜妮虽然出身低贱，但她一样拥有少女的清纯和美丽："她身材苗条，可是并不瘦弱，拿她那优雅的体态来说，她长得够丰满了，臀部圆滚滚的，腰围很小，腰部以下是裤子的一叠叠的皱摺，腰部上面是一对像皮球一般丰满滚圆的乳房，因为没有戴奶罩，你可以看到那一对乳房在透明的洋布衬衫下面微微颤动。"① 莎喜妮的温柔娴静，让哥哥巴克哈内心充满了骄傲和怜爱，"她肤色淡黄，又温柔又热情，又生气勃勃，她的耳环手镯装点得她遍身光彩焕然，令人销魂。她那么沉静，那么娇羞，而且有一种特别的温柔的光芒"②。在莎喜妮身上，美丽的容貌和低贱的身份、纯洁的品格和肮脏的工作形成巨大的反差，形成强烈的对比效果，更加凸显出贱民少女莎喜妮的圣洁，而书中道貌岸然的寺庙婆罗门住持对她的调戏和侮辱，便显得更卑鄙、龌龊。《晨容》中，善良穷苦的基督徒姑娘海伦，破旧不合身的衣服和沾满泥土的赤脚，并没妨碍她成为少年克里希那心中的女神，成为他诗歌所赞美的对象："她头发上戴的金盏花使她看起来像市集上的妇女，但脸上严肃的神情又让她的脸闪耀着一丝天鹅绒般的光辉，她的眼睛像孩子般天真。"③ 像海伦这样的基督徒，很多是由贱民改宗的。莎喜妮和海伦这两个贱民姑娘身上的少女之美，透过她们身上的种种社会文化印迹，更具典型性。这种美不仅仅是女性之美，也是人性之美，安纳德对她们的赞美，是对具有美好外表和心灵的"人"的赞美。

《村庄》中地主的女儿玛娅单纯快乐，"娇嫩温柔，妩媚动人，像棵被日照晒熟了的玉米一样"④，她有"一张惹人喜爱的鹅蛋脸，闪耀着金花的光彩。一双印度北部罕见的蓝眼睛，除了有时羞涩地躲藏在环绕着两池秋水的黑眼眶内以外，总是闪烁着快乐的光芒，显得既调皮，又鲁莽，又傲慢，从而使得她那瘦削的鼻子，以及带着任性笑容而撅起的嘴唇，显得格外突出"⑤。在拉卢家准备婚礼的时候，玛娅和女伴们跟拉卢玩丢石子的游戏，他们嬉笑、打骂、纠缠在一起。对她来说，这时候并没有男女之别、贵贱之分，和伙伴们在一起玩得开心快乐才是最重要的。穆斯林姑娘雅斯敏喜爱诗歌，她身上知识女性的典雅吸引了骄傲的克里希那，"看到这个杏仁色脸庞、身体纤细的姑娘，我不禁心神荡漾"⑥。

---

① [印] M. R. 安纳德：《不可接触的贱民》，王科一译，平明出版社 1954 年版，第 19 页。
② 同上书，第 72—73 页。
③ Mulk Raj Anand, *Morning Face*, Bombay: Kutub, 1976, p. 554.
④ [印] M. R. 安纳德：《村庄》，王槐挺译，上海译文出版社 1983 年版，第 232 页。
⑤ 同上书，第 96 页。
⑥ Mulk Raj Anand, *Confession of a Lover*, New Delhi: Arnold-Heinemann, 1976, p. 114.

这些单纯美丽的少女，在家庭中应该是父母宠爱的女儿，而她们却都早早地就挑起生活的担子。母亲去世后，莎喜妮既在家庭中担当起主妇的角色，照顾父亲兄弟。同时，她还得出去做清扫工作。莎喜妮天生就有母性的品格，她在家里做饭煮茶，每天早上去井边拎水，像母亲一样操持着家务，"她天生坚毅，你只消看她那样地沉默，那样地不动神色，便明白了"[1]。对兄弟，她细心温柔，"凭她作为一个女孩子的体贴入微的天性，她体会到哥哥疲倦了"[2]。

安纳德笔下美好而单纯的少女形象是女性生命力的象征，是女性没有经历生活磨难前最原初的生命情态。少女阶段越是美好，越是反衬出女性以后人生阶段的阴郁和不幸，读者读到的文字是美好的，想象到她们未来的命运，这些反差对比更加凸显女性问题的残酷性。当读者沉醉在作者所塑造的这些少女形象中时，想到她们将要面对的婚姻问题和未来的家庭生活，不禁会担心她们的命运。

妻子是家庭中最重要的角色。安纳德小说中的妻子形象，如《情人的自白》中奴尔的妻子娜思姆、《一个印度王公的私生活》中的王妃英迪拉，都是温柔敦厚、宽容善良、富于奉献和牺牲精神的女性。

娜思姆是位勤劳善良的妻子，她在家里操持家务，带孩子、照顾老人，支持丈夫奴尔继续求学。克里希那和奴尔是大学同学，虽然宗教信仰不同，两人却是无话不谈的好朋友。娜思姆并不因为自己是穆斯林就不允许克里希那和奴尔交往。她像姐姐那样体贴照顾他，以宽容和同情之心帮助他，当她知道克里希那爱上自己的妹妹时，非但没有因为妹妹已经订婚就阻止他们两人交往，还殷勤地为他们传递消息，甚至用撒谎的方法把妹妹从家里带出来，让她和克里希那一起去山里游玩。

《一个印度王公的私生活》中的英迪拉虽然贵为王妃，却是一位忍辱负重的妻子。王公宠爱情妇，置英迪拉于不顾，让她一个人带着孩子生活在山区的王宫里。不仅如此，丈夫的情妇为了让自己的孩子成为王位继承人而害死英迪拉的大儿子。当丈夫被情妇背叛，失去权力，被当作精神病

---

① ［印］M. R. 安纳德：《不可接触的贱民》，王科一译，平明出版社 1954 年版，第 21 页。
② 同上书，第 20 页。

患者送进医院后，她却搬进医院和丈夫生活在一起，照顾他。从娜思姆和英迪拉身上，安纳德展现女性温柔善良中所蕴涵的坚强品德。作家描写她们遭受的种种不幸的同时，也希望印度妇女的传统境况有所改变，不仅让她们能在困境中坚强生活下去，而且希望帮助她们寻找到一条自我解放的出路。高丽就是这样一位在印度新时代下独立自主、敢于反抗、敢于追求的妻子形象，她是一位新印度女性。

美丽的山里姑娘高丽，温顺善良得像一只小母牛。在母亲和叔叔的安排下，她嫁给了农民潘奇。潘奇幼年父母双亡，和叔叔婶婶一起生活。结婚后，婶婶不喜欢高丽，经常在潘奇面前说她的不是，认为她是个灾星。一天，潘奇在耕地的时候与叔叔发生了冲突，第二天，潘奇就带着高丽离开叔叔家，租了村里一家穆斯林的房子住，小两口过着新婚后的幸福生活。持续的干旱，让潘奇和村里人的生活更加艰难，潘奇并没有因高丽怀孕而高兴，反而想到又多张嘴吃饭，生活会更加艰难，他一气之下把高丽赶回娘家。高丽回到母亲家，被叔叔和母亲卖给城里一个鳏夫店主为妻。高丽病倒了，医生建议店主把她送到医院看病。高丽到医生的诊所治好病，又在医生的帮助下摆脱店主的纠缠，留在诊所学习做护士。医生的助手企图强奸高丽，引起病人和护士的不满，闹得诊所无法维持下去。无奈之下，医生解散诊所，带着高丽到另外一个地方行医。高丽被赶走后，潘奇开始想念妻子，就去岳母家找她，才知道高丽已经被卖掉。在村民的帮助下，高丽的母亲找到已经成为护士的高丽，把她送回潘奇家。高丽回到村里后，村里的人对她议论纷纷，让潘奇心里很不舒服，他和高丽为此吵了起来。此刻的高丽并不是原先那个软弱的姑娘，她决定离开潘奇，去城里寻找医生，她要在医生的诊所里生下孩子，做护士养活他。她相信，自己的孩子一定比潘奇强。

高丽是位贤惠的妻子，同丈夫的婶婶关系不好，对于丈夫的打骂，她也是逆来顺受。高丽所面临的问题，对印度女性来说，是再平常不过的事情，别的女性可以忍受，她也试图忍受。但最终高丽却选择以"出走"的反抗方式来对传统生活说"不"。高丽的觉醒，是一个印度女性逐渐思考自身的社会身份并开始追求个性独立的人生华章。首先，高丽被卖到城里，到了医生那里，生活环境的变化使她得以接触到不同于农村的生活方式和思想，这给她原本就有些叛逆的性格提供发展的基础。其次，高丽如果单有反抗之心，没有反抗的能力，这样的反抗行为无异于鸡蛋碰石头，离开家庭、丈夫，她无法生活下去。因此，高丽面对新环境，采取的是积极适应、积极学习的态度。她学会护理技术，成为经济独立的女性，而经济独立是女性自身独立的重要条件。最后，高丽被丈夫赶回娘家以后，她一直努力也一直盼望有一天能再回到丈夫身边。这不仅仅是因为她已经怀孕，孩子需要父亲，更主要的是，作为一个印度妻子，生活在丈夫身边、照顾丈夫是天经地义的事情。但是，高丽无法面对一个懦弱、多疑的丈夫所带给她的心灵伤害和尊严的丧失，主动出走是必然的选择。从被赶出家门，到盼望回家，直到最后主动离开家，这是高丽自我意识复苏的过程，是高丽反抗生活和社会制度的过程，是高丽争取个性独立的过程。透过对高丽这一娜拉式的印度女性的人生命运的描写，寄托安纳德希望印度女性能够独立自主地思考并改变其家族、社会地位的美好愿望。

在安纳德小说里的众多女性形象中，还有一些身份尴尬的女人们，那就是情妇。她们大多是歌女、舞女，从一个男人手里转到另一个男人手里。她们是男人们不幸婚姻的慰藉，也是男人们权利和欲望的点缀。她们是家庭之外的女人，不幸的生活扭曲她们的心灵和人格，作者在同情之外，更多的是谴责和批判。在《一个印度王公的私生活》中，安纳德塑造一个外表美丽、经历坎坷但却让人生厌的女性形象甘迦·达茜（Ganga Da-si）。安纳德似乎颠覆了印度女性的所有美好品格，表现出了无耻与残忍。

达茜是印度北部山区的女人，从小过着不幸的生活，14岁之前，她就成了村里四个男人的玩物。由于父亲是王宫祭司，她就在王宫里做王后公主的女伴。一次，达茜在王宫里遇见王公维克多，两人一见钟情，她成了维克多的情妇。达茜生孩子后，向维克多要求立自己的儿子为王子。为达到这个目的，达茜设计害死维克多王妃所生的儿子。印度独立后，新德里政府对全国土邦进行和平接管，达茜眼看维克多大势已去，就投入政府派到土邦来的官员的怀抱。达茜虽然没有读过书却聪明过人，从言谈举止中可以看出她精通人情世故。例如，达茜同别人谈起她与维克多的关系时，先发制人，承认自己是个没有知识的山区女人，承认对维克多不忠，做了很多对不起他的事情，可是她话锋一转，把自己的种种行为，都归罪于维克多，痛诉维克多对她很冷酷，不正式娶她，也不让她的儿子做王位继承人。达茜身上具有让男人无法摆脱的魅力，使她可以依靠男人为生。她所投怀送抱的男人，一定会在某种程度上改变她的生活，给她带来金钱、地位。为此，达茜可以同时是数位男人的情妇，也会无情抛弃不能再给她好处的情夫。和维克多在一起后，达茜的这种习惯并没有改变。她不仅勾引维克多的表兄，还与新德里政府派来王国做首相的人有染。她陪维克多去打猎，在维克多睡熟以后，却跑去同美国记者鬼混。最后，当维克多去新德里签署王国归属文件时，她带着维克多送她的东西，随王国新当权者走了，永远离开了维克多。利用自身的魅力来达到自己的目的，是达茜所采取的简单而安全的行为。达茜这一女性形象，与安纳德所塑造的其他女性形象迥然不同。达茜身上很难找到印度妇女所具有的善良、温顺、吃苦耐劳等品德，她表现出对财富、权势的贪婪和不择手段，表现女性的自甘堕落，她身上更多地体现了人性"恶"的一面，为了让自己的儿子成为王位继承人，不惜残害一个八个月大孩子的生命。

总的来说，安纳德小说中的女性身上体现出印度传统女性勤劳善良的品德，她们是还没有走出家庭的印度女性，"母亲"、"妻子"等是她们的家庭角色，也是她们的社会角色。家庭是女性历史性的生活舞台，对这些女性来说，她们活动的"社会"就是家庭。像中国传统女性一样，印度传统的家庭格局也是要求女人以家务为"事业"，所谓"男主外，女主内"，家庭角色是父权社会赋予女性最苛刻、最稳定的社会角色，家庭几乎是女性生活的全部空间。社会进步促使家庭革命，女性最终走出家门，担当一定的社会角色，高丽就是这样一个女性。而"高丽"走出家门，体现作家对印度女性解放的关注和希冀。

第三节　安纳德的女性观

女性和女性问题是文学作品中重要的主题之一。安纳德塑造众多现代印度女性形象，描写她们不幸的爱情与婚姻生活。安纳德对印度女性充满同情，对她们的命运与出路充满困惑与焦虑。这种困惑与焦虑，并非仅仅存在于印度女性群体，它也是一个世界性的命题，是社会文明发展中难以回避的问题，安纳德试图通过文学创作来解答困惑，探讨女性摆脱困境的方法。千百年来，在封建统治和宗教观念的束缚下，印度女性在社会文化、家庭生活领域中地位低下，始终处于被奴役被压迫的地位。《摩奴法论》中对女性权利和义务的规定，类似于压迫中国妇女的封建礼教中所讲的"三从"、"四德"，"女子必须幼年从父、成年从夫、夫死从子；女子不得享有自主地位"①，诸如此类的规定不一而足。在印度史诗、诗歌中，一直在宣扬"丈夫就是妻子的天神，服侍丈夫是妇女崇高的天职。没有丈夫的妇女等于没有生命的躯壳和无水的江河"②。正如安纳德小说中所描写的那样，多少世纪以来，印度妇女在各种吃人的法规和陋习下生活，她们默默地生儿育女、操持家务、照顾家人。

随着英国殖民统治的建立，以及西方资产阶级思想的传入，印度妇女的状况有所改变。英国殖民政府对印度妇女问题有所关注，并且在法律规则上做了一定的规定，以保护处于社会底层的印度妇女。印度一些进步的宗教改革组织也纷纷提倡尊重妇女，希望能够改善印度妇女在社会、家庭中的地位。在各方努力下，印度妇女开始有接受教育的机会，有条件的妇女甚至还能出国深造。妇女外出就业的情况也渐渐增多。在印度民族独立运动中，妇女也是反英斗争的一股力量，这表明印度妇女逐步走上政治舞台。

安纳德深知印度传统文化加诸在女性身上的压迫和束缚，他强烈谴责印度父母安排、包办子女的婚姻，认为这样的婚姻不会顾及女性的感情和意见。安纳德在接受采访的时候说过："今天父母在报纸上登征婚广告，把自己的女儿在婚姻市场卖掉。现在婚姻只是印度男人找做家务的和满足自己欲望的人而已。"③印度独立后，政府为改善妇女的地位，通过了一系

---

① 蒋忠新：《摩奴法论》，中国社会科学出版社 2007 年版，第 106 页。

② 陈峰君编著：《印度社会与文化》，北京大学国际关系学院 2003 年版，第 360 页。

③ Humra Quraishi，"Mulk Raj Anand: A Life Well Lived"，http://www.tribuneindia.com/2004/20040929/edit.htm.

列的法律法规。如 1955 年的《特别婚姻法》和《印度教徒婚姻与离婚法》，1956 年，还通过妇女有继承财产权力的法案。1961 年，印度政府制定《禁止嫁妆法》，种种法规为印度妇女的权益提供法律保护依据。

第二次世界大战以后，特别是 20 世纪六七十年代欧美兴起的女权运动，席卷了世界很多国家和地区，对印度社会也有所影响。独立后的印度，妇女地位得到一定程度的改善，反映到安纳德的作品中也就不难理解，高丽这一女性形象的出现便顺理成章。安纳德在小说中所表现的女性问题是印度女性所遭遇的普遍问题，他所塑造的女性形象也以传统的家庭妇女形象为主，但安纳德也意识到印度女性的变化，她们开始寻求自己社会中的角色和地位。安纳德塑造的高丽，就是从传统、被压迫的女性向现代、独立的女性发展的人物。高丽这一形象，与之前印度作家对"走出家门"的女性描写有所不同。与普列姆昌德《戈丹》中的玛尔蒂相比，高丽是走出家门的女性，玛尔蒂则是希望走进家门的女性。玛尔蒂在英国受过教育，回到印度后，自己开诊所维持一家人的生活。她同男人交往，在心理上认为自己和男人一样独立、自由。爱上梅达以后，玛尔蒂身上的传统女性性格特点被唤醒：她不再嘲笑忙于家务的印度妻子们，她还去向村妇们宣传科学育儿的知识，甚至彻夜照顾戈巴尔重病的孩子。玛尔蒂性格中传统的一面被激发出来——确切地说，是普列姆昌德对印度女性传统美德的倾向态度，导致她回归女性的家庭角色。从高丽和玛尔蒂不同的价值取向上，可以看出时代变化对作家女性观念的影响。安纳德与普列姆昌德的共同之处在于，对印度女性美德的赞美，对女性解放的支持。

安纳德本人就非常尊重女性。他认为女人内心更丰富、更敏感，对写作的贡献更大，"我的很多作品是以女性为基础并围绕她们的生死而展开的"[1]。安纳德年幼时在故乡旁遮普的农村经常看到阿姨、婶婶们在河边洗澡，她们的纱丽浸水后变成透明的，"即使这样，我也从来没有想过性"[2]。安纳德说，"我会被女人吸引，但是上帝知道，我并不用掺杂着欲望的爱

---

① Humra Quraishi, "Mulk Raj Anand: A Life Well Lived", http://www.tribuneindia.com/2004/20040929/edit.htm.

② Marlene Fisher, *The Wisdom of the Heart*, New Delhi: Sterling Publishers, 1980, p. 97.

去爱她们"①。因此，安纳德的作品中的女性大多是美好的："女人的性情和水就有些相似。流着，总是流着，不是这样流就是那样流，并且像浪涛一样不安定，有时简直喜怒无常，就跟大风暴里的河流一样变化多端，有时容光焕发，满面笑容，有时软弱而又哀伤，但永远是温柔体贴的。"② 安纳德笔下的女性往往温柔似水，感情细腻，有着美丽动人的容貌与美妙的身姿："她的年轻苗条的身段被她裙子的狭窄的腰带和紧身胸衣的漂亮的线条衬得轮廓分明。"③ 安纳德赞美、欣赏女性的身体美，却不带有一丝猥亵的意味，"有两个姑娘刚刚洗完澡从水里出来，湿淋淋的腰布紧沾在身上。……其中的一个姑娘解下身上的湿腰布，迅速地缠上一条干的。在这中间，她在极短的一瞬间浑身一丝不挂地站在那里"④。在安纳德的小说中，对爱情与母性的赞颂，以及对女性渴望个性解放、恋爱自由、婚姻自主的描写，是他对女性未来发展的希冀，也是他人道主义关怀的表现。安纳德小说中的母亲对孩子的关心和爱护，孩子在母亲宠爱下的天真，所有这些都是人类天伦之爱的自然流露。作者对母亲的讴歌、对童年纯真生活的追忆，仿佛是浮躁世界里一缕清凉的风，让读者从流逝的岁月里沉淀出许多美好的回忆。

安纳德一直支持妇女的解放运动。他说过："现在世界上的女性解放运动，是女性的宣言，这是男性一直忽视和漠不关心的。我觉得女性赢得自身的解放，男性和女性之间才会更加融洽，人与人之间将更容易相处。女性的解放其实也是男性的解放。"⑤ 安纳德尊重女性，他把女性作为一个独立的人来看待。他认为女性应该保持独立、拥有自信，并一直鼓励自己身边的女人这样做。安纳德很尊重妻子的事业，希琳与他结婚后虽然成为"安纳德夫人"，但她并没有像大多数印度已婚妇女一样成为待在家里的家庭主

---

① Humra Quraishi, "Mulk Raj Anand: A Life Well Lived", http://www.tribuneindia.com/2004/20040929/edit.htm.

② ［印］M. R. 安纳德：《两叶一芽》，黄星圻、曹庸、石松译，新文艺出版社1955年版，第135页。

③ 同上书，第245页。

④ ［印］M. R. 安纳德：《村庄》，王槐挺译，上海译文出版社1983年版，第47页。

⑤ Marlene Fisher, *The Wisdom of the Heart*, New Delhi: Sterling Publishers, 1980, p.96.

妇，而是继续从事舞蹈教育和舞蹈评论工作。安纳德夫妇的朋友朵丽·萨希拉是《道路》杂志的艺术编辑，在安纳德的鼓励下成为旁遮普大学泰戈尔学院的艺术教授，还担任过印度艺术协会的主席。

　　自由的爱情与美满的婚姻生活，是现代社会人类的基本需求，也是人类生存和发展的必然要求，是社会文明进步的重要标志。作为一个同情女性的人道主义作家，安纳德并不能解决由来已久的印度社会问题。但是，对于安纳德来说，印度女性像高丽一样选择"离家出走"这种无奈的手段来寻求自身解放，只有在现代文明影响之下才有可能出现。在某种程度上，这也体现出作家对于印度女性通过自身努力突破宗教、文化壁垒的希望。

第六章　民族身份建构与历史主题

　　"一部伟大的小说是对社会现实富有想象的再现。"① 作为现实主义作家，安纳德的小说是 20 世纪上半叶印度社会的真实写照，这在《一个印度王公的私生活》和自传体系列小说中更是如此。在自传体系列小说中，安纳德通过描写主人公克里希那的成长经历，为读者展现了一幅印度人民争取民族独立的历史画卷。在《一个印度王公的私生活》中，以王公维克多的个人经历为读者讲述印度王公这个独特群体在社会变迁、政权更替中的身份转变和心路历程。

第一节　个人成长与家国历史

　　对于探索叙事研究的动态特性以及深刻的挑战性，自传都是一个极好的途径，至少可以将生活的综合研究作为理解人类处境的重要工具的一部分。之所以如此的一个显而易见的原因是：自传本身是叙事研究的一种基本形式。② M. R. 安纳德是印度英语小说"三大家"之一，他的《不可接触的贱民》《苦力》和《两叶一芽》等小说早在 20 世纪 50 年代就被翻译介绍到中国，作品所反映的印度底层民众的苦难生活引起了刚解放的中国读者的共鸣，而他的自传体系列小说却并不为广大中国读者所知晓。

　　安纳德的自传体系列小说总标题为《人生七阶段》（*Seven Ages of Man*），

---

① B. R. Agraval, *Mulk Raj Anand*, New Delhi：Atlantic, 2006, p. 32.

② ［加］瑾·克兰迪宁主编：《叙事探究：原理、技术与实例》，鞠玉翠等译，北京师范大学出版社 2012 年版，第 54 页。

篇名来源于莎士比亚戏剧《皆大欢喜》（*As You Like It*）第二幕中的一段台词①，安纳德计划按照人生的七个阶段写七部小说，但只完成了《七夏》《晨容》《情人的自白》和《泡沫》等四部。这些小说以主人公克里希那从童年到青年的成长经历和思想发展为线索，从个人角度反映20世纪初期印度人民的生活以及印度争取民族解放、国家独立的斗争历史，作品气势恢宏，写作手法多样，在印度英语小说史上占有重要地位。本节分析安纳德自传体小说所描写的内容与时代的印证关系，指出他的作品不仅是个人的成长史，也是那个时代中有着同样经历的众多人的写照，更是一个民族

---

① William Shakespeare, As You Like It, II: Vii.

All the world's a stage,

And all the men and women merely players：

They have their exits and their entrance：

And one man in his time plays many parts,

His acts being *seven ages*. At first the infant,

Muling and puking in the nurse's arms.

And then the whining school-boy, with his satchel,

And shining *morning face*, creeping like snail

Unwilling to school. And then the *lover*

Sighing like furnace, with a woeful ballad

Made to his mistress' eyebrow. Then a soldier,

Full of strange oaths, and bearded like a pard,

Jealous in honour, sudden and quick in quarrel

Seeking *the bubble* reputation

Even in the cannon's mouth. And then the justice,

In fair round belly with good capon lin'd,

With eyes severe, and modern instances；

And so he plays his part. The sixth age shifts

Into the lean and slipper'd pantaloon,

With spectacles on nose and pouch on side,

His youthful hose well sav'd, *a world too wide*

For his shrunk shank; and his big manly voice,

Turning again toward childish treble, pipes

And whistles I his sound. *Last scene* of all,

That ends this strange eventful history,

Is second childishness and mere oblivion

Sans teeth, sans eyes, sans taste, sans everything.

（选自 *The Complete Works of William Shakespeare*, New Lanark：Geddes & Grosset, 2002, p. 336. 斜体部分为安纳德自传体系列小说的书名。）

发展的见证。

一　生活写照

安纳德自传体系列小说《七夏》《晨容》和《情人的自白》生动地描绘了 20 世纪初期印度的乡村生活、家庭生活的方方面面，向读者展现一幅幅社会生活的画卷。这其中，主人公克里希那的童年生活场景，以小孩子的视角展现孩童的童趣世界之余，也指出众多印度家庭中都存在的问题。

耍熊人和母亲讲的故事。对于印度北方儿童来说，走村串户的耍熊人和熊，是童年生活里永存的记忆。耍熊人的鼓声响起，熊随鼓声跳起舞来，"童年里，对一个人来说，很容易就能获得幸福。什么快乐能有这么纯粹，什么忧伤能那么易逝呢？"① 印度孩子的童年，和躺在母亲腿上听故事是分不开的。对孩子来说，妈妈能讲"好多故事，那些都是她小时候从自己妈妈那里听来的故事，传奇、寓言、神话、神和人的故事。这些故事在乡村泥墙平顶的小屋里，流传了上千年"②。这些口耳相传的故事，是印度儿童最初的启蒙教育，为他们打开一个想象的世界，更是印度传统文化的载体。

早婚和家庭暴力。印度过去有早婚的习俗，与这种传统相伴而生的另一种婚姻中的悲剧就是家庭暴力。克里希那的母亲不到 8 岁就嫁给了他的父亲，经常遭受婆婆虐待和丈夫打骂。在印度，妇女受到公婆虐待、丈夫打骂是很常见的事情。克里希那的母亲自己也经历过这样的遭遇，可她还是给儿子选择早婚并同样虐待自己的儿媳妇。克里希那的大哥稳重好学，却在 15 岁时就被安排结婚，婚后在妻子的要求下退学去一所监狱作小职员，他经常打骂妻子，终日与舞女厮混。大嫂把对大哥的不满发泄在克里希那身上，更向大哥的敌人告发他偷卖监狱物品，使大哥差点坐牢。大哥本是有着大好前途的青年，早早地结婚后，他在生活压力下蜕变为吃喝玩乐、贪污受贿的官吏，成为印度早婚习俗的牺牲品。

父亲的权威。在印度家庭中，父亲/丈夫是一家之主，对家庭事务、

---

① M. R. Anand, *Seven Summers*, New Delhi: Arnold-Heinemann, 1987, p. 31.
② Ibid., p. 165.

家人有着决定权。在自传体小说中，安纳德用较多笔墨写父亲与儿子们的冲突（尤其是父亲与克里希那的冲突）。克里希那的父亲在印英军队供职，参加过雅利安社。童年时期，父亲是克里希那眼中的英雄，随着年龄的增长，克里希那不仅看不惯父亲打骂母亲和欺负叔叔婶婶一家的行为，也鄙视父亲对英国老爷的唯唯诺诺。父亲希望克里希那好好学习，将来能谋个好职务，就阻止他参加对抗英国殖民政府的活动，"我想我的儿子们要顺从、勤奋和用功，我希望他们要忠心于英国政府，就像我一样对英国老爷忠心耿耿"。① 对克里希那参加罢课、示威等活动，父亲都采取不理解、不支持和强加干涉的态度，这是父子间最尖锐的对立。作为父亲，他希望孩子过上稳定生活的想法是可以理解的，而作为一个在英国军队供职的印度人，他担心失去工作而不敢参加独立运动并反对儿子参加，这种父子对立实质上是时代新旧思想的对立和冲突，在一定程度上也反映了青年人对父权的反叛。在印度英语文学中，安纳德自传体小说是较为集中描写父子冲突的作品，作家很敏锐地意识到父权左右着印度青年的命运，他在作品中所表现的父子矛盾冲突这一主题，也反映出印度社会现代化的过程中，年轻人对权威/传统的依赖、反抗和挣脱。

二 时代侧影

学校生活。自传体小说多是描写克里希那青少年时期的生活，学校生活成为安纳德着墨较多的部分。小说展现印度独立前的小学、中学和大学的教学情况，从一个侧面反映印度当时的教育状况。

老师经常体罚学生，教些枯燥无用的知识，以补课的名义向学生变相收费，这些是当时印度各地中小学校园里的普遍现象。克里希那上学第一天就被老师打学生的情景吓哭，他每到一个学校上学，印象最深的都是老师打学生，军营学校里老师打学生，阿姆利则的老师也打学生，监狱附属学校的老师还是打学生，克里希那上学的记忆就是一次次挨打和看同学挨打。在学校里，不仅老师打学生，老师还命令学生打其他同学，即使克里

---

① M. R. Anand, *Morning Face*, Bombay: Kutub Popular, 1968, p. 544.

希那学习成绩优异，也会被老师责打，放学后还会被其他学生打骂。到了大学，尽管老师不再体罚学生，而大多数学生的目的都是通过国家各种职务考试，获得稳定工作。

种姓压迫和宗教冲突。千百年来，种姓制度就存在于印度社会中，而在安纳德笔下的童年世界里，种姓制度下所划分出的高种姓、低种姓的孩子，在各自人生最初的阶段，还留有一份纯洁的友情。军营里有一群和克里希那年龄相仿的儿童，孩子们在一起游戏、打板球的时候，是不会注意彼此的种姓身份的。尽管克里希那的母亲总会责骂并提醒他不要和那些清扫夫、洗衣工人家的孩子一起玩，而在克里希那的眼里，他们是板球高手和能奏出美妙音乐的乐器高手。20世纪初，在争取印度民族独立的时代背景下，印度教徒和穆斯林挽起手进行联合斗争的同时，在生活中也难免会出现宗教冲突。《晨容》描写了在一场穆斯林学生和印度教学生的板球比赛中，由于一次判罚引起比赛两队的争议，导致两队队员将争议上升到教派的区别，"不和印度教异教徒比赛"，"打倒上印度教学校的穆斯林"①，队员们喊着口号抡起板球棒打起架来，在旁边观看比赛的克里希那受到殃及，被石头打破头。安纳德的小说中，这种教派冲突并不多见，他描写更多的是克里希那与穆斯林朋友奴尔之间的友谊。克里希那在奴尔家吃饭、休息，甚至生病时还得到他家人的照料。

青年人的爱情。安纳德记述兄长在包办婚姻中的不幸生活的同时，也描写克里希那对爱情的追求。克里希那在好朋友家里遇见一个会写诗的穆斯林姑娘，对诗歌的共同爱好使两个人互生爱慕，诗歌传情，结伴出游。两个人之间的爱情激发出克里希那诗人般的热情，夜不能寐，这种爱情可以让克里希那高兴得飞上云霄，也可以让他忧郁至几乎自杀。可是姑娘已经定亲，这种交往一开始就注定悲剧的结局。最终，按照父母的安排，姑娘嫁给一个铁路职员，她也没能逃脱大多数印度女性相似的命运，在丈夫的打骂中死去。

克里希那的爱情不仅是年轻人情窦初开时对美好情感的渴望，也是印

---

① M. R. Anand, *Morning Face*, Bombay: Kutub Popular, 1968, p. 99.

度年轻人在追求心灵相通、志趣相投的伴侣。克里希那亲眼目睹两个哥哥的不幸生活，看到社会中其他男女青年的不自由和不幸福，克里希那的爱情是那个时代印度青年反抗精神的表现。然而，个人力量很难改变现实社会，他们为此所做的努力即使失败，也是一种抗争。克里希那爱情的悲剧反映了当时印度青年的不幸遭遇。

青年人的思想。20 世纪初期，在传统与现代、守旧与创新等观念的冲击下，印度年轻人广泛接触各种思想，思考人生，审视国家民族，认识世界。安纳德以克里希那为代表，描写印度青年既继承祖先血液里勇敢不屈的精神，也吸收新思想，以更有力的手段投身到争取民族解放的斗争中去。克里希那的母亲是锡克人，他从小就听母亲讲外祖父、舅舅们反抗英国人统治的故事，母系亲属们桀骜不驯、追求自由的个性在他幼小的心灵里激起同情和好奇。克里希那因为寺庙爆炸案（反对英印政府的革命者们在寺庙制造炸药，不小心走火爆炸）被关押、审判的时候，母亲赞扬他是一个真正的锡克人，是像外祖父一样的人，年轻的克里希那的反抗精神是锡克人性格中共性特征的共鸣，这种内化性的共鸣，也是印度人争取民族独立斗争的文化来源。

20 世纪初期，印度年轻人可以接收到国内外的各种思想和思潮，安纳德着重描写伊克巴尔思想、甘地思想对克里希那的影响，同时也写到马克思主义思想对克里希那的触动。在《情人的自白》中，克里希那多次拜访伊克巴尔，除了向诗人请教诗歌创作的事情外，他还向诗人倾诉自己生活和思想中的困惑。伊克巴尔将诗集《自我的秘密》赠予克里希那，这是一部充满战斗的热情、鼓励印度人民以行动来争取民族独立的诗篇。它成为青年克里希那的精神支柱，也是作家安纳德的青年时期的精神源泉之一。书中描写克里希那与伊克巴尔的交往反映早期民族独立运动领袖的号召作用。此外，甘地思想在年轻人中间影响也较为广泛。《晨容》里写少年克里希那从军营医生那里读到甘地的书，深受其非暴力思想影响，向父亲宣布自己是个甘地主义者。

三　民族独立斗争的缩影

自传体小说的故事背景是印度人民争取民族独立斗争逐渐高涨的时

期。安纳德通过写克里希那个人的所见所闻，以小见大，从"点"的角度展示"面"的气势，描绘出印度参加第一次世界大战的情景、印度北方反英斗争和青年运动的广阔画面。

对英印政府期间部队、军营生活的描写是安纳德小说的一大特色。由于父亲是位英印军官，安纳德在军营长大，对军营生活的熟悉使他有得天独厚的条件来叙述英国军官、印度军官们的工作、生活情况，能在小说中较为详细地描写军营生活情景。在军营里，英国军人的生活区和印度军官的生活区被一条大路分割开来，从孩提时候起，母亲就告诫克里希那不要越过马路玩耍，但这挡不住孩子好奇的天性，克里希那有一次跟着看一个英国军官打鸟，英国人向他扔石头撵他走。另外，自传体小说也从侧面描写了第一次世界大战对印度军人家庭的影响。英国为了能广泛地利用印度的人力来满足它的军事需要，在第一次世界大战中，英印政府大量征募新兵，直接将印度士兵派出海外参战。小说写到克里希那的父亲要渡过黑水洋到法国参战，出发前将家人安排到阿姆利则的亲戚家寄住，战争使很多印度家庭骨肉分离。

小说主人公克里希那的童年、少年和青年的成长期间，正是印度民族运动的发展阶段，在北印度的旁遮普地区，反抗斗争尤其活跃。作家将这个时期印度北方所发生的具有影响性的抗英事件以文学手法巧妙地处理为克里希那个人的成长过程，让主人公成为当时印度青年的代表，他的斗争行为成为时代缩影，增加了人物的典型性和小说内容的历史感。在《情人的自白》中，作家写克里希那给自己起了一个笔名"阿扎德"（Azad），就是移用当时的国大党党员马鲁拉纳·阿扎德（Maulana Azad）的姓氏。在《晨容》中，安纳德描述 1919 年旁遮普地区反抗英国统治的活动日益高涨的情景。阿姆利则城是北印度反英斗争比较集中的地方，英印政府在阿姆利则颁发宵禁令，一天傍晚，克里希那因违反禁令入狱被施以杖刑。小说以聆听亲历者讲述的方式，侧面描写了贾利安瓦拉巴格广场（Jallianwallah Bagh）发生的英印政府枪杀和平集会群众的"阿姆利惨案"。此外，安纳德还描写在拉合尔城里革命者一次炸药爆炸案件，以及法庭审判爆炸案嫌疑人所产生的反英宣传作用。《情人的自白》中，安纳德更多地描写大学生践行甘地"非暴力"思想的活动。大学生争取教务改革的活动，逐渐演变成由印度国大党领导的民族斗争，克里希那和他的同学们在大学里静坐抗议。在活动中，克里希那认识到，"追求真理和'非暴力'思想将人们聚集到一起，任何一个这样的运动都能引起人们对于英国政府所支持的统治阶层的不满"①。这也让更多印度人明白，"甘地使那些软弱、退却和怯懦的印度人变成为了摆脱坏制度而愿意勇敢斗争的人"②。

安纳德用文学的表现手法，记录个人成长过程，也用文学作品见证一个民族的独立、解放历史。他在作品中努力探索本人思想的同时，也仔细认真地思考人生各个阶段中个人与家庭、社会的关系。自传体小说记述的是 20 世纪初期的 1910 年至 1925 年这一期间印度旁遮普地区的生活情景。这个阶段是一个传统与现代交互影响、作用的阶段，英国对印度的剥削、统治进入帝国主义阶段的时期，印度民族革命运动高涨，人民争取民族独立斗争风起云涌的时期。这段时期，对印度历史产生深刻影响的人、事件和主张大致有下面两个方面。

一方面，小资产阶级激进派领导、开展革命活动。这些激进派的活动和主张主要有，提出司瓦拉吉政治纲领。司瓦拉吉一词在吠陀经典中的意思是自主、自治，印度革命者将它作为争取独立的象征。小资产阶级革命派认为，要进行革命斗争，就要发展工农群众参加到民族运动当中去。在斗争中，借助印度传统宗教思想和宗教仪式，团结很多教众不分种姓、阶层和性别，都参加到运动中去。一些革命者建立秘密革命组织，他们认为要争取司瓦拉吉就得进行武装斗争，拿起剑和盾走向民族战争的战场同英国殖民者进行殊死斗争。

另一方面，甘地逐渐取得民族斗争的领导权。第一次世界大战结束以后，英国仍然无意于让印度实现自治，战后人们反英情绪前所未有的高涨，在新形势下，甘地提出适合资产阶级需要的斗争策略，让自己的主张和政治态度逐渐成为引领印度民族独立斗争的主导思想。甘地提出"神即真理"、"真理即神"，实在、正义、和谐、美满是他所憧憬的道德伦理和

---

① M. R. Anand, *Confession of a Lover*, New Delhi: Arnold-Heinemann, 1976, p. 258.

② Ibid.

政治目标，为实现真理，他又提出非暴力学说。在同英国殖民者的斗争过程中，甘地逐渐找到并提出"非暴力不合作策略"，它的本质是依靠心灵的、精神的力量，以自我牺牲感化统治者。[①]

　　安纳德计划要写的第五部自传体小说名为《世界之大》（*The World Too Large*），内容涵盖克里希那"二战"时期和战后岁月以及印度即将赢取的自由等。第六部小说将命名为《世界之广》（*The World Too Wide*），将描写战争的影响，人们希望破灭和绝望，他想在小说里讨论自由意味着什么。第七部小说《最后的场景》（*Last Scene*）会是一部表现人自我斗争和挣扎的小说，安纳德还想说明到了暮年，人会发现之前所经历的挣扎都不算什么，希望永远超越绝望。可以看出，在已经出版的四部小说和安纳德计划要写的三部作品中，作家将个人命运和国家发展结合起来，以个体经历见证民族大历史。另外，作家在自传体小说中集中表达了自己对传统文化、艺术哲学和政治外交等方面的观点和看法。这些自传体小说是值得继续深入研究的作品。

第二节　个人命运与家国变迁

　　文学评论家对安纳德的《一个印度王公的私生活》褒贬不一。《20世纪印度文学史》一书中写道："《一个印度王公的私生活》（1953）写传统的印度封建贵族在现代社会所面临的各方面的问题。这部小说主要是迎合西方读者对印度的好奇心理而写的，意义不大。"[②] 这也是部分印度学者的观点。也有不少学者意见相反，如库瓦斯基说这是"安纳德给人印象最深刻的小说"[③]。甚至还有学者认为，即使安纳德没有写出其他作品，也能凭借这部小说在印度文学史上获得一席之地，因为小说形象地描写出当时印度社会普遍的危机。[④] 可以说，评论家不同观点的评语正说明这部小说阅

[①] 参见林承节《殖民统治时期的印度史》，北京大学出版社2004年版，第296—297页。

[②] 石海峻：《20世纪印度文学史》，青岛出版社1998年版，第93页。

[③] Saro Cowasjee, *So Many Freedom*, Delhi：Kalyani Publishers, 1989, p.132.

[④] Jack Lindsay, *The Elephant and the Lotus*, Bombay：Kutub Popular, 1965, p.27.

读效果的多样性，也说明这是一部有特殊"意义"的小说。

笔者认为，这部小说在作家个人写作生涯中和印度英语写作（甚至可以说印度文学史）历史中都有着特殊意义，是一部被忽略的作品。从作家个人来说，这是安纳德从英国回印度定居后创作的第一部重要作品。正如本书第一章第三节所谈到的那样，小说的创作有着特殊的背景：一方面，作者是为缓解个人生活方面的挫折所引起的精神困境而采取的写作治疗法；另一方面，作者改变之前擅长的对国家独立、民族解放和社会问题的宏大叙事写作方式，转而关注和描写个人情感、感受等方面的问题，小说标志着安纳德写作关注点的改变。与此同时，在印度文坛上，这种关注点改变不仅是安纳德一个作家，其他作家如当时刚步入文坛的阿妮塔·德赛也呈现这种写作态势，可以说，《一个印度王公的私生活》不仅是作家个人转型之作，也是印度文坛写作转型的代表作。这部小说承接独立后印度民众（尤其是王公、贵族这样的特殊群体）对待自身身份改变的应对，以及社会改变所带来的从国家到个人种种变化的反应和后果，小说题材的独特性和人物的代表性，从一个侧面体现出后殖民时代原殖民地人民的境况。

小说主人公维克多·爱德华·乔治·阿绍克·库玛尔（Victor Edward George Ashok Kumar）是印度北方夏姆普尔（Sham Pur）土邦的王公。在分析这部小说之前，有必要先简单介绍一下印度土邦和土邦王公的历史背景，以便理解小说故事和情节。

印度土邦是历史上封建王朝分裂混战的结果。17世纪初期以后，随着商品经济的发展，莫卧儿王朝把封建土地占有制转变为世袭的无条件的土地所有制。进入18世纪以后，在内乱外患的打击下，莫卧儿帝国日益衰落，各省总督乘机纷纷拥兵自立，各地伊斯兰教和印度教封建主也趁机自树番号，划地为王，从而形成遍布印度各地、大小不等的土邦王。土邦王公称为马哈罗阇（Maharaja）或罗阇（Raja）的，一般起源于印度教或锡克教的封建主；称为纳瓦布（Nawab）的，原是莫卧儿帝国中央政府派驻帝国较大省份的副督和省督；称为尼扎姆的，原是中央政府封派的省级官员，后来成为掌握实权的最高长官。纳瓦布和尼扎姆均为伊斯兰教徒。英国将印度变成殖民地后，对土邦王公基本采取征服而不兼并的政策，用武力征服土邦王公后，和他们订立"军费补助金条约"，让它们保留其独立的外壳，然后从政治、军事上进行控制，从经济上进行掠夺。1857 年，印度民族大起义期间，有的土邦王甚至直接出兵帮助英国镇压起义，这使得英国殖民者继续保留土邦王，并帮助加强他们的统治。1858 年 11 月 1 日，英国女王维多利亚发出布告，宣布英国女王为印度女皇，印度各土邦成为英国的保护国，其地位与英属印度平行，由作为英王代表的副王，即印度总督行使对土邦的最高主权。殖民统治者为了维持殖民统治，对这些土邦实施分而治之的政策，对其加以保护和利用，土邦王拥有很多特权。他们的王位可以继承，可以按照自己的统治方式进行统治，可以有自己的税收和封建法律制度以及军队。在外交礼节中，土邦王公们甚至可以按照英国政府的规定，享受不同等级的、相当于独立主权国家领导人的国宾礼遇。英国保留众多王公的目的是使其相互掣肘，阻止印度统一和形成统一的抗英力量。①

进入 20 世纪以后，印度民族独立运动风起云涌。独立前，国大党对土邦王的基本态度是，"把土邦看做是还残留的印度自主地位的可贵象征……希望土邦王公能在英国统治者面前维护内政自主地位，并以良好的治理成绩向英国人显示，印度人在管理国家政权的能力方面并不比他们差。换言之，他们希望土邦能成为他们政治主张可行性的实际佐证"②。国大党过于高估了土邦王们，绝大多数王公满足于在英国人的庇护下过着奢侈的寄生生活，只求维持现状，很少关心国家的前途，有的王公甚至反对并阻挠国大党的民族独立活动。

第二次世界大战之后，1947 年 7 月 18 日，英国议会通过《印度独立法》，规定从 8 月 15 日起，原英属印度成立印度和巴基斯坦两个自治领（Dominion），英国政府分别向两个自治领移交政权。1950 年 1 月 26 日，印度制宪会议制定的宪法生效，宪法宣布印度为主权国家的共和国国家，自治领时期结束。在自治领时期和印度共和国初期，国大党采取了一系列

---

① 王士录：《印度历史上的土邦问题》，《史学学刊》1991 年第 6 期。
② 林承节：《殖民统治时期的印度史》，北京大学出版社 2004 年版，第 177 页。

措施归并土邦，实现全国区域规划的统一。当时印度共有 562 个土邦，绝大多数位于印度自治领境内或与之相邻，在印度自治领成立时，除海德拉巴、朱纳格和查谟—克什米尔三个较大的土邦尚未决定外，其他的加入了印度自治领。但加入初期，土邦只是把国防、外交和交通权力交给印度自治领，其余一切权力依然保留，土邦依然作为印度自治领的组成部分而存在。为了进一步取消土邦问题，负责土邦事务的帕特尔在 1947 年底到1950 年底的时间里，亲赴各地，向王公说明土邦合并的必要性和政府采取这一步骤的决心，并保证合并后土邦王可以拥有大笔年金，原来享有的特权也会保留。合并结果是，土邦和土邦联盟按规定都建立了立法机构，人民得到部分参政权利。为了彻底解除土邦制，1950 年 1 月 26 日生效的宪法规定全印统一划分为 29 个邦，从事实上消除了土邦，把土邦合并整合进印度统一的行政体制中。取消土邦有利于原土邦地区的发展，为全印的经济文化发展和社会进步提供了更适应的条件。①

《一个印度王公的私生活》就是描写了独立后印度政府要求土邦融入民族统一中的社会政治环境。主人公维克多王公一直过着放纵的生活，只求满足自己的肉体欲望。他被迫卷入政治旋涡中，最终落得婚姻解体、退位和发疯的结局。作者正是从个人命运和家国变迁两个方面来展现印度独立后这段特殊的历史。

一　个人身份困境

土邦王维克多的个人生活是建立在物质享受和感官满足上的奢侈生活，但他无法摆脱自己精神和心理上的危机，他和王后、情妇和其他女性之间有种种感情纠葛：作为丈夫，他最终落得婚姻失败、家庭破裂；作为情人，他不得不面对背叛，但又无法从心理和生理上摆脱对情人的依赖，最终名誉被毁，陷入疯狂的境地。

毫无例外，维克多与王后英迪拉的婚姻是王族联姻的结果。英迪拉是印度传统贵族妇女，结婚后生了两个孩子，第一个孩子不幸夭折，她一直

---

① 参见林承节《印度独立后的政治经济社会发展史》，昆仑出版社 2003 年版，第 8—19 页。

坚信孩子是被维克多的情妇达茜害死的，目的是阻止维克多立其为太子。因此，英迪拉带着第二个孩子和维克多的母亲生活在另一座皇室宫殿里，远离维克多和达茜。维克多找不到达茜的时候（小说里达茜多是和情人幽会去了），偶尔也去看望她们，但被达茜知道后会和他大吵。尽管英迪拉不满维克多婚后冷落自己，宠爱达茜，但她认为只要达茜的孩子不被立为王位继承人，她还是英国政府认可的合法王后，她和孩子就有希望。她不是没有见识的印度深宫女性，知道可以利用英国统治者对土邦的权力来阻止达茜的计划。维克多认为正是由于英迪拉利用王后的身份，给他和达茜的感情带来阻挠，他才不断和其他女人鬼混。

真正对维克多造成致命打击的是情妇达茜。作为从社会底层走出的山地女人，达茜清楚地知道如何利用女性魅力为自己带来金钱、权势和地位。维克多迷恋达茜，一是因为她能满足维克多性方面的需求，二是因为维克多认为自己和达茜在精神方面具有共鸣。即使贵为王公，维克多并没有可以说话聊天的人，土邦官员权力争夺和英国统治者对土邦的种种限定，维克多并不觉得自己是可以任意行事的王公，他像达茜一样没有安全感，希望能有所依赖。他认为达茜应该更能理解他的处境，因而在心理上依恋她。他理解达茜为寻求更好、更强的依靠而不停更换情人的行为，但又被她的这种行为激怒，在同情、妒忌和愤怒等多种情绪里挣扎，维克多认为自己是"洞中老鼠"，摆脱不了对达茜的依赖。维克多过于依恋达茜，他失去王位后又得知达茜投入接管土邦的中央政府官员怀抱，种种打击让他默许手下官员去刺杀达茜。事情败露后，他被从英国引渡回印度，最后因精神失常住院。

在英迪拉和达茜之外，维克多并没有停止他对女性的追逐。小说就是从维克多的丑闻开始的。在西姆拉开会期间，大家都以为他失踪了，他却在雨天带一位欧亚混血女子进山谈情说爱。事后，他的仆人不得不用钱来了结。交出土邦权力后，也是为纾解达茜另投他人怀抱对他的打击，维克多逃避到英国。在英国他也没有停止制造桃色新闻。他在商场遇到一个英国女售货员，就和她玩起谈恋爱的游戏，最后也是用钱来结束麻烦。

和众多其他土邦王公一样，维克多并没有显出与众不同的生活状态和个人命运，与女性的关系成为填满他们日常生活的重要组成部分，很多描写印度土邦王公的作品中，也不乏类似的故事。西班牙作家哈维尔·莫罗（Javier Moro）的《印度激情》（*Indian Passion*）写一位嫁给土邦王的欧洲姑娘安妮塔·德尔加多在印度后宫生活的故事。土邦王在欧洲奢侈而浪漫的生活让欧洲人叹为观止，也让安妮塔这样的底层欧洲女子成为现实生活中的灰姑娘。印度英语小说家拉贾·拉奥的《棋王与棋着》（*The chess mater and His Moues*）中，也塑造了一位失势土邦王公形象。印度独立后，失去土邦王权的阿绍克王公成为国会代表，负责外交事务，而"负责"的表现更多是在国会发表演讲，表达一下观点而已，并没有实质的决定权。在欧洲访问期间，他在巴黎一家酒吧和酒徒起了冲突，被法国警察带走，由印度大使馆出面保释才被放出来，这让他颇受打击。他的生活规律就是中午起床，吃饭，下午去咖啡馆，傍晚找朋友喝酒吃饭。他在所住的酒店认识一位美国女性，就和她相伴生活。家人来巴黎前，他不得不和美国女人分手并送给她昂贵的祖传红宝石戒指作为补偿。和维克多一样，这些王公过惯了之前奢侈舒适的生活，退位后一度陷入无所事事的状况。

二　家国身份变迁

　　与维克多个人身份消解相伴的是他社会身份的丧失。小说的另外一条线索是对独立后土邦王公社会、政治处境改变的生动描写。这些土邦王公们在两种选择间徘徊、撕裂，一种选择是期望继续获得英国或其他境外势力的帮助，成立独立王国，另外，他们又想能非常体面地同印度政府达成妥协。维克多也不例外。开始时，维克多和英国人接触，开聚会宴请他们，请他们去打猎，他以为能维持独立前的统治格局，在英国人的支持下继续当个王公。但有的大臣无法再忍受王公的最高权力，又观察到周围土邦的去向选择，让维克多"考虑加入（自治领），因为印度大多数王公已经加入了。加入的目的是为了促进国家统一"①。在全国整体环境的影响下，维克多的土邦也出现了民众集会争取民主的活动。另外，越来越多的

---

① Mulk Raj Anand, *The Private Life of an Indian Prince*, London: Hutchinson, 1953, p. 73.

大臣们也开始动摇和改变立场。再者，维克多谋取外国帮助的努力也毫无结果。这一切最终促使维克多签署"加入书"（the instrument of accession）。政局变动，土邦内部众人都为各自利益奔忙，维克多虽然贵为王公，在家国存亡之际，并没有人能给他帮助。

同时，印度政府对维克多的态度也不是很友好。接到新德里的紧急电话后，维克多赶去新德里会见印度内务部长帕特尔，在那里，他不得不等了四天，"这本该是他们炫耀财富的时间，在赛马场、尼斯和蒙特卡洛的赌场挥霍财富的时候"①，维克多在等待中既不耐烦也很无助。通过会见，维克多不得不面对土邦衰落的事实和他们被民主政府所取代的趋势。会见和等待打击维克多的信心，他像小孩玩游戏一样签署了"加入书"。即使加入自治领后，土邦内的行政机关还是一如既往的腐败。

维克多是大时代变化的牺牲者，不仅由于他自身的缺点，也是因为民主印度的弱点。维克多有着自身性格软弱之处，无法摆脱所习惯的荒淫享受的生活，这更加弱化他的性格。打着民主旗号的政客利用维克多和他的土邦来实现自己的目的，联合土邦内剥削农民的各级官员围攻维克多。封建君主制是过时的、愚蠢的和荒谬的，但维克多认识不到土邦的未来。他从英国回来后发疯了，除了个人生活打击外，也是他政治理性丧失后的疯狂。

维克多身上所发生的一切可以说是印度土邦王公们放弃他们权力时的集体遭遇写照，他们也同样经历维克多一样的精神危机。夏姆普尔土邦发生的情景也同样会在其他印度土邦复制出现。玛奴哈尔·玛贡卡拉（Manohar Malgonkar）的小说《王公们》（*The Princes*）描述发生在印度北方与贝格瓦德（Begwad）类似的王公经历。小说通过主人公阿布伊拉贾的讲述，展现其父母亲——老式土邦王和土邦王后——的生活，同时也把阿布伊拉贾塑造为一个受过教育、思想开明的新式未来土邦王公，对改变格瓦德充满很多新鲜想法，然而现实却让他深感无力。小说写到在收获季的斋戒中，阿布伊拉贾不得不依照传统习俗去向当地的巫师求助，巫师的印度

---

① Mulk Raj Anand, *The Private Life of an Indian Prince*, London: Hutchinson, 1953, p.211.

女神样的装扮和奇怪行为让他感到震惊，他改变土邦的梦想被这些盲目信仰和习俗所击溃，对家乡现代化进程感到迷惘。阿布伊拉贾和维克多不同，他是想通过变革使土邦与时代发展同步，然而他也失败了。作者似乎在暗示，加入自治领是土邦和土邦王公们正确的选择。

安纳德在小说开始的注释里写道：阿绍克·库玛尔拉贾宣称自己是陀罗神尼和罗摩神的后代。很多其他王公也是神的后代，如乌代普尔的玛哈拉纳是罗摩后代，帕提拉是月神后代，贝拿勒斯王公是湿婆神后代，特拉凡格尔王公是毗湿奴后代。[①] 这些神的后代在印度现代民主进程中纷纷落下凡尘，成为失去家国、权势的王公，空留有被尊称头衔。他们散落在印度各地的王宫，虽然有时他们还住在那里，但很多已经成为游览景点，有的甚至被改造为酒店。人们还可以从安纳德这样的作品中想象一下印度王公们昔日的风光生活，猜测一下他们当时的处境，推测一下他们现在的境况。

---

① Mulk Raj Anand, *Private Life of an Indian Prince*, London: Asia Publishing House, 1984, p. 21.

第七章　安纳德的小说艺术:印度文学
传统与西方小说现代性

"每个人都说他是现实主义的,但从来不说他如何是现实主义的。"①可以用罗兰·巴尔特的这句话来说明国内对安纳德小说研究的一个现象,大多数学者都将安纳德归类为现实主义作家,多是以其几部汉译小说的解读为主,无法较为全面地分析他的写作艺术。本章从小说语言、叙事手法和小说文体等方面分析安纳德是"如何"实现其现实主义写作风格的。

安纳德出生在印度,从幼年开始就一直深受传统文化的熏陶,印度传统哲学、宗教观念、两大史诗及民间传说、故事、诗歌等的影响在他小说中随处可见。另外,安纳德在伦敦学习和生活期间阅读了大量西方作家的作品,结交许多英国作家和艺术家,这使他的文学艺术视野变得开阔,在写作中不可避免地体现出欧洲文化和西方作家的影响。安纳德曾多次说过他很喜欢托尔斯泰、陀思妥耶夫斯基、高尔基、狄更斯、乔伊斯等西方作家的作品,在他的小说中也不难发现这些作家写作手法和创作技巧的痕迹。

值得注意的是,安纳德是位用英语进行文学创作的印度作家,英语并非他的母语,英语的思维模式、语法习惯和表达风格等与印度本土语言差异很大。安纳德选择英语为其写作语言,首先是因为他在印度所受的教育以英语教育为主,他使用英语写作的熟练程度不逊色于母语;其次,安纳德是在英国开始文学创作,他只能而且必须用英语写作才可能得以发表、

①　[法]罗兰·巴尔特:《文艺批评文集》,怀宇译,中国人民大学出版社 2010 年版,第 161 页。

出版，以及与英国文坛进行交流并引起关注；最后，英语文学及欧洲文学的思想内容对他产生巨大影响，其表现方式和叙述技巧为他提供广阔的借鉴空间。安纳德主动而自觉地采用英语写作，并努力以西方小说的写作手法来描写印度人的生活，他的文学创作呈现出饶有意味的艺术风格，即采用西方"novel"的文学作品形式，使用英语写作并借鉴西方的写作技巧，表现的却是东方古国印度的社会风貌。

第一节　安纳德小说中的印度文学传统

史诗故事和民间文学是印度作家取之不尽的创作源泉，为他们的文学创作提供无限丰富的题材。安纳德听母亲讲的故事长大，也曾整理编辑过一些印度民间故事读物。在小说中，他将吸收印度家喻户晓的悉多、克里希那等形象作为自己作品中的主人公原型，既保留这些人物身上所具有的传统文化特色，又结合时代，赋予他们新的象征意义。

一　高丽形象：悉多故事的现代重构

在印度广为人知的"悉多"是史诗《罗摩衍那》中的女主人公。悉多随罗摩流放森林时，被十首魔王劫走。被救后，众人怀疑悉多的贞洁，她被迫投火自明，被火神托出。罗摩回国登基为王，民间又有流言说悉多不算贞女，罗摩迫于压力将怀孕的悉多遗弃，她得到蚁垤仙人的救护并生下孪生子。蚁垤让双生子弹唱《罗摩衍那》去见罗摩，辩明悉多的贞节。悉多再次被迫在大庭广众下证明贞洁，地母从裂开的大地中出来带走悉多。

《罗摩衍那》"创造出永恒的神和被崇拜的英雄，他们具有鲜明的性格特色，被塑造成雕像，以歌颂赞美。"[①] 广为流传的悉多故事起到塑造印度妇女品格的作用，"妇女们热爱悉多，把她誉为坚贞的楷模和妇女道德的最高典范"[②]。作为女性，悉多性格和婉容貌美丽；作为妻子，悉多体现出女性难得的勇敢和不畏艰苦，忠贞而忍辱负重，如"住在森林里的艰难困

---

① ［美］诺斯洛普·弗莱：《批评之路》，王逢振等译，北京大学出版社1998年版，第17页。

② 季羡林、刘安武编：《印度两大史诗评论汇编》，中国社会科学出版社1984年版，第369页。

苦,同我对你的爱情比起来,要知道都是微末不足数"①,"只有妻子把丈夫的欢乐和忧愁分享"②,"三个世界我都不想要,我只想忠诚于自己丈夫"③。在史诗影响下,"悉多"成为力量承载者和道德典范的象征,她身上所体现出的种种美好品德,成为印度人衡量、要求女性的标准,更成为塑造印度女性品格的模具,"悉多"是印度女性的代表。

悉多的故事也是印度妇女被压迫、被支配命运的写照。一直以来,她呈现给世人的是在男性严格控制下的母亲、妻子形象,婚姻是印度妇女生活中非常重要的部分,家庭是她们活动的主要空间,"女子即使在家里也绝不可自作主张,女子必须幼年从父、成年从夫、夫死从子"④。悉多说:"丈夫就是我的命运,丈夫到哪我到哪。"⑤ 男性对妇女有任意处置权,尽管悉多贵为公主,也因被怀疑不贞而遭受抛弃,可想而知,其他印度妇女在家庭、社会中的地位就更加不足一提。

小说《高丽》写高丽嫁给农民潘奇,但却和他家人关系不好。持续的干旱让生活更加艰难,怀孕的高丽被赶回娘家,又被母亲卖给城里一个鲦夫店主。店主把生病的高丽送到医生诊所看病,在医生帮助下,高丽摆脱店主并留在诊所做护士。潘奇向高丽母亲索要妻子,母亲去城里找到高丽送回潘奇家。村里人议论从城里归来的高丽是否贞洁,潘奇和高丽为此吵了起来。高丽决定离开,再到医生的诊所做护士。《高丽》被认为是对悉多原型故事的再讲述,但安纳德为自己的女主人公安排了不同的结局,他的"高丽"是"悉多"原型的现代延续,也是对"悉多"式女性命运的解构。印度传统的罗摩、悉多故事包含着被虏→住外→被疑→被逐→被救这样一个模式,在《高丽》中,同样也包含着类似的一个故事模式,被赶→外住→被疑→被赶→"被"救。但是,这两个"妻子被逐"的相似故事在寓意上有着极大的差别。读者可以清楚地感受到高丽与悉多故事的相似性,在人物性格上,高丽继承了悉多的善良、温顺、吃苦耐劳等诸多品

---

① [印] 蚁垤:《罗摩衍那·阿逾陀篇》,季羡林译,人民文学出版社 1981 年版,第 173 页。
② 同上书,第 162 页。
③ 同上书,第 164 页。
④ [印] 摩奴:《摩奴法论》,蒋忠新译,中国社会科学出版社 2007 年版,第 106 页。
⑤ [印] 蚁垤:《罗摩衍那·阿逾陀篇》,季羡林译,人民文学出版社 1981 年版,第 172 页。

格；在故事情节上，高丽同样也经历悉多式的"被掳"、"被助"、"被弃"等遭遇。但这些看似相同的情节，却出于不同的时代原因。

十首魔王贪婪悉多的美貌而劫走她，悉多的"被掳"是男性利用性别优势的暴力劫持，也是男性对女性支配地位的极端表现。确切来说，高丽是被母亲"贩卖"给别的男人的，母亲害怕高丽成为自己的负担，另一方面她也想卖掉高丽换点钱维持自己的生活，保住自己赖以为生的牛。悉多和高丽都被迫在另一个不是自己丈夫的男人身边/家庭生活，除男性对女性的性别压迫/渴求之外，在高丽身上还存在女性间的压迫与被压迫关系。虽然生活在不同时期的印度，高丽和悉多在被掳的类似遭遇中，两个柔弱女子都采用逆来顺受的方式来应对外部强大的恶势力。

悉多的原型故事并不是完全地被复制于现代女性高丽的身上，高丽的命运在"被助"的环节中发生了根本性的变化，这种变化是对印度传统史诗故事的解构，也是对印度传统女性命运的改写，更是"悉多"式印度女性在现代社会里的选择。悉多的三次救助者都是具有超能力的仙人。从被火神从火里托出，到被蚁垤仙人救助，直至得到地母的帮助，悉多除了恳请、吁求、期待被证明、被救助之外，她自身是无所作为、无能力为的。被遗弃后，悉多只能期待罗摩明白真相后让她再回到他身边，她的等待是被动的。然而，高丽的被救就积极主动得多，也更有实效性。高丽利用医生上门看病的机会，恳请医生帮助，被救后，她留在医生的诊所里并积极学习护理知识。如果说医生的救助是外力帮忙的话，那么高丽学习新技能则是主动的自我救助，这种自我救助最终成为她离家出走的保证。相较于悉多将儿子作为引起丈夫注意和回心转意的工具，即将出生的孩子却是高丽离家追求新生活的动力，与传统妇女对儿子的依赖不同，高丽通过工作养活孩子并成为孩子的依靠。

高丽和悉多最终都被丈夫抛弃，离开家庭。与悉多相比，现代女性高丽身上承载着更多的压力和负担。获救后，悉多被要求证明自己的清白，由于火神的救助，悉多被罗摩重新接纳。尽管是一次没有成功的"被弃"，悉多被弃的命运已是不可避免的。之后，罗摩迫于舆论的压力，终于将怀孕的悉多抛弃在恒河边。悉多两次被弃都是因为罗摩和众人怀疑她的贞洁,原因归根结底是世人对女人贞洁的规定性。

高丽两次被弃的原因要复杂得多。首先,高丽自结婚就没有得到潘奇婶婶的认可。潘奇自幼父母双亡,被婶婶抚养长大,婶婶在家庭中就如同是高丽的婆婆,像绝大多数的印度婆媳关系一样,高丽和婶婶之间关系也不和睦。由于旱情加剧生活贫困,潘奇害怕即将出生的孩子会增加家庭负担而赶走高丽。高丽第一次被弃是由于印度传统的家庭矛盾和旱灾引起的生存困境,即使高丽愿意陪潘奇忍饥挨饿(像悉多陪被流放的罗摩受苦),她也会因男性至上(食物先满足男性的需要)的理由被摒弃在受男性保护的范围之外。当高丽也被怀疑不贞而第二次被抛弃时,作者似乎在说明不管是哪个时代,女性最终会因性别身份的规定性而被男性社会接受或拒绝,这是高丽和悉多遭遇的相似性,也是几千年来印度妇女命运的共同性。悉多和高丽被弃的原因在本质上来说,是女性被男性支配的地位所致,高丽仍然是几千年后的"悉多"。

首先,罗摩和悉多夫妻之间感情深厚。悉多被魔王掠走而不是被丈夫罗摩赶走,这与潘奇因为担心多个人吃饭而赶走高丽是不同的。如果没有干旱带来的生活压力和可能导致的种种后果,潘奇不会赶走高丽,现代"悉多"高丽的出走更多是社会因素。其次,悉多遭到魔王骚扰,她并没有屈服魔王的淫威,而是静待罗摩的搭救。高丽受男人的骚扰,同样没有屈服,保住了自己的贞洁。但是,被丈夫赶出家门后,高丽在城里接受新思想,在诊所学会护理,积极自救以改变自己的人生命运。高丽被逐后所选择的生活方式,体现出现代"悉多"身上具有的独立、自强的性格品质。这种性格特征是现代"悉多"高丽不同于传统"悉多"的地方,也是她出走的条件和信心所在。正因为如此,高丽面对丈夫的怀疑能选择主动走出家门,寻找一种新的、独立的、有人格尊严的生活。而神话故事里的悉多被丈夫赶出家门后,只能哭天抢地,抱怨自己的命运。如果没有"神"的同情和收留,悉多几乎没有能力生存。安纳德在《高丽》中选择罗摩和悉多这个传统故事模式,一方面表现高丽身上所具有的悉多式的、印度传统女性的美丽外表和温顺、善良的美德等女性特点;另一方面更是给高丽这一人物形象注入现代女性自尊、自强的时代精神,展现出现代印度妇女的独立、自信的新风貌。

《高丽》是印度独立后妇女身份、地位变化的文学表现。独立后，印度政府所面临的众多矛盾中有一个不容忽视的问题就是性别歧视。印度宪法辟有专章要求应保障男女公民同样享有适当经济手段，实现男女同工同酬等。同时，政府在教育方面对女性特别关心。在国家机器的保证下实施种种政策手段，增强妇女争取更多权益的信心，也确实改善了妇女的处境。"妇女担负抚养和教育下一代的重要责任，是印度优秀文化传统和价值观的重要传承者。"① 妇女处境的改变和地位的提高，是社会进步的表现，也是印度传统文化得以继承的保障。《高丽》的出现是作家对女性问题的思考和总结。安纳德将传统故事赋予时代意义，一方面用类比法重新讲述生活中的常态面，表现根植于其中的印度传统文化的共性；另一方面通过对史诗故事的改写，表现印度现代社会中女性问题的复杂性、悲剧性，通过新故事凸显生活的压抑面。"我不是悉多，大地也不会为我裂开、容纳我。我将离开。"② 安纳德让高丽一改悉多的谦卑女性形象，宁愿打破古老传统的局限，也不愿生活在极度不信任自己的丈夫所给予的耻辱之中，她的出走保留了妻子、母亲和女性的尊严，是美德、力量和贞洁的象征。高丽选择一条需要勇气和信心的道路，为后来者树立榜样，她成为印度英语小说中值得记住的一个女性形象。

自 20 世纪 60 年代以来，女性问题一直是社会热点问题。印度几千年男权统治对妇女的压迫，使妇女一直处于边缘化的地位，甚至可以说完全没有自我。没有所谓"主体"意识的时候，"解构"则表现为对一种女性意识、女性主体性的建构。小说《高丽》通过对印度传统女性形象"悉多"的解构，为印度妇女建构新的独立、自主的女性形象。随着印度社会的发展，妇女问题的解决是建立在女性自身更加解放、独立的基础上。

二　克里希那形象：黑天故事的重构

安纳德在自传体小说中，对印度广为流传的黑天故事进行继承和重构。在小说中，安纳德采用"克里希那"为主人公命名，用名字的象征意

---

① 林承节：《印度近二十年的发展历程》，北京大学出版社 2012 年版，第 62 页。
② M. R. Anand, Gauri, Delhi: Arnold-Heinemann, 1981, p. 226.

义增强小说人物的代表性和象征性。同时，他也利用故事的同构性增强小说的生动性。更重要的是，安纳德利用克里希那神在印度所具有的符号修辞意义，增强主人公在印度民族独立运动中所体现的斗争性和反抗性。

在印度，黑天故事妇孺皆知：刚沙王凶狠残暴，天神警告他说，他妹妹生的第八个孩子将置他于死地。刚沙王囚禁妹妹提婆吉和她的丈夫，他们的孩子一出生就被杀掉。提婆吉生下第八个孩子后，在大神的帮助下，她丈夫连夜将自己的男孩克里希那和牧人妻子耶雪达所生的女孩做了调换，克里希那就在牧人中长大了。小克里希那调皮可爱，他和挤奶妇女开玩笑，偷吃家里的牛奶酥油，还说是别人偷吃的；他偷走在河里洗澡的牧区女子的衣服，让她们赤裸身子求他把衣服还给她们。牧区里的牧女们非常喜爱他，每到夜晚，克里希那就吹起笛子和她们一起游玩。在印度，随处可见吹笛子的克里希那和牧女罗陀的画像，他们之间的爱情也是印度文人喜欢渲染的故事。

传说中克里希那的童年故事与黑天小时候故事具有同构性。安纳德的自传体小说只完成童年、少年和青年阶段的部分，表现克里希那童年生活的《晨容》文笔优美，故事活泼，安纳德以充满温情的笔触描写出小克里希那幸福的童年生活，这种生活与神话里黑天小时候的故事具有很多相同之处，呈现出小说与童话在故事叙事中的同构性特征，不仅展现出克里希那幸福的童年，也展现出印度家庭生活中美好的一面。童年时期的克里希那聪明可爱，深得父母、亲友的宠爱。在亲戚中，他最爱婶婶提婆吉，他喜欢婶婶修饰姣好的外貌，也喜欢她身上特有的香气，他希望能成为婶婶的养子和她生活在一起。大神克里希那的亲生母亲是提婆吉，小说中克里希那婶婶名字同大神生母的名字一样，作者用这个细节表现克里希那与婶婶间情同母子的感情。

克里希那爱情故事的隐喻性。黑天故事中，克里希那与罗陀的爱情故事以及他与众牧女的故事在印度传统文学中有很多生动描述。故事的出发点是在世俗故事的再现中，表现人与神的亲近和人对神的礼赞。克里希那和雅斯敏的爱情与大神克里希那和罗陀之间的爱情既具有相似性，也具有差异性。从爱情故事层面上解读，神话中克里希那和罗陀的爱情是甜蜜的，虽然其中也有小摩擦和小误会，但这些更多是情人间"甜蜜的争吵"。而小说中，克里希那和雅斯敏的爱情充满不和谐因素与反叛色彩。首先，雅斯敏已经订婚，她即将结婚；其次，他们宗教信仰不同，雅斯敏是穆斯林姑娘，而克里希那是印度教教徒，他们分属不同的宗教团体，这是他们爱情道路上难以逾越的障碍。在那个时代，男女间自由恋爱也不被允许。最后，雅斯敏被丈夫杀害，克里希那也因此远走伦敦。在这个故事中，安纳德维持神话中克里希那和罗陀故事原型中两人之间甜蜜而忠贞的爱情，而故事的幸福结局被解构，小说里的感情悲剧体现了作者对现代印度青年不幸爱情的同情。

安纳德在《泡沫》里还写了克里希那与爱尔兰姑娘艾琳的爱情。艾琳是爱尔兰独立运动的支持者和积极行动者，在反抗英国殖民统治这一点上，克里希那与艾琳志同道合，艾琳坚强的个性对克里希那来说是一种鼓励，在艾琳的帮助下，克里希那不仅在大学学习中取得好成绩，还开始了文学创作，并逐渐从生活上习惯英国，在心理上也成熟了起来。安纳德以女性帮助克里希那成长为目的改写了黑天爱情故事中的娱乐性，也体现安纳德对女性的尊重，肯定了女性在男性成长中的作用。

克里希那形象的象征性。在小说中，作者在借用克里希那这个人物形象的传统意象的同时，也突出印度独立运动背景下，现代克里希那身上所具有的反抗压迫、争取自由的斗争精神。小说中克里希那形象对传统神话故事里克里希那性格的继承与发展，主要表现在克里希那反抗暴力、争取自由独立的斗争精神上。神话中，克里希那战胜暴君，推翻他的统治，让当地的牧民们过上安定的生活。小说中现代克里希那多次被政府抓捕入狱，但是他不顾父亲的反对，仍然坚持参加反抗斗争，面对镇压游行的警察，以"非暴力"的沉默和坚韧，表明自己反抗压迫和争取民族独立的信心，克里希那面临的是争取国家独立的斗争，这和克里希那神对抗暴君的统治有一定的相似性。

所有文本都是互文的，先前的文本和文化环境的文本，或多或少地会以某种可辨识的形式再现于新文本中，印度文学传统很丰富，自古以来，印度作家就有在创作中吸收和再现传统故事的习惯，和安纳德同期的作家拉贾·拉奥、纳拉扬也同样在作品中插入印度传统故事。拉贾·拉奥在《棋王与棋着》中,特意将莎维德丽的故事讲述一遍,以说明小说女主人公之一的法国女性苏珊娜对逝去的家人无法摆脱的思念。这些作家在对印度文化传统的审视中,重新认识印度文化的价值、悠久性和丰富多样性,从而对抗英国殖民者对印度文化的贬抑。印度读者熟悉和了解印度传统故事,对故事原型、人物原型的应用和改造,能缩短读者接受作品的距离感。同时,也增加作品的民族性特点。安纳德早期作品关注印度社会问题,他希望小说能担负起揭露现实和唤醒民众的作用,这些印度原型故事能很好地将作者的这种意图发挥出来。

第二节　"帝国"语言的改写和印度英语

一　"帝国"语言的改写

语言是权力的表现,支配一种话语就是通过这种话语而得到自我肯定。英语作为殖民统治者的语言,用本土化的英语进行文学创作就是对权力的一种争夺,而对"帝国"语言的改写和窜入,更是对权力的一种反抗和暴动。

安纳德长篇小说的艺术特色中,首先值得注意的是小说语言的印度特色。安纳德在进行写作时,创造性地在小说的英语表达中加入印度本土语言,不仅拓展、增强自己小说的表现力,而且使得他的作品呈现出浓郁的印度色彩。"文学是语言的艺术。文学的基本材料是语言,是给我们一切印象、感情、思想以形态的语言。各种文学作品都是凭借语言形象地反映社会生活"[①]。安纳德在文学作品中通过对小说人物语言的生动描摹和准确把握,向读者展示具有印度民族情调的小说语言艺术。正是这种独具特色的语言,构成安纳德长篇小说艺术风格的重要内容。

安纳德的小说注重在语言的民族特征上锻造词句,让普通的语汇获得更多的想象空间与衍生意义,这就大大增添了语言的表现力。作为小说

---

① 马振方:《小说艺术论》,北京大学出版社 1999 年版,第 151 页。

家，安纳德避免循规蹈矩，他尝试用细致而优美，偶尔粗俗而不粗鄙的表达方式，努力让词语蕴涵新鲜意义，并且他总是能展示一种生动的、富有生活气息的语调和情感。安纳德的小说语言具有强烈个性色彩，反映作家对印度现实生活的深刻认知与思考，"我们在被安纳德小说里的这些语言所震动的时候，要想到它们是不是表现了生活中的景象"①，答案当然是肯定的。正是这种地域色彩浓郁的语言为读者提供一个阅读背景，构造统一的形象整体，激发起印度读者的阅读心理共鸣，也让非印度的读者获得陌生化的想象快乐，因为他"小说中出现的印度语言，充满风趣幽默"②。印度文学评论家纳伊克说安纳德的"作品扎根于印度土壤，这是他作品最突出的风格。最明显的例子就是他在英语中大胆引进印度语言的词汇、短语、感叹词，以及一些来源于旁遮普语的习语和谚语等"③。安纳德自己也说过："在我开始写作的时候，英语是唯一容易使用的工具，但是我试着把旁遮普语和印度斯坦语中的比喻、意象翻译成英语。"④ 这项"译印为英"的工作，使安纳德的小说语言简单朴实却精炼传神，传递出独特的地域气息和民族风味。

（一）印度地方语的词语、句子转写成英语形式

安纳德小说中有很多用英语转写的印地语、乌尔都语、旁遮普语中的一些日常用语等，如"acha"（好，好的），"han"（是，是的），"nahin"（不是）、"chal"（走）、"jao"（走开）等。其中像"acha"、"han"这样的词，已经成为印度英语文学作品中"表明"印度人身份的明显语言特征。其他如"chapatis"（面饼）、"dhoti"（围裤）、"dupatta"（披巾）等，还有像"chachi"（婶婶）、"lassi"（甜饮）、"bhai"（兄弟）等生活用语在小说中频频出现，安纳德信手拈来，如同它们本来就是英语单词。

---

① C. D. Narasimhaiah, *Maker of Indian English Literature*, Delhi: Pencraft International, 2000, p. 25.

② K. V. Suryanrayan Murti, *The Sword and the Sickle: A Study of Mulk Raj Anand*, Mysore: Geetha Book House, 1983, p. 100.

③ M. K. Naik, *A History of Indian English Literature*, New Delhi: Sahitya Akademi, 2002, p. 160.

④ K. N. Sinha, *Mulk Raj Anand*, New York: Twayne, 1972, p. 122.

像这样转写成英语的印度方言句子也有很多，例如：

"Oh nach ke dikha de ladhia," he sang in a throaty voice. ①
（"嗨，快来看狗熊英雄跳舞啊，"他用嘶哑的声音喊着。）

耍熊是印度北方一种常见的民间艺术，耍熊人牵着一只黑熊走村串寨吆喝表演，最能吸引一群孩童跟在后面好奇而有些胆怯地围观。乡村耍熊人用当地土语吆喝着，招呼着村民来看表演，耍熊人说的旁遮普语被转写成英语形式，流浪艺人的身份、神态、声音全都跃然纸上。

　　直接出现在小说中的印度语言，更强调人物的印度身份、故事的印度背景。例如：

"Ram Nam sat hai!" ②
（"罗摩的名字是真理!"）

这是集会上群众喊的口号，作者采用直接转写的方式，让读者能够身临其境，感受到群众的热情。这个口号，也是对印度独立运动中甘地的"神即真理"（God is Truth）思想的表达。

　　（二）英译的印度谚语、俗语

　　安纳德在小说中，用英语将印度的谚语、俗语等翻译出来，这些具有印度文化特征的语言，表达的意义却是所有读者都可以理解的。例如：

"God doesn't allow those sparrows to starve even though they neither plough nor sow," said a matted-hair Sadhu. ③
（"即使不耕不种，神也不会让那些麻雀挨饿的。"一个头发蓬乱的苦修者说。）

---

① Mulk Raj Anand, *Seven Summers*, New Delhi: Arnold-Heinemann, 1987, p. 29.
② Mulk Raj Anand, *The Sword and the Sickle*, Liverpool: Lucas Publications, 1986, p. 173.
③ Ibid. , p. 31.

苦修者的这句话，让主人公拉卢明白，那些失去土地、流浪到城市里的农民，等待他们的将是死亡。这句话是印度的一条谚语，作者反其意而用之，说明"神"并不能保证这些愿意用劳动来养活自己的农民不挨饿，更不用说他们想不劳而获了。

《高丽》中有这么一句话：

"What is the use of repentance now, old woman if", Adam Singh bitterly churned the words in his mouth, "when the sparrows have eaten the grain."①

（"现在后悔有什么用，老妇人，如果，"阿达姆·辛格嘴里咕哝着，"如果麻雀把谷子都吃掉了。"）

高丽母亲卖掉女儿后对自己的行为感到悔恨，而事已至此，后悔又有什么用呢，就像麻雀吃掉谷子，已经于事无补了。这句谚语和西方"不要对着泼掉的牛奶哭泣"异曲同工，用英语直接翻译出来，它的含义并没有超越非印度读者的理解程度，同样起到一种劝告警诫作用。

下面几个简单的句子中，蕴涵着浓厚的印度文化色彩。

"I fall at your feet," I mumbled with my symbolic joined hands.

（"我跪在您的脚边，"我双手合十低声说。）

"May you live long!" Mama Dayal Singh said warmly. ②

（"愿你长命百岁！"达亚拉·辛格舅舅热情地说。）

"May I be your sacrifice," mother said. ③

（"愿我来替你受这个苦吧，"妈妈说道。）

安纳德小说中随处可见这样的句子，第一、第二句话就是旁遮普人生活中

---

① Mulk Raj Anand, *Gauri*, New Delhi: Arnold-Heinemann, 1981, p. 174.
② Mulk Raj Anand, *Confession of a Lover*, New Delhi: Arnold-Heinemann, 1976, p. 36.
③ Mulk Raj Anand, *Seven Summers*, New Delhi: Arnold-Heinemann, 1987, p. 57.

常听到的对话。第一句写的是印度传统的"触脚礼",即跪下触摸对方的脚,这是向长辈、有德行的或者是地位高的人行的礼。在对话中出现的时候,可以是问候,也可以表示向说话对象发出的请求。第二句是对第一句话的回答,也是长辈对问安晚辈的祝福语言。第一句中的"双手合十"也是印度人见面的习惯手势。第三句,每当印度女性长辈看到孩子生病不舒服、心情不愉快时,都会对孩子说"愿我来替你受这个苦吧",短短一句话体现出她们的慈祥和爱心。可以说,这些句子具有明显的印度文化痕迹,是对印度人和他们生活习俗的一种直接记录。

(三)通感性的语言

安纳德从小在印度旁遮普地区长大,旁遮普人热情欢快的个性,给他留下深刻印象。在小说中,安纳德把英语的句式调整成为一种"旁遮普式的句法和节奏,农民式的语言,句法,韵律"[1]。安纳德继承印度传统文学描写细腻的特点,用细致、敏感的语言在小说中描绘出一个可听、可视、可感、可触的世界,一个贴有印度标签的世界。

> "Munoo ohe Munooa oh Mundu! Where have you died? Where have you drifted, you of the evil star. "[2]
>
> ("孟奴啊孟奴呵孟奴!你死到哪啦?游荡到哪去了,你这背时倒运的家伙。"[3])

"Munoo, Munooa, Mundu",小说《苦力》在"孟奴"这个名字三种不同的叫声里开篇,读者循声看去,一位印度中年村妇站在村口对着远处扯着嗓子大声叫喊的情景,一幅典型的印度农村生活画面就这样被展示出来。

小说中有很多充满韵律乐感的词。《不可接触的贱民》中用"tish-mi-

---

① K. V. Suryanrayan Murti, *The Sword and the Sickle: A Study of Mulk Raj Anand*, Mysore: Geetha Book House, 1983, p. 100.

② Mulk Raj Anand, *Coolie*, New Delhi: Penguin Books, 1993, p. 1.

③ [印] M. R. 安纳德:《苦力》,施竹筠、严绍端译,中国青年出版社1955年版,第1页。

sh-tish-mish-bish"表现妇女吵架的情景,"tan-nana-nan-tan"描写牛车的牛铃声,用"posh-posh"描写巴克哈的喊声。《情人的自白》《伟大的心》中,清脆的"thak-thak"声是铜匠们干活时的声音。这些语言充满乐感,即使不是印度的读者也能感受到文字里的韵律。此外,如"singsong、see-saw、zigzag"这些词语读起来也会有一种节奏感,读者如同置身在音响效果非常好的电影院里,不仅可以看到同时能听到、感受到文字传递出的生动效果。安纳德在谈到这种可感性词语时说:"我收集这些充满魔力的词,这些词具有一种明亮感,节奏感,舞蹈感。像一个神秘的按钮,当你使用它们的时候,就像打开了一盏灯。"①

读者从安纳德的小说中还能在文字中体会到气味、触觉、色彩等令人沉醉的通感魅力。例如:

> Hard as two mangoes were her breast as she pressed me to her bosom to soothe me, thrilling as the cool raindrops were the kisses she showered on my face, and never can I forget the singing voice made hoarse by the way she bent her profile over my forehead. ②
>
> (当她把我搂在怀里抚慰我时,我感到她像芒果一样的胸部,她的吻落在我的脸上,如清凉的雨滴,让我激动不已。我永远忘不了她侧过脸贴在我额头时发出的如歌的沙哑声音。)

印度盛产芒果,在印度文学中用"芒果"(mango)或者"四月的芒果"来形容女性的胸部是很常见的比喻。安纳德用这种比喻既显示出浓郁的印度特色,也充满生活气息。句中用"凉凉的雨滴"写婶婶的亲吻,读者不仅感触到这种亲吻的舒适,也体会出主人公克里希那的敏感个性。安纳德小说中对气味的描写也很传神。如:

---

① K. V. Suryanrayan Murti, *The Sword and the Sickle: A Study of Mulk Raj Anand*, Mysore: Geetha Book House, 1983, p. 101.

② Mulk Raj Anand, *Seven Summers*, New Delhi: Arnold-Heinemann, 1987, p. 26.

And I felt that neither the milk and sugar of my mother, nor the curds of aunt Aqqi, not even the sweet burnt grass of "little mother" Gurdevi, could surpass the mixed smell of Motia and Molsari flowers which was my aunt Devaki. ①

（我觉得，妈妈身上的奶味和甜味，阿琪姨妈身上的凝乳味，"小妈妈"古尔黛维身上香甜的焦草味，都比不上提婆吉婶婶身上茉莉和梨花混杂的香味。）

读罢上面的文字，闭目掩卷，读者仿佛可以与克里希那一起，在母亲怀里闻到香甜的味道，在婶婶身边感受到清新的气息。安纳德曲折地表现了这些女性在克里希那生活和精神方面的不同影响：母亲养育了他，是他生活中衣食住行的物质支持；婶婶是他的精神安慰，是他从童年到青年时期的爱恋对象。安纳德在《七夏》中对气味的描写让读者分别体会到妈妈、姨妈和婶婶三位女性给克里希那的不同感受。

安纳德在小说中把各种感觉（听觉、视觉、嗅觉、味觉、触觉等）贯通起来，用形象的语言使感觉转移，凭借感受相通，互相映照，以启发读者联想。这种饱含想象力的小说语言提高了小说的表现力、增强了小说情感张力。

（四）英译的印度粗话

在小说中，安纳德经常会使用绰号、咒骂、抱怨之类的语汇，这些"粗言秽语"式的词句来源于生活，既生动体现出人物性格，也真实再现民众的生活百态。

"I will break you bones if you don't stop quarrelling. "②

（"再吵，我就打断你的骨头。"）

"Go and eat the ashes! …Whore that you are!"③

---

① Mulk Raj Anand, *Seven Summers*, New Delhi: Arnold-Heinemann, 1987, p.26.

② Ibid.

③ Mulk Raj Anand, *Gauri*, New Delhi: Arnold-Heinemann, 1981, p.181.

（"吃灰去吧，你们这些婊子！"）

这里写出了说话者气急败坏的神态。

此外，作者把小说中的人物加上诸如"flat face"、"dumpling nose"、"tomato face"、"fox face"这样的绰号，在描写人物外貌特征的同时也传递出作者对这些人物的感情色彩。安纳德小说中出现的"rape mother"、"the illegally begotten"、"son of a witch"、"eater of monsters"等短语，如果翻译成汉语则粗俗不堪，而这些具有印度生活气息的"国骂"被写进小说中就凸显人物缺乏教养、个性粗俗的形象特征，这也是安纳德使用此类语言的目的。不过，一些印度式的骂人话语，如果脱离上下文来看便毫无意义，也显得过于直白和粗俗。

（五）有意的拼写错误

在安纳德的小说中，还有下面这样的英语形式：

"Go to Daktar Mahindra's haspatal and find her! I will tackle the policies if they come here!"①

（"到摩亨德拉医生的医院去找她！他们要是来这里，我和警察说。"）

其中的"Daktar"、"haspatal"、"tackle"、"policies"等词，按照印度人读英语的发音转写，带有明显的印度英语发音痕迹。说话者是一个放高利贷的人，这样"印度式"英语写出他的自以为是和蛮横。

二 印度英语小说与印度英语的形成、发展

语言是民族国家身份的象征之一，同时也是民族国家发展民族文化、强化民族意识和民族身份的工具。在一些前殖民地国家，国家语言的形成、发展与民族独立、民族意识增强息息相关。印度有"语言博物馆"之称，国内语言众多，国家施行的语言政策是"三语方案"，即在学校教育

---

① Mulk Raj Anand, *Gauri*, New Delhi: Arnold-Heinemann, 1981, p. 181.

中推行地方语言、英语和印地语三语教学。在印度现在的语言格局中，英语的重要性日趋增强。英语在印度的使用、发展中也逐渐形成具有印度特色的英语形式（印度英语），受印度地方语言影响的发音、夹杂印度语言的词汇和印度句式等，印度英语作家和英语文学在印度式英语形成和发展过程中起到一定的作用。

19 世纪末，随着英国人在印度推广英语教育，以及印度人越来越多地在英印政府中担任职务，和印度地方语言一样，英语也逐渐成为一种交际语言。一些印度人逐渐习惯于英语和地方语言并用的"双语"交流，他们根据具体情况的需要，选择使用英语或者印度地方语言，甘地和尼赫鲁也习惯多种语言混用。这种语言习惯不可避免地也体现在以英语为写作语言的文学创作上。另外，用英语写作的印度作家大多也同时使用地方语言写作，如班吉姆·钱德拉·查特吉（Bankim Chandra Chattopadhyay）是孟加拉语作家，很早就发表英语小说《拉贾莫汉的妻子》（*Rajmohan's Wife*，1864），他们的英语作品在语言和句式上表现"印度式的生活"。然而在口语和书面语的使用上，印度人都难摆脱母语的影响，印度人使用的英语是以印度语言为基础的，是一种"印度式"英语。安纳德在一篇文章里谈道，印度人即使身在剑桥、牛津，他们说英语或者写英语的时候，也会加入自己的母语，就像裹着糖衣的糖果，印度人在使用英语的时候，把英语裹在母语之外，印度人习惯于通过这种方式让英语本土化。①

20 世纪以来，印度涌现出很多使用英语写作的本土作家。在他们的作品中，有些农民人物说的英语比受过教育的人说的英语还要纯正，这明显违背生活常识与创作规律。安纳德小说中农民、苦力等人物说的英语，并不是标准的英语，也不是英国农民说的土语，而是最符合他们身份的"印度"式英语，可见安纳德对印度人生活的观察细致入微。安纳德英语小说中富有印度特色的英语语音，一方面受到当时在印度英语成为官方语言的社会现状影响，另一方面也是安纳德进行小说创作的需要。这在很多印度英语作家作品中都有所体现，已成为印度英语作品独具特

---

① Mulk Raj Anand, "Pigeon-Indian, Some Notes on Indian English Writing", *Journal of the Kar-natak University (Humanities)*, XVI, 1972, p. 81.

色的语言现象。

安纳德从小就受到良好的英语教育，十几岁就开始阅读英国文学作品，在英国生活期间，他更是广泛阅读西方文学作品。安纳德在一些文章中都写到他的写作受到乔伊斯的影响，研究者认为"乔伊斯对于语言的创造性运用不限于新创词和双关语，而且他把语言提到作品中最重要的位置，超过情节，超过人物，似乎一切真实出自语言，语言就是真实，而语言本身则是流动的、活跃的，具备一切可能性的"①。20世纪二三十年代，安纳德和"布鲁姆斯伯里团体"的人交往频繁，他们中弗吉尼亚·沃尔夫等作家都是语言的革新者和创造者，他们在作品中通过创新词语、翻新旧语，在平凡的与奇特的、流行的与传统的、普通的和不常见的词语之间进行不可思议的搭配，表达出新颖的、陌生化的含义。他们的创作思想、创作方法影响了安纳德的小说创作，他们对语言的创新无疑也鼓励并启发安纳德在自己的小说中大胆使用印度的语言词汇和表达方式。

安纳德认为，印度英语写作的心理基础是印度语言的变形与转写，这种心理基础可以在充分调和、使用本土方言后更加充分地表达出来。② 拉贾·拉奥在谈到这个问题时认为一个人使用非母语写作并不容易，因为，他并不是用自己熟悉的、本民族的方式来表达自己的思想。在使用外语时，印度作家不得不面对使用非母语在表达时的限制和缺陷。经过英国人在殖民地推行多年英语教育后，对印度人来说，已经不能完全把英语看作"外语"，但英语始终不是最能充分表达印度人情感的语言，这就不难理解在安纳德小说中会有那么多以"英语"形式出现的印度语言。如安纳德所说，他觉得母亲讲述的印度故事和传说不能直接被翻译成英语，因为故事中的很多意味无法用英语表达出来。在自己的作品中，安纳德"更想有三分之二的部分是旁遮普语或印度斯坦语，三分之一是英语"③。安纳德在小说中成功地创作出一种印度式的英语小说语言、个人表达习惯，这种语言

---

① 王佐良：《英国文学史》，商务印书馆1996年版，第559页。
② Mulk Raj Anand, "Pigeon-Indian, Some Notes on Indian English Writing", *Journal of the Karnatak University (Humanities)*, ⅩⅥ, 1972, p. 81.
③ Ibid.

风格，有效地表现出一种印度氛围。印度学者评论说："创作自己的一种语言风格会有很多困难。要想把一种外国语言运用得非常灵活，需要很高的水平。对印度英语作家来说，存在着这样的局限，那就是他们无先例可循。在达到完美的路上存在着很多困难。"① 在这个意义上说，安纳德的小说语言的特点具有重要意义，尽管无先例可循，但他却创造性地保持并表达出印度语言的特色，将小说语言和自己的写作风格统一起来。

早期用英语写作的印度作家，尤其是安纳德、纳拉扬和拉贾·拉奥这三位作家，他们的作品充满开创性，"定义印度英语小说的创作领域，提供人物模式，写作主题，以及独具特色的写作逻辑。他们每个人都有自己的英语特色，脱离英国英语的晦涩模糊，形成一种明亮轻快的语言风格"②。安纳德小说中出现的印度语言特色，在同时代的和后来的印度英语作家中都有所表现。拉贾·拉奥在小说《根特浦尔》（*Kanthapura*）中也大胆引入印度语言，大量运用印度方言土语。安纳德之后的印度英语作家也习惯在小说中用英语翻译、转写印度语言，即使是一些身在海外的印度英语作家也会在作品中使用具有印度特色的词句。在小说《哈伦和故事海》（*Haroun and the sea of stories*）中，拉什迪用英语转写的"Kahani"（意为"短篇小说"）命名小说中的城市，用"Kitab"（意为"书"）作为故事王国中大将军的名字。作者用这些词在意义和拼写上对西方读者来说都是陌生的词语，这样既体现印度地域特色，也契合小说内容，增添故事的童话意味。

印度英语作家小说中本土化语言特色已成为群体的共同点，这也是印度英语文学中独具特色的一种现象。正如一些评论者所言，这种语言形式和习惯用多了会显得累赘、难懂。安纳德小说的中文译者王槐挺先生在翻译作品的过程中，曾经就这些词句三次写信请教作家。不得不承认，安纳德小说的这些语言现象，在增加非印度读者的阅读陌生感和新鲜感的同时，也增加阅读、理解和翻译的难度。

印度英语作家不仅用英语向世界介绍印度这个文明古国，也开创英语

---

① K. N. Sinha, *Mulk Raj Anand*, New York：Twayne, 1972, p. 129.
② Ibid., p. 121.

词汇的独特表现形式。拉贾·拉奥曾经在小说《根特浦尔》的前言中写道："我们不能像英国人那样写作，也不应该那样写。我们也不能单单只像印度人那样写作。我们必须把更广大的世界作为我们生活的一部分。我们的表现手法现在看来是土语方言，但是时间将会证明，它们会像美国语言和爱尔兰语言一样，是多彩而独具特色的。"① 安纳德以自己独具民族特色的小说语言做到了这一点。

第三节　安纳德小说的叙事艺术

从1920年至1945年，安纳德在英国学习生活，这是他文学创作的第一阶段。在此期间，他和西方知识分子、文学家和艺术家的交往开拓了他的艺术眼界和写作视野，他接触并了解当时欧洲文学动态，在自己的文学创作中积极响应、学习和借鉴西方小说的表现手法，将这些写作技巧与富含印度文化的小说内容水乳交融地结合在一起，形成独特的艺术风格，从安纳德小说的文体结构中最能清楚地体现出这样关系性。

安纳德的小说，在文本结构和叙事方式上，都呈现出多样性特色。安纳德可以描述一天内发生的故事，也可以从主人公成长经历中采撷若干记忆之花，工笔描摹；甚至也可以在同一部小说中，采用不同的文体形式来叙事。安纳德的小说不拘泥于形式，常常根据塑造人物的需要、叙述故事的需要采取不同的结构方式。

一　叙事时间

在叙事文本研究中，时间问题一直是研究的核心问题。赵毅衡言及叙述时间时列举了四种时间范畴：被叙述时间、叙述行为时间、叙述文本内外时间间距和叙述意向时间，他同时还指出这些"时间"具有时刻、时段和时向三种形态，可以说，叙述时间问题是个复杂而有趣的问题。在小说文本中，时间具有"故事时间"和"叙述时间"双重性质，申丹简洁地概

---

① Raja Rao, *Kanthapura*, New Delhi: Orient Paperbacks, 2001, Foreword.

括"故事时间"一般指所叙述的事件发生所需要的时间,"叙述时间"则是指作者用于叙述事件的时间,通常以文本所需要的篇幅或阅读所需要的时间来衡量。叙事学家对时间的双重性质的阐释中经常以乔伊斯的《尤利西斯》为例,乔伊斯用数页的篇幅去描写某些人物某个特定时刻的心理活动,读者要通过比较长的阅读时间来了解人物可能在某一秒钟的想法。相反,在《奥德赛》中,荷马仅用"神明编织的时光"一行诗句概括战争结束后漫长的岁月。通过观察和分析小说中叙事时间和故事时间的关系,以了解小说的整体结构,分析时间在故事和话语两个层面的结构,以揭示"故事时间"和"叙事时间"的差异,了解作家建构情节、揭示题旨、增加文本生动性等方面的动机。[①]"每个叙述文本,都用迥异的关系网处理时间。这些时间关系的不同,是各类叙述的本质特征区别,不可不细察"[②]。本节选取安纳德《不可接触的贱民》《伟大的心》和《对一个艺术家之死的哀悼》三部小说为研究对象,从小说叙述时间和故事时间的关系角度分析安纳德小说的叙事特点,从中也可以看出其小说写作手法中所体现出的印度民族文学传统和西方现代文学叙事方式的结合。

（一）《不可接触的贱民》:自然时序

在叙事作品中,所述之事被假设为具有自身的时间（自然时间）,故事中的事件依照时间先后发生、发展和变化,这时候故事中的时间显现为"事件之中的自然时序"。《不可接触的贱民》中,作者按照自然时序来以主人公巴克哈的生活、工作顺序为时间主线演绎叙事,记录小说人物一天的生活。

小说的故事从清晨（自然时间）开始,巴克哈睡觉醒来,他还是躺在床上等父亲喊他。不一会,父亲果然开始大骂起来叫巴克哈起床去干活。巴克哈嘟囔着起床,拿起放在门边角落里的扫帚和簸箕出门干活去。巴克哈结束清早的工作后,按照生活习惯回家休息吃饭。这样,小说自然地过渡到巴克哈回家、妹妹莎喜妮井边取水的情节。吃完早饭,巴克哈外出继

---

① 参见申丹、王丽亚《西方叙事学:经典与后经典》,北京大学出版社 2010 年版,第 112 页。

② 赵毅衡:《广义叙述学》,四川大学出版社 2013 年版,第 145 页。

续做打扫街道的工作，叙事按照巴克哈的工作节奏有序发展。巴克哈在集市上不小心碰到高等种姓的人，被打耳光。他气恼中无意走进寺庙，遇到妹妹莎喜妮受辱。小说中的两大冲突在这里交汇，达到故事的高潮。按照自然时序，小说接下来描写巴克哈乞讨、与家人一起吃午饭等情节，生活暂时处于平静状态。午饭后，小说在巴克哈的活动中展开：找朋友倾诉上午的遭遇→去军营拿板球拍→打球→救书记家的小儿子→回家被父亲骂→赌气出门→遇见英国传教士→听甘地演讲。按照物理时间的发展，小说故事进行到傍晚时结束，巴克哈一天的生活和工作结束。安纳德以人物的活动来推动故事的发展，按照自然时序描写巴克哈一天生活、工作的过程：起床→干活→吃饭→再干活→讨饭→吃饭→休息。在自然时序的叙述过程中，作者通过适当情节描写来刻画人物、揭示小说主题。

通过巴克哈一天的活动，读者能够想象到他的生活是日复一日，年复一年，不仅每天从事的清扫工作是这样，每天的生活、每天所受到的歧视也是这样。虽然巴克哈的生活，每天都是在重复过去，只是"这一天"发生了几件事情：一是在市场上被人打骂，二是祭司侮辱妹妹，三是听甘地演讲。而他和妹妹遭受侮辱，同样是每天都有可能发生，或者只是以其他不同的方式发生而已。

（二）《伟大的心》：历时性与共时性的时间建构

《伟大的心》中，作者用主人公阿南德的行动为叙述主线，在纵向叙述主人公活动时，横向展开描述其他人物的同时活动，这种复杂的时间网络给小说情节提供多维度的发展空间，增强了小说的故事性和感染力。被叙述的时间可以用某种特殊的符号来说明，这种被称为"时素"的概念可以是由物理时间构成的"明确时素"。一般来说，像小说这样的虚构性叙述所提供的时素是不稳定的，而在《伟大的心》中，作者刻意给出明确的时间符号，既点明故事发展的时间脉络，也暗示着主人公有限的生命时间，形成一种特殊的阅读体验。

首先，我们看一下小说文本中的时间线索。主人公的行动随着一天时间的发展形成纵向时间轴，单线性的主人公行动推进故事的发展，同时配以明确的时间坐标来标明故事线。

天还没有亮,在清早半明半暗的天色里 (p.19),主人公阿南德就在工匠铺里开始干活了,他在黎明之前 (p.27) 完成工作,回到家里,灰白的天色中 (p.38) 房间的光线还是半明半暗的 (p.37)。11 点 (p.101),阳光正照在杀猫巷里,当其他工匠和他们的家人开始一天的生活时,阿南德就已经拿着做好的东西交给顾客了。一点差五分 (p.130),天气热,市场上没有多少人,很多人都去吃午饭 (p.132) 了。阿南德用卖东西的钱,买来食物和工匠兄弟们一起吃。午饭后,阿南德睡了一会,醒来时,快到 5 点了 (p.184)。傍晚,听说工匠们正在闹事砸机器,阿南德赶去劝阻,不幸被打死。钟楼的钟敲响七点半 (p.220),蒋吉走出家门,投身到阿南德未竟的事业中去。① 太阳下山时,主人公的生命也停息了,作者对时间的确切记述看似无意,实则在暗示主人公即将失去的生命如同这些时间一样在慢慢地流逝着。

在纵向时间轴的时刻点上,同时横向展开其他人物的活动,形成一个个横向时间轴,从而形成丰富的叙事面:纵向时间上的阿南德个人生活串联起横向时间上的手工匠群体生活,个人特写和整体描述相结合,读者既了解到工匠阶层传统的生活方式,也意识到现代大机器生产对传统手工艺的侵蚀和影响。

(三)《对一个艺术家之死的哀悼》:辐射型时间建构

在《对一个艺术家之死的哀悼》中,作者记述主人公奴尔在去世前一段时间里的思想活动,以奴尔的静态对应其他人物的动态变化来展开叙事:奴尔重病在床,生命正一丝丝地从他身体里抽离。这天早晨,他看见年迈的祖母还在照顾自己,不禁回忆起自己的童年。奴尔躺在床上,他的同学来看他,这让他回忆起小时候上学的情景和大学生活。父亲陪在同学身边,奴尔对父亲的回忆是小说的主要部分之一,展现印度传统家庭中父子矛盾的种种情景。岳母和姨妈来看他,妻子害怕她们影响奴尔的休息,把哭着的亲戚送走。奴尔觉得对不起妻子,他回忆起和妻子的生活。医生来看病,父亲站在医生后面询问儿子的病情,也向医生抱怨儿子到现在还

---

① 本节楷体部分引于 Mulk Raj Anand, *The Big Heart*, New Delhi: Arnold-Heinemann, 1980。括号内为原文页码。

得老父亲掏医药费。奴尔看着父亲，心里想请父亲原谅自己的无能。医生走了，奴尔在床上转了转身，他想张嘴喊奶奶，却发不出任何声音。奴尔死了，周围是女人的一片哭泣声。

身患重病的奴尔躺在床上濒临生命的最后时刻，家人和朋友来来往往地到床前去看望他，不同的人物出现时，奴尔就会想起和这个人物相关的、早前的事件场景，这些事件构成主人公一生的故事，揭示其短暂生命的轨迹。小说从每一个叙事时间点辐射开，以奴尔的回忆建构出辐射性叙事复线，一天的生活和一生的命运就这样交织在一起，形成具有艺术感染力的开放的叙事空间。可以看出，小说以奴尔为中心，奴尔对每个人的回忆是此中心对外发散出的叙事线，奴尔在现在时的话语时间对过去时间的故事进行回忆叙事。在这个时间框架中，作者很巧妙地将情节加入进去，从不同角度展现主人公奴尔一生的境遇。在奴尔一生中，与父亲、妻子的家庭关系，父子矛盾和夫妻生活是主要表现内容。奴尔 5 岁的时候母亲去世，继母是一个和自己年龄相仿的孩子，两个人经常为抢玩具而争吵。父亲把儿子的生活、教育、婚姻都安排好了。儿子是父亲的一种投资，花在儿子身上的教育、求职、娶亲的钱都是要有回报的。奴尔是个孱弱的人，对父亲敢怒而不敢言，更不会采取反抗行动。按照父亲的安排，他娶一个自己不爱的女子为妻，又是按照父亲的意愿去参加各种文官职务面试。可惜，奴尔没有得到任何职务，父亲现在不仅要养活他，还要养活他的妻子和孩子，父亲骂他没有能力养家立业。作者在这里表现的是印度传统文化中，父权的控制性，父亲对子女的压迫性。奴尔与妻子的关系是他平淡生活中自然而然的事情：被家长安排成亲，婚后四处求职，在炎热的夏季里从一个办公室到另一个办公室参加文官面试，妻子拖着怀孕的身子陪他、照顾他。奴尔的经历是众多印度年轻人的生活缩影，他们在父权压迫下过着没有自主性和目的性的生活，成为淹没在社会生活里的一粒沙子，随波逐流，直至生命终了。

《不可接触的贱民》《伟大的心》和《对一个艺术家之死的哀悼》都是讲述一天中发生的故事，作家以娴熟的写作技巧采用不同的叙述手法达到不同的叙事效果。这三部小说虽然是记录主人公一天（或一段）时间内的故事,但在作者的叙述中,这些段落式的时间和生活充满隐喻性,从中可以窥视和想象出主人公生活的循环性和重复性。《不可接触的贱民》写巴克哈一天的生活和工作,读者仍可以从巴克哈联想到他父亲年轻时的情况:同样是向别人乞讨每天的饭食,同样是一大早就得起来打扫厕所,同样是被高等种姓者打骂,这样的生活同样也是不断延续的。从巴克哈父亲现在的生活,读者也不难想象到巴克哈年老时的情景:拖着病弱的身体,吆喝着自己的儿子去干活。从巴克哈一人一天的生活,读者可以联想到其他"巴克哈"们的生活和遭遇,这种时间叙事法让巴克哈作为贱民群体的典型性更加突出。小说用简单的结构,以点带面展示出一幅普通的、普遍性的印度贱民生活图景。安纳德用长达两百页的小说描述主人公阿南德一天的工作生活,以印度社会生活中的一个横切面来隐喻当时整个工人阶层的生活现状。故事虽然发生在一天内,但读者并不能预测高潮何时发生。《伟大的心》中,除在开头出现梦境暗示阿南德将被杀死之外,并没有预示下面会有什么事件发生,因此在漫不经心的小说时间流动中,令人在毫无征兆的情况下突然面对主人公的死亡,以激起强烈的情感震撼与冲击。

二　叙事形式

安纳德小说叙事形式灵活而丰富,复杂却巧妙。在同一部小说中,他经常采用各种不同的叙述方式,如利用穿插其中的书信、日记等形式,使小说结构灵活,不拘一格。更重要的是,多种叙事形式的同时使用让小说叙事视角更加自由开阔,达到类似复调性叙事结构的效果。

安纳德常常在第三人称的客观叙事视点中插入第一人称的信件,这种变换叙事视角的方法可以直接袒露主人公的内心世界,也可以方便地通过信件的内容来交代故事背景。如《英雄之死》的结尾就是主人公临牺牲前写给妹妹的信,这封信对于刻画人物性格、塑造人物形象和交代故事情节,都起到了很好的补充作用。

《泡沫》里文本构成形式更是多种多样,小说共分十章,包括:"流放:给奴尔的信"、"攀登斯诺顿山:克里希那北爱尔兰日记"、"林中少女"、"盗火者：巴黎之行日记"、"布鲁姆斯伯里谈话录"、"都柏林日记：西方世界的寻欢者"、"写给爱琳的日记"、"父亲来信"、"给父亲的信"和"给爱琳的信"。从每章的标题中，可以看出小说包括信件、日记等不同文本形式，这些形式也帮助作者采用不同的人物视角对同一事件进行讲述和评说，使读者对事件有全面的理解。在"流放：给奴尔的信"中，克里希那介绍自己初到英国的学习和生活情况，他感激奴尔给自己的安慰和帮助，在信中也表达对逝去恋人的回忆和哀悼，对故国好友的牵挂和思念。而在"父亲来信"中，作者通过父亲的叙述，交代克里希那恋爱事件给家人带来的伤害以及在社会上所造成的影响。这两封信从不同角度刻画主人公叛逆的性格和对自由生活的渴望。同时，这两部分内容相互衔接，使读者对故事有完整的了解。"攀登斯诺顿山：克里希那北爱尔兰日记"和"林中少女"两章讲述克里希那和爱琳相逢、相识、相恋的故事。在"攀登斯诺顿山"这部分，安纳德采用日记的形式，不仅表达了克里希那对爱琳热烈而真挚的感情，也写出他对爱琳爱情的不确定和内心的忧虑。"林中少女"一章，以第三人称叙述印度青年和爱尔兰少女的爱情故事，这一章更像是一则独立的短篇小说。"林中少女"描写爱琳的美与前一章中所描写的克里希那内心感受相呼应，作为一名爱尔兰独立运动积极分子，爱琳具有独立、坚强的个性。她在追求自己所喜爱的异性时，大胆自由，不受约束。她和克里希那在一起时，也不拒绝其他男性的暧昧表示。爱琳的个性和行为都使克里希那觉得她身上有种自己无法控制的强大力量，他对她有一种无法把握的感觉，这无疑增加了他对两人之间爱情能否长久的担心。

《泡沫》中各种叙事形式的交织使用，虚实结合，互为表里，前后印证，令小说叙事结构自由舒展。以日记、信件等形式来展开故事，与小说通常意义上的第三人称叙述故事相比，更能直指主人公心扉，在情感表达上也更直接和真挚。

此外，安纳德在小说中还经常利用诗歌来表达主人公的心境。如在《情人的自白》中，克里希那和雅斯敏两个年轻恋人就是通过诗歌来表达彼此间的爱慕之情，以及青年恋人在爱情中的快乐和忧虑等。

如:

What shall I say to you? How shall I say it?

You came and possessed my soul.

You came and my heart began to beat to a new rhythm,

My body was set on fire,

You came and possessed my soul…①

(我将对你说什么? 我将如何诉说?

你来了，占据了我的灵魂，

你来了，我的心乱了节奏，身上像着了火，

你来了，占据了我的灵魂……)

这是雅斯敏写给克里希那的一首诗中的第一节，诗中传递出恋爱中少女的幸福和热情，描摹出一位姑娘欲说还羞时的娇媚之态。抒情化的诗歌虽然难以承担叙事功能，却能巧妙地调整叙事节奏，烘托情节气氛。

安纳德对小说叙事形式的实践，在他晚年出版的小说《圣雄甘地短剧》中也表现突出。这是一部对话体的小说，除开头和结尾处的书信部分外，小说以 15 个场景构成一部"复杂的作品，可以从若干层面来解读"②。

三 叙事修辞

安纳德在小说中经常使用象征的表现手法。象征作为文学创作的一种表现方式，常常借助某一具体形象，以表现某种抽象的概念、思想或情感。它的特点是利用象征物与被象征物之间的某种类似，使被象征物的某一内容得到含蓄而形象的表现。安纳德借助象征的写作手法，将自己抽象的、深邃的思想具体化、形象化，使读者能够领悟到他文字之外的深刻含义，从而增强作品的艺术感染力。

首先，如《两叶一芽》《剑与镰》和《道路》等，小说的名称往往具

---

① Mulk Raj Anand, *Confession of a Lover*, New Delhi: Arnold-Heinemann, 1976, p. 128.
② R. K. Dhawan, *The Novels of Mulk Raj Anand*, New Delhi: Prestige, 1992, p. 227.

有一定的象征性。"两叶一芽"指的是采茶时所采的茶树枝上最嫩的两叶一芽部分。在这里，安纳德用这个词作小说名，一是指小说所反映的内容是茶园工人，另外也象征茶园苦力们的斗争，如同茶树上的嫩芽一样，是新兴的，充满活力的。《剑与镰》的书名来源于威廉·布莱克的一首诗："宝剑在不毛的荒野里歌唱，镰刀飞舞在丰饶的田地上；宝剑咏唱毁灭和死亡，但它并不能使镰刀投降。"① 在小说里"宝剑"象征着压迫者，"镰刀"象征充满斗争精神的印度农民。宝剑与镰刀斗争，宝剑并不能使镰刀屈服，就像印度农民一样，再强的压迫也不能使他们屈服。从字面意思看，小说《道路》的篇名指的是书中贱民所铺的路，但是它却象征着贱民争取自身解放和社会地位的斗争之路，并意味着印度解决贱民问题还有漫长而艰难的道路要走。

安纳德自传体系列小说的名称，都取自莎士比亚戏剧《皆大欢喜》中第几幕的台词，它们象征着人的一生中的七个不同阶段，以及每个阶段中的人生事件及意义。如《晨容》这部小说记述的是克里希那中学时期的故事：背着书包上学的孩子，慢腾腾地走着，边走边玩，年幼的容颜在晨光中熠熠生辉。这也是人生的起步阶段，一切都是欣欣然、充满希望的。按照计划，安纳德最后一部自传体小说的名称是《最后的场景》（Last Scene），作者似乎要用这个名称暗示，人到暮年就像是在上演人生之戏的最后一场，结局乃是曲终人散。

其次，小说中许多章节的名字也具有象征性，能增强小说的修辞意义。《七夏》由两部分组成，第一部分题为"道路"。《七夏》是安纳德自传体小说的第一部，而"道路"这部分，更是第一部自传体小说的第一章，作者将自己的人生比喻成一条"人生之路"，自己行走其上，一路上发现新的世界，也发现自我。"道路"很明显地象征了生命的旅程，另外，道路也象征对土地的热爱。更有意味的是，小说一开始就写到军营中那条分开印度人和英国人的"道路"，妈妈告诉克里希那不要越过那条路到那边去玩。在这里，"道路"不仅是军营中地理上的分界路，也是印度人和

---

① Mulk Raj Anand, *The Sword and the Sickle*, Liverpool: Locus Publications, 1986, Novel's Cover.

英国人心理意识上的鸿沟，更是文化层面上的被殖民者和殖民者的社会地位分界线。小说第二部分用"河流"来命名，象征人的生命如同"河流"中的水。克里希那觉得他的一生都在"河流"上漂浮:"我在河流之上漂浮着，仿佛之中，我和我的内心被一种神奇的力量吸引，向不远处更宽的生命之河漂去。"① 这"不远处更宽的生命之河"象征着更广阔的世界，而那河流，将越过旧的疆域，摧毁陈旧的世界，冲刷走丑恶和肮脏。主人公克里希那的成长像河流一样，潺潺向前，有时候他会改变自己的流向，但总是要重归到永恒的生命之河中。

19世纪末和20世纪初，受当时社会思潮、哲学观念和现代心理学兴起等因素影响，西方小说家的价值观也发生很大变化，作家们注意从外部世界转向人的主体意识，探索人的自身存在及其价值，这和安纳德的写作心态是非常吻合的。安纳德说:"我所有的长篇小说和短篇小说，都是来源于我长达两千多页的自白式的文字。这些文字都是我意识深处自我的困扰或别人对我的影响。"② 刚刚步入文坛的安纳德，虽然对生活和未来充满激情，身为殖民地印度人的身份又让他遭受歧视。这种心理矛盾，也让他希望能通过文学创作寻找一个宣泄出口。就在这个时候，他接触到乔伊斯的作品。乔伊斯意识流小说的诞生，为他深入表现人物心理打开方便之门，藉此探索并刻画人物心理的丰富性和复杂性。他不仅被乔伊斯小说内容上的不合传统所吸引，也对乔伊斯小说所采用的新颖独特的叙事形式着迷，年轻的安纳德毫不犹豫地选择了乔伊斯式的写作方法。乔伊斯的《尤利西斯》以布卢姆为主人公，描写都柏林的几位市民从早晨八点到午夜之间18个小时的活动。安纳德在一篇文章中表达阅读乔伊斯的《尤利西斯》后的三点感受:第一，把时间和空间统一在一个人物一天的生活中;第二，无序的、不间断的、偏执的人的意识是可以再现的;第三，传统小说创作观念中线性结构模式结束了，作家可以想写多长的小说就写多长。③

---

① Mulk Raj Anand, *Seven Summers*, New Delhi: Arnold-Heinemann, 1987, p. 230.

② Mulk Raj Anand, "The Story of my Experiment with a White Lie", *Indian Literature*, Vol. X, No. 3, July-September, 1967, p. 29.

③ 参见 Marlene Fisher, The Wisdom of the Heart, New Delhi: Sterling Publishers, 1980, pp. 161—162。

在意识流小说中，无论是结构或主题，都要依赖对人物思想、情绪的细腻描写。"用传统的句法表达思想的叙述体小说是麻烦而又费笔墨的。与此相反，意识流小说用回忆和预想却可以通畅自如地表达思想。"① 意识流文学所涉及的领域就是生活和精神上的经验，其内容包括感觉、记忆、想象和直觉，其方式包括象征、感受和联想过程。② 意识流的表现手段一般来说有内心独白、自由联想、潜对话和综合艺术等。内心独白和自由联想是被意识流作家运用最多的艺术手段，或许它们更能通畅而自由地表现各个层次的意识流动。

严格来说，安纳德的小说不能归于意识流小说的范畴，但是，安纳德在他的部分小说中使用意识流的表现手法，这便于揭示人物精神存在，刻画人物内心世界，塑造人物形象。

《不可接触的贱民》中，作者利用内心独白的方式，对巴克哈丰富、敏感的精神世界进行细腻的描写，展示主人公巴克哈身为贱民的无奈、愤怒、痛苦的心理活动，使读者直接进入巴克哈的内心，感受到这个觉醒中贱民的心理活动。巴克哈走在路上，不小心碰到一个高等种姓的印度教徒，作者生动地描写巴克哈在这一事件中的心理活动：

　　干嘛会这样大惊小怪？干嘛我要这么低声下气？我也可以打他的啊！想想看，我今天一大早那么样急着要进城来。我走到人家的身边干嘛不叫一声？这是因为没有当心自己的工作。我早就应该着手打扫大街了。我早就应该看到街上的上等人了。那个家伙！他还打我！我那些可怜的"吉利"！我早就应该吃下肚子。可是，干嘛我不能说几句话呢？难道我不能对他拱拱手就走开吗？我挨了他一个耳光！那个胆小鬼！他溜得多快呀，好像一条狗夹着尾巴就走。那个孩子！那个撒谎的孩子！我总有一天会碰到他。他知道我正在挨骂。没有哪一个

---

① ［美］梅·弗里德曼：《意识流，文学手法研究》，申丽平等译，华东师范大学出版社1992年版，第3页。

② ［美］R. 汉弗莱：《现代小说中的意识流》，刘坤尊译，广西师范大学出版社1992年版，第9页。

肯帮我说句话。那一群狠心的人！他们一伙人会骂了又骂，骂个不停。干嘛我们老是要挨骂？那一天，那个哨兵检查官和那个老爷骂了我爹。他们老是要骂我们。就因为我们是打扫夫。就因为我们要碰到粪便。他们讨厌粪便。我们也讨厌。因此我才来到这儿。我每天在厕所里干活干得发腻了。因此他们这些高等人才不愿意碰我们。那个马车夫可是一副好心肠。他那么好心地叫我把东西捡起来往前走，使我感动得哭了起来。可是他是个回教徒。回教徒和老爷们碰着了我们，可不在乎。只有印教徒和那些不做打扫夫的贱民，才怕碰着我们。我就是给他们当打扫夫，打扫夫——不可接触的贱民！不可接触的贱民！不可接触的贱民！就是这样！不可接触的贱民！我是一个不可接触的贱民。①

这段内心独白含有下面几方面的内容：一是巴克哈对自己所遭受侮辱的愤怒和难过；二是不同的人对自己遭受侮辱的反应；三是表明"清扫夫"总是会挨骂，也总是被人骂的，因为他们是接触粪便的人。这段文字表达出巴克哈的精神状态，凸显了他的性格特征。身为贱民，他身上难以避免地会带有他那个阶层所具有的性格和心态，父亲是清扫夫，他自己自然也就是清扫夫了，这仿佛是无法改变的；身为清扫夫，挨打受骂的事情总是会发生的，他父亲被骂、自己被打在清扫夫生活中是再平常不过的事情。刚刚被打时，他"站在那儿又是惊异，又是不安。他变得又聋又哑。他的知觉麻痹了。只有恐惧攫住了他的灵魂——恐惧，屈辱，奴隶性。他已经听惯了人家这样粗暴地对他说话"②。但是，巴克哈这个清扫夫在接受自身身份以及由此身份所引起的歧视的同时，开始表现出一种不满。"干嘛会这样大惊小怪？干嘛我要这样低声下气？我也可以打他的啊！……他们一伙人会骂了又骂，骂个不停。干嘛我们老是要挨骂？"③ 这种不满情绪

① [印] M. R. 安纳德：《不可接触的贱民》，王科一译，平明出版社 1954 年版，第 56—57 页。
② 同上书，第 50 页。
③ 同上书，第 56—57 页。

也是多方面的：别人讨厌粪便，自己也讨厌粪便，可是自己还是得去打扫粪便，而别人不能因为他是打扫粪便的就歧视他；自己是贱民，但是别人不能对自己想打就打、想骂就骂；自己被打，旁观者不能漠视。所以，巴克哈在心中连说几遍"不可接触的贱民"，从中可见他对自己命运的无奈与悲叹、不满与愤怒以及他对"自我"的疑问，希望被尊重的心理。像父亲一样，巴克哈身为贱民总是要挨打受骂的，但他被打后却情绪激动，表现出强烈的屈辱感。如果打他的人不像狗那样夹着尾巴逃走的话，他会不会打他一耳光还击？一定不会。但是，巴克哈在心里却产生还击的冲动和渴望，这隐隐体现出在他身上萌芽的反抗精神，这也是巴克哈不同于其他贱民的地方。

"感官印象是作家记录纯粹感觉和意象的最彻底的手法，它把音乐和诗的效果移植到小说方面。"[①] 文学作品中，感官印象式的表现手法，能直接而形象地表现人物的感受，引起读者的共鸣。在小说《不可接触的贱民》中，安纳德写到巴克哈对湿漉漉面包的感受：

> 他手里摸着了一块黏滑的湿面包。他吓得从篮子里缩回了手。他眼前立刻展开了一幅图画：一个"赛波伊"在铜圆盘里洗手，剩下的面包和色拉就放在铜盘旁边，然后他把这些吃剩的倒在瑞克哈的篮子里。他自己也常常去讨吃的，他最恨的一件事莫过于看到那些溅了水、弄得又湿又黏的面包。他有一种奇怪的厌恶感觉，好像嘴的两旁有一股水流到舌头下面来。他觉得要呕。……他把拿在手里的那块黏滑的面包放下来，但是有一部分还黏在他手指上。这真叫人作呕。[②]

安纳德的描写，让读者切身体会到巴克哈通过对湿滑面包的感受而传递出的内心情感，巴克哈不仅不喜欢湿漉漉的面包摸在手上的感觉，更不喜欢湿漉漉的面包上依然携带着的给予者对接受者的不屑与歧视。

《村庄》中，拉卢和玛娅坐牛车去城里赶集，小说中拉卢把玛娅抱

---

① [美] 梅·弗里德曼：《意识流，文学手法研究》，申丽平等译，华东师范大学出版社1992年版，第5页。

② [印] M. R. 安纳德：《不可接触的贱民》，王科一译，平明出版社1954年版，第99页。

下牛车的感官感受的描写，形象地展现了情窦初开的少年人对异性的复杂情感。

> 拉卢跳到车把式坐的木杠上，用双手把她（玛娅）抱了下来。……拉卢站在木杠上，沉浸在她苗条的身躯给他留下的难忘的感觉中。她象小鸟一样头也不回就从他手中飞走了。……姑娘的面容在他脑海中突然模糊起来。只有她身上的香气还能感受到，他的全部感官也都在感受着刚才的接触给他带来的愉快。①

拉卢接触到玛娅的身体时，他感受到的是一种陌生、慌乱、兴奋和快乐的心情。当玛娅的身体离开他的手时，拉卢仍能感受到姑娘身上的香气，他的心情是幸福而又有些许遗憾的。安纳德层次分明地写出少年拉卢初次接触到异性身体时的心理活动，这种感觉如此强烈而美好，成为以后若干年里维系拉卢对玛娅情感的源泉。《七夏》中，安纳德描写克里希那听姨妈讲故事时的感受也很传神、形象："她讲故事的时候，嗓音温柔，像从营地外的原野吹来的一阵清凉而忧伤的风，轻拂着午后路边树上的叶子，（我的）眼皮抬不起来，睡意袭来了。"②

意识流手法对印度文学来说是外来的艺术表现形式，印度作家使用这种舶来品时往往烙上明显的印度特点。印度近代作家中已经有很多人采用意识流的手法。如泰戈尔，他的小说《骷髅》《饥饿的石头》就采用了意识流的手法。20世纪30年代，一批孟加拉青年作家率先从西方引进意识流的创作方法，如布塔代沃·巴苏等，后来，其他语种如印地语、马拉提语的作家，多采用回忆倒叙、内心独白、自由联想、对话暗示等艺术手法，他们的作品具有情节淡化、人物减少、时空转换等特征，作品主要内容是对主体意识和内省心理的描绘。③ 受印度文学传统叙事方式的影响，

---

① ［印］M. R. 安纳德：《村庄》，王槐挺译，上海译文出版社1983年版，第97—98页。

② Mulk Raj Anand, *Seven Summers*, New Delhi: Arnold-Heinemann, 1987, p. 16.

③ 参见倪培耕《意识流问题与印度文学》，载柳鸣九主编《意识流》，中国社会科学出版社1989年版，第318—320页。

印度作家在意识流手法上多采用倒叙回忆手法。此外，受印度丰富的艺术表现形式的影响，印度作家在意识流作品中综合运用多种艺术式的表现手法，他们吸收、融合了绘画、音乐、舞蹈、雕刻等艺术中的表现手法。泰戈尔的诗歌中有音乐的韵律，有印度画的细腻，他的小说中对印度自然风光的描写同样如诗如画。在安纳德的小说中，读者同样可以感受到印度北方农村美丽的自然风光。

意识流犹如一条河流，让人物的意识自由漂流。读者与人物之间的距离甚至合二为一，读者在阅读过程中会不自觉地融入其中，安纳德的小说也做到了这点。一般意识流小说描绘不断流动的意识或精神状态，表现特征是无次序、无逻辑、无联系，语言非常不规范，而安纳德小说的人物内心独白、意识流动往往是有序的、清醒的，语言明确规范。安纳德小说中的"内心独白有秩序，有条理，是一种内心思考，有逻辑性，以人物清楚、完整的语言形式出现"[①]。

20 世纪初，弗洛伊德的精神分析方法对西方文坛的影响很大。1927年，安纳德处于失去亲人的痛苦之中，产生心理危机。一次去维也纳时，安纳德在朋友的引荐下拜访弗洛伊德，并把回忆童年生活的小说草稿给弗洛伊德看。弗洛伊德读过他的小说后说："像很多印度人一样，你更喜欢自己的母亲。对你来说，每个女人都是母亲的形象。"[②] 这里姑且不论弗洛伊德对安纳德性格和心理的分析是否准确，从安纳德和弗洛伊德的交往中可以看出他对精神分析法很有兴趣。这就使我们不难理解他小说中为什么会出现很多梦境的描写，安纳德希望通过对人物梦境的描摹来表现人物丰富的内心世界。

安纳德的小说中有多处对梦境的大段描写。这种梦境描写，是人物心理的呈现，也从侧面起到塑造人物形象的作用。《村庄》中，有一段描写拉卢梦境的文字，这里节选一部分来分析：

在漆黑的夜晚，拉卢躺在床上，脑子里总是乱得象一团麻。随着脉

---

① 柳鸣九主编：《意识流》，中国社会科学出版社 1989 年版，第6—7 页。
② Mulk Raj Anand, *Pilpali Sahab*, New Delhi: Arnold-Heinemann, 1985, Postscript.

搏的跳动，头有节律地痛着，就象那单调的击鼓声，咚咚咚地一刻不停。他曾把拳头紧按在自己的太阳穴上，企图借此止住这纷乱的思绪和恼人的头痛。但是他苦痛的利爪刚挖走一个愁念，却又有千百种哀思向他袭来，直搞得他疯疯癫癫，昏昏沉沉，才一迷糊，就做起恶梦来。他梦见几条大蛇蠕蠕地从身上爬过，其形状之可怕和可憎，和他在理发前在睡梦中看到的自己的长发一般无二。他吃惊地发现自己变成了可怖的九头蛇，又梦见自己变成了恶鬼，疯子，变成了肮脏邋遢、病魔缠身的麻风病人。……他时而企图缩进自己的躯壳，时而又在山间陌生人家的土房后面躲躲闪闪地奔跑，希望能找到一个安全的地方。

　　拉卢也曾在恶梦中看到自己被蜂拥而来的暴民追赶的情景。他们紧追不舍，他只好向胡同外面跑去。他站住了，伸手护着头部，挡开飞来的石子。他的大声喊叫一时间唬住了他们，他自以为得救了。然而暴民又重新集结起来，以加倍的劲头又向他冲来。他仿佛感到自己正站在麦浪滚滚的地里，而他的敌人则变成了无数的飞蝗，正蔽日遮天、铺天盖地地向他扑来。……蝗虫仍然蜂拥而来。于是他在自己身上和地里放起了一把大火。几百个敌人被活活烧死，余下的都狼狈地四散飞逃了。①

　　小说中，安纳德用三页纸的篇幅描写拉卢的梦境，通过梦境描写，读者可以了解拉卢的叛逆行为所带来的心理压力以及担忧与恐惧。他剪掉锡克男人所必须留的发辫，这是对宗教教义的公然违背和反抗。他知道，这样做一定会受到宗教惩罚、被教徒诅咒，因此他梦见自己因惩罚、诅咒而变成病人、疯子。背叛众人都遵守的宗教教义，再勇敢再无畏的人在潜意识里还是会恐惧的。安纳德利用梦境描写表现出拉卢潜意识里依然存在对宗教势力恐惧的一面，这是真实可信的，既能很好地把拉卢心理活动的层次表现出来，也体现他反抗宗教的坚强性格。坚忍的意志可以让一个人在较短的时间内决定去做一件事情，并付诸行动，但是要完全消除长期积淀

___
① ［印］M. R. 安纳德：《村庄》，王槐挺译，上海译文出版社1983年版，第158—159页。

下来的恐惧，却需要一个过程，甚至需要相当长的时间。拉卢的反抗却非常坚定，在梦里，面对众多敌人的追打，拉卢先是大声喊叫来增强信心，但是当这种呼喊没能吓退敌人的时候，拉卢选择用火焚烧自己和敌人，宁愿同归于尽，也不向敌人低头，拉卢最终战胜心底尚存的对宗教的惧怕，他是一个胜利者。

接下来，作者还在梦境中写到拉卢对一个姑娘的幻想：拉卢看见河边坐着一位年轻美貌的姑娘，就想用摩托车将姑娘送过河去，但是姑娘却骂他是无赖。拉卢面对姑娘的咒骂，流泪分辩，希望自己的哀求能打动姑娘。梦见年轻姑娘，这是拉卢与玛娅接触所延续的性幻想，是年轻人性意识的朦胧表现。在当时的印度社会，自由恋爱是不被允许的，如果男女之间有私密的接触，只会名誉扫地，被社会所抛弃。对爱情的追求，是拉卢对自由、对新生活追求的一部分，就像可以用火与敌人同归于尽一样，他也愿意为自由的爱情牺牲自己。作者通过描写拉卢的种种梦境，使人物形象更为丰满。

在《伟大的心》中，安纳德也描写了主人公阿南德的一段梦境：阿南德梦见自己的亲生母亲让他好好照顾继母，他还梦见自己的女人蒋吉，当他走向蒋吉的时候，却被很多戴面具的人阻断。他梦见自己被那些人追着喊："我们饿！我们要血！"他随后又梦见迦利女神赤发怒面，将这些人踩在脚下。这段梦境描写对小说故事的发展起到一种预示作用。继母和蒋吉都是需要阿南德照顾的女人，阿南德不确定自己能否可以很好地照顾她们，他总是担心继母和蒋吉会离他而去。他梦见迦利女神，恶相造型的迦利女神是嗜血的、需要杀生献祭的神。这似乎也在暗示有斗争就难免会有牺牲，而牺牲者就如同是献祭给神灵的祭品。这隐含着小说结尾处阿南德牺牲的意义：如果需要牺牲才能唤醒民众，那就让牺牲从我开始，这更加突出小说主题"伟大的心"的含义。

四　叙事类型

安纳德对西方文学的接受和借鉴不只局限在当时西方文坛的流行风格上，他归纳自己对西方文学作品的阅读体验，综合这些作品中的表现手法和体裁，给自己的小说选择合适的叙事体裁，他很成功地应用流浪汉小说和成长小说这些类型创作出具有自己艺术风格的作品。

流浪汉小说是 16 世纪中叶西班牙文坛上流行的一种独特的小说类型。这种小说以描写城市下层人民的生活为主，以他们的视角去观察、分析社会上的种种丑恶现象，用人物流浪史的形式在幽默俏皮的风格和简洁流畅的语言中，广泛反映当时的社会生活，具有一定的思想性和艺术价值。流浪汉小说的主旨和安纳德在 20 世纪 30 年代文学创作的意图吻合，他用这种体裁写出《苦力》这本小说，从少年孟奴的一生遭遇中折射当时印度底层民众无法改变的悲剧命运。

与流浪汉小说常用出身贫寒孤儿、私生子作主人公一样，《苦力》中山区少年孟奴自小父母双亡，跟随叔叔一家人长大，他的童年、少年生活是不幸的，为了帮助叔叔维持家计，被叔叔送进城市，他为了生存不得不经常变更职业，从一个雇主家流动到另一个雇主家。其间他遭遇雇主的各种刁难和打骂，经历种种磨难。和欧洲流浪汉小说中的主人公一样，他虽然经历磨难，却还保持着天真可爱、富于同情心的品格。如在一个雇主家里，孟奴和雇主年龄相仿的女儿尽情玩耍，孩子纯真的天性竟然让他忘记了自己的身份，从而激怒雇主，被无情斥责打骂一通。欧洲流浪汉小说的主人公们一旦脱离家庭、投入社会的怀抱，就感到无法适应，为了活命、求得生存，不得不学着去阿谀、钻营、撒谎、诈骗，他们中的不少人最终被社会同化，成为堕落者或狡诈无耻之徒，西方作者通常在描写他们不幸命运的同时，也写他们为生活所迫而进行的欺骗、偷窃和各种恶作剧，表现他们的消极反抗情绪。但是，安纳德却在孟奴身上倾注了自己的同情和关爱，描写他经历生活种种的磨难后，仍然保持一种待人真诚和积极的生活品格，直至生命最后一刻，他还是向往能有机会改善自己的处境从而过上为工人争取权益而斗争的生活。

安纳德的《苦力》是一部具有印度特色的流浪汉小说，借着孟奴的视角表现印度城市底层人民的困苦生活和悲惨处境。孟奴身上具有印度流浪汉主人公的形象特点:不同寻常的出身（孟奴父母双亡，是个孤儿），性格单纯（山区少年），千变万化的形态（孟奴当过仆人，手工工厂工人，机器

打工人，车夫等），内心动荡（孟奴在流浪过程中，内心情感变化），哲理思
想（孟奴临终前对生活的感悟）等。安纳德借西方流浪汉小说这一文学形
式，是将西方文学手法和表现印度社会现象相结合的成功范例。

　　成长小说一词译自德语 Bildungsroman，又译做教育小说，在欧美是个
源远流长、影响极为深远的小说类型。经典意义上的成长小说，是在德国
古典文学观的背景下诞生的，具有很强的审美教育性，有着特定的时代特
色和突出特征。安纳德小说《七夏》《晨容》《小老爷》等以少年为中心，
以克里希那童年和少年的生活经历为表现舞台，讲述主人公生命阶段中的
个人经历、家庭变迁，既表现出克里希那性格发展变化，也展现了印度民
族独立运动的时代背景，再现了真实复杂的成人世界，反映出人物的思想
和心理从幼稚走向成熟的变化过程。安纳德遵循着成长小说的创作习俗，
表现出克里希那逐渐从天真无邪的儿童成长为能独立思考、关心民族未来
的青年。此外，从主人公的成长变化来看，"拉卢三部曲"也是系列成长
小说。拉卢从农村少年到英印军队里的士兵再到农民运动领袖，人物身份
的变化见证了人物个人的成长经历，也体现出第一次世界大战前后印度农
村的社会特色。

　　这里讨论的是安纳德写作艺术中最主要的几个方面，总的来说，安纳
德成功地融合了印度文学特点和西方文学的现代特色，从而在小说文本和
写作风格方面形成了自己的艺术特色，成为印度英语文学最重要的作家之
一。他的写作不仅对印度英语作家产生影响，也成为其他语种作家的学习
对象，安纳德不仅因其作品的思想性，也因为他的写作艺术而在印度文学
中占有重要地位。

结　语

　　"20 世纪是一个充满矛盾、革命和民族解放斗争的风云变幻的动荡世纪，一个经历了前所未有的两次世界大战浩劫的世纪，一个展示了人类科学技术和物质文明日新月异和突猛发展的世纪，一个弥漫着希望与失望、乐观与悲观的世纪。"① 从 1905 年出生到 2004 年去世，M. R. 安纳德这位年近百岁的老人，见证了 20 世纪印度人民独立斗争、国家现代化发展的不同阶段。他也用自己的小说创作，再现了现代印度社会的风貌、印度人的生活与斗争。

　　安纳德是位现实主义作家。从内容上来说，他的小说绝大多数表现的是印度人民的斗争生活和苦难生活。即使自传体小说主要是描写一个人的成长经历，但是主人公的成长还是离不开印度民族独立运动等社会时代背景。有评论者认为安纳德是一个阐述者，一个政治作家，一个将小说中的人物、事件和当时的社会、经济、政治活动联系起来的人。② 安纳德创作的文学作品政治色彩浓厚，这与他的政治态度和写作的倾向性是分不开的，也与当时印度社会政治状况、印度文坛风气相关。

　　印度的一位学者说过："一个不争的事实是，政治运动在一个国家的文学创作中有着不可忽视的作用。文学创作也是政治运动的动力之一。"③

---

　　① 吴元迈：《20 世纪外国国别文学史丛书·总序》，载石海峻《20 世纪印度文学史》，青岛出版社 1998 年版，第 1 页。

　　② Margaret Berry, *Mulk Raj Anand: The Man and the Novelist*, Amsterdam: Oriental Press, 1971, p. 40.

　　③ Dharam Paul Sarin, *Influence of Political Movements on Hindi Literature* (1906—1947), Chandigarh: Panjab University Publication Bureau, 1967, p. 11.

20 世纪上半叶，以印度民族独立运动为核心的政治运动此起彼伏，促使作家关注社会文化环境与政治热点。在印度民族独立运动蓬勃发展的特殊政治文化氛围下，作家们的民族意识和政治意识明显加强。

首先，伴随着现代印度社会、宗教改革运动的兴起，很多作家积极投身政治，成为印度社会改革的参与者、爱国主义思想的传播者，这成为印度文坛的一种独特风景。以孟加拉语的作家们为例，19 世纪 20 年代出现的青年孟加拉派的年轻思想家，实际上便是一批主张社会和宗教改革的青年知识分子和作家。著名作家查特吉是一位具有强烈爱国主义思想的作家，他的小说《阿难陀寺院》就描写了一群献身祖国解放事业的年轻人的故事。此外，泰米尔纳杜邦的作家巴拉蒂不仅是位作家，也是一位利用报刊杂志进行政治宣传的革命者。巴拉蒂在自己主编的刊物上发表大量具有民族主义思想、抨击英国殖民政府的政治性文章和爱国主义诗篇。"他诗作的中心内容是抒发为民族自由而斗争的爱国主义、民族主义热情……他认为一个人若是深沉地爱着自己的祖国，那么他同时也会为人性至善与人类大同而抗争"。① 巴拉蒂不仅关注印度民族独立斗争，对印度之外的国际政治事件也极为关注，他曾经受俄国十月革命的鼓舞写下了歌颂的诗篇。

其次，作家的政治观念与诉求影响到了作家选择作品的创作题材。爱国主义与民族主义思想是 20 世纪印度作家主要思想潮流，随着印度民族独立运动的发展，他们在思想观念上紧跟印度独立运动领袖，特别是圣雄甘地。甘地的"非暴力"思想得到许多作家的认同。甘地反对工业化和城市化，认为城市是英国殖民统治的结果，他的政治活动也多是在农村进行，正因为如此，他领导的民族独立斗争也使农村的政治运动活跃起来，这直接促使作家们将笔触转向农村和农民生活。甘地强烈反对贱民制度，认为贱民制度的存在是印度社会的污点，他的这一观点进一步引起了作家们的共鸣。

最后，在文学活动的目的性上，作家也明显受到现代印度社会政治价值观发展、变化的影响，并在作品中以多种方式折射出来。许多印度作家

---

① 石海峻：《20 世纪印度文学史》，青岛出版社 1998 年版，第 14 页。

在政治观念与创作观念上都受到甘地思想的影响，印地语作家普列姆昌德就是一位深受甘地思想影响的作家，他辞掉自己的教师职务，以实际行动响应甘地提出的不与英国人合作的号召。普列姆昌德在小说创作中也表现了甘地的思想。《服务院》是普列姆昌德的成名作，小说对女主人公的不幸遭遇表示深刻同情，并控诉印度社会环境造成她的悲剧生活，小说结尾女主人公走向"服务院"的情节充分体现了甘地思想中的仁爱精神。普列姆昌德在小说《舞台》中揭示现代社会的发展正在令乡村失去原有的价值和魅力，城市文明侵入农村，使印度传统的田园生活逐渐消亡。

印度英语写作同样受到甘地思想影响。"甘地思想对印度英语写作的影响，可以从作家对主题的选择、人物的刻画和对世界的看法等几方面看，虽然在二三十年代就已经有甘地思想影响下的小说，但是拉贾·拉奥的《根特浦尔》、安纳德的《不可接触的贱民》和《剑与镰》才是真正产生影响的'甘地小说'（Gandhi-Fiction）。"[1] 安纳德说："或许甘地触动了印度人内心之弦，使之奏出生动的旋律"[2]。他还说过，甘地完全改变了他对世界、对生活的看法。20世纪30年代印度社会运动和社会思潮对安纳德的触动也很大，如1930—1932年，甘地领导的食盐运动、三次关于印度国家命运的圆桌会谈、"哈里真"运动等。实际上，安纳德从事文学写作之初就深受到甘地及其思想的影响。

这一时期，正值无产阶级文学思潮处于发展阶段，共产主义思想在印度开始传播，共产主义政党在印度也产生了。作为一位进步作家，安纳德创作观念很自然地受到马克思主义文学观的影响。印度社会政治状况与文学之间的关系，在印度进步作家协会成立以后就显得更加密切。1986年，安纳德在印度进步作家协会成立五十周年纪念大会上的开幕发言中说道："在法西斯势力日益强大、人类陷入困境的情况下，我们这些身处国外的印度知识分子也改变了思想观念与行动方向，我们必须面对时代，正视人类实际境况。我们国家虽然也出现了伊克巴尔、普列姆昌德等这样的民族

---

① R. S. Pathak, "Gandhi in Indian English Novels: Images and Projections", in Avadhesh Kumar Singh ed.: *Indian English Literature: Marginalized Voiced*, New Delhi: Creative Books, 2003, p. 212.

② Ibid.

主义作家，但是我们仍然感到必须战斗，必须使我们的作品成为反对教派冲突、异族剥削、封建和宗教寡头统治集团的武器。我们得出了一个最基本的宣言，其核心精神是把社会和政治事业融入我们的写作中。"① 安纳德这段话说明他已经充分注意到文学作为思想传播工具的重要作用。政治文化不同于明确的政治概念，也不同于现实的政治决策，它作为一种心理积淀潜移默化地影响着作家们。

在印度现代政治文化的背景下，印度作家对文学的目的和功能的看法也发生了变化，如普列姆昌德认为文学要为现实和大众服务。安纳德早年是个具有马克思主义思想倾向的青年。一些印度人认为，安纳德是共产主义的追随者，是天真的马克思主义者，是宣传家。1932 年，安纳德读了马克思在纽约一家报纸上发表的关于英国在印度统治的论述后写道："在某种相关联系上，我不仅看到了印度历史，也看到了整个人类社会的历史。马克思主义谈到的问题远比我所读过的黑格尔所写的要深刻得多。更让人高兴的是，马克思主义并不是一种教堂的教条规则，而是一种关于社会的科学研究方法。"② 有些评论者认为安纳德的小说是共产主义的宣传品，"他是一位受委托的作家，他的作品是宣传材料"。③ 不过，在安纳德看来，政治和文学自然是纠缠在一起的。他多次提到，文学对印度来说就是政治，如果"不把百分之九十的精力投入和平运动中，他就不是作家"④。1949 年，印度进步作家协会中一些作家攻击安纳德是"颓废作家"，因为他在文章中既指出资本家的丑恶，也指出穷人的狡猾和丑陋。为了反击那些诋毁者，安纳德在《英雄主义的辩护》（*Apology for Heroism*）第二版中声明自己不是一个共产党员，并且说自己这样的明智之士是不会接受那些企图以小部分人的意愿来改变大多数人的想法的。安纳德说，他是通过托尔斯泰、甘地等人了解共产主义的，并把共产主义作为揭露自私、贪婪、

① K. S. Duggal, "The Progressive Writer in India", in Avadhesh Kumar Singh ed. : Indian English Literature: Marginalized Voiced, New Delhi: Creative Books, 2003, p. 144.

② Margaret Berry, *Mulk Raj Anand: The Man and the Novelist*, Amsterdam: Oriental Press, p. 20.

③ Ibid. , p. 39.

④ Marlene Fisher, *The Wisdom of the Heart*, New Delhi: Sterling Publishers, 1980, p. 74.

丑陋和不公平的工具。"我并不想隐瞒自己人生中所犯的错误，但也不想把它们归咎为自我的原因。因为，30 年代的知识分子的思想都是基于民族独立和共产主义这样的基础的。"①

安纳德是位人道主义作家，他的作品中始终洋溢着对人类的热爱。1943 年，安纳德第一次宣称自己是人道主义者，"1945 年以后，安纳德的自由理论都是基于人道主义思想"②，他在一系列的文章中阐释自己的人道主义思想。他认为人道主义就是要"启发出人的才能，展示出人最高贵的一面"③，人道主义者是对人类充满热爱的人，是人类权利的斗士，是独裁、剥削、丑恶行为的谴责者。他支持一切有益于改变人类生存环境的行为，支持一切消除破坏人类幸福、延缓人类进步的行为。安纳德人道主义思想有一个逐渐形成和发展的过程，他的人道主义思想建立在印度文化基础上，也受到西方哲学、马克思人道主义思想影响，安纳德说自己的人道主义是"广泛而历史的人道主义"（comprehensive historical humanism）④，东西方哲学思想在他身上达到一种和谐境界。安纳德是一个自由的人道主义者，他认为自己和千万人一样是这个美丽而又不完美的世界的一员，他使自己融合到这个变幻、流动的世界里，感受它的悲哀，关注人类的幸福。安纳德的作品中充满对低贱者、卑微者，穷困者、受苦者的同情，他关注和描写印度底层人民。他说过："在印度，我之前的作家，除普列姆昌德，没有作家爱过人民，更不要说关注人民的痛苦了。因此，即使被称为宣传家，我也决意为他们献身。20 世纪初，我就下定决心，和人民在一起，和地位低贱者在一起。"⑤ 安纳德将他对整个人类的热爱作为自己人道主义思想的出发点。安纳德不是一个象牙塔里的作家，也不是一个逃避主义者，他的小说充溢着一种历史使命感。

① Mulk Raj Anand, *Apology for Heroism*, New Delhi: Arnold-Heinemann, 1975, p. 189.
② Margaret Berry, *Mulk Raj Anand: The Man and the Novelist*, Amsterdam: Oriental Press, 1971, p. 33.
③ Ramji Lall, *Coolie: A Critical Study*, New Delhi: Surjeet Publication, 2000, p. 25.
④ Neena Arora, *The Novels of Mulk Raj Anand: A Study of His Hero*, New Delhi: Atlantic, p. 14.
⑤ Saros Cowasjee, *So Many Freedoms: A Study of the Major Fiction of Mulk Raj Anand*, Delhi: Oxford Uninversity Press, 1977, p. 52.

安纳德毕生孜孜于对自我的探求和探索。他认为自己所信仰的哲学应该更关注"人",关注在这个星球上芸芸众生中的苦难多、欢乐少的人。他认为对人的关注不应该只是理论的、言语的,而应该是行动上的,通过经历、感受、思想来认识人,需要走入现实生活中去。

安纳德始终把写作看作是表现人类经历的一种方式,他认为小说——任何艺术品——都是以表达人类情感、描写他们的生活为目的。他对人类抱有最终的信心,认为人类有能力解决自己的问题。他也相信自己的作品,与有助于社会幸福的其他有意义的工作一样,可以帮助人们寻找社会幸福。在这种写作观念影响下,安纳德的自传体小说便是通过记述自己童年、青年和成年的经历,试图回答对自我探求的认知。

安纳德用笔热情讴歌自己深爱的祖国和人民、讴歌那个波澜壮阔的时代,而且身体力行,以一个人道主义者与和平主义者的身份积极参与印度国内及国际政治活动,为推广印度文化,为印度与世界的交流,做出了卓越的贡献。

参考文献

一 中文参考文献

［印］M. R. 安纳德：《不可接触的贱民》，王科一译，平明出版社 1954 年版。

［印］M. R. 安纳德：《印度童话集》，谢冰心译，中国青年出版社 1955 年版。

［印］M. R. 安纳德：《苦力》，施竹筠、严绍端译，中国青年出版社 1955 年版。

［印］M. R. 安纳德：《两叶一芽》，黄星圻、曹庸、石松译，新文艺出版社 1955 年版。

［印］M. R. 安纳德：《村庄》，王槐挺译，上海译文出版社 1983 年版。

［印］M. R. 安纳德：《黑水洋彼岸》，王槐挺译，上海译文出版 1985 年版。

［印］M. R. 安纳德：《剑与镰》，王槐挺译，社会科学文献出版社 2011 年版。

［法］罗兰·巴尔特：《文艺批评文集》，怀宇译，中国人民大学出版社 2010 年版。

陈峰君编著：《印度社会与文化》，北京大学国际关系学院 2003 年版。

［美］梅·弗里德曼：《意识流，文学手法研究》，申丽平等译，华东师范大学出版社 1992 年版。

黄宝生等译：《印度现代文学》，外国文学出版社 1981 年版。

［美］R. 汉弗莱：《现代小说中的意识流》，刘坤尊译，广西师范大学出版社 1992 年版。

季羡林主编：《东方文学史》，吉林教育出版社 1995 年版。

［加］瑾·克兰迪宁：《叙事探究：原理、技术与实例》，鞠玉翠等译，北京师范大学出版社 2012 年版。

林承节：《印度民族独立运动的兴起》，北京大学出版社 1984 年版。

林承节：《殖民统治时期的印度史》，北京大学出版社 2004 年版。

林承节：《印度史》，人民出版社 2014 年版。

柳鸣九主编：《意识流》，中国社会科学出版社 1989 年版。

高慧勤等主编：《东方现代文学史》，海峡文艺出版社 1994 年版。

李文业：《印度史：从莫卧尔帝国到印度独立》，辽宁大学出版社 1998 年版。

刘健芝等选编：《庶民研究》，林德山等译，中央编译出版社 2005 年版。

［法］克洛德·列维-斯特劳斯：《忧郁的热带》，王志明译，中国人民大学出版社 2013 年版。

马振方：《小说艺术论》，北京大学出版社 1999 年版。

孟昭毅等编著：《简明东方文学史》，北京大学出版社 2005 年版。

［英］V.S. 奈保尔：《幽暗国度：记忆与现实交错的印度之旅》，李永平译，生活·读书·新知三联书店 2005 年版。

彭端智：《东方文学史话》，湖北教育出版社 1986 年版。

石海峻：《20 世纪印度文学史》，青岛出版社 1998 年版。

尚会鹏：《种姓和印度教社会》，北京大学出版社 2001 年版。

孙培钧、华碧云：《印度国情与综合国力》，中国城市出版社 2001 年版。

［美］阿玛蒂亚·森等：《印度：经济发展与社会机会》，黄飞君译，社会科学文献出版社 2006 年版。

［美］E.W. 萨义德：《东方学》，王宇根译，生活·读书·新知三联书店 2007 年版。

申丹、王丽亚：《西方叙事学：经典与后经典》，北京大学出版社 2010 年版。

陶德臻主编：《东方文学简史》，北京出版社 1985 年版。

王佐良：《英国文学史》，商务印书馆 1996 年版。

王向远：《东方文学史通论》，上海文艺出版社 1994 年版。

［德］马克斯·韦伯：《印度的宗教》，康乐等译，广西师范大学出版社 2005 年版。

［美］威廉·夏伊勒:《甘地的武器》, 汪小英译, 中国青年出版社 2012
　　年版。

［瑞士］贝尔纳德·伊姆哈斯利:《告别甘地》, 王宝印译, 人民日报出版
　　社 2009 年版。

朱维之主编:《外国文学史·亚非部分》, 南开大学出版社 1998 年版。

赵毅衡:《广义叙述学》, 四川大学出版社 2013 年版。

二　英语参考文献

Anand, Mulk Raj: *Apology for Heroism*, New Delhi: Arnold-Heinemann,
　　1975.

Anand, Mulk Raj: *Confession of a Lover*, New Delhi: Arnold-Heinemann,
　　1976.

Anand, Mulk Raj: *Morning Face*, New Delhi: Arnold-Heinemann, 1976.

Anand, Mulk Raj: *The Big Heart*, New Delhi: Arnold-Heinemann, 1980.

Anand, Mulk Raj: *Gauri*, New Delhi: Arnold-Heinemann, 1981.

Anand, Mulk Raj: *Private Life of an Indian Prince*, London: Asia Publishing
　　House, 1984.

Anand, Mulk Raj: *Pilpali Sahab: Story of a Childhood Under the Raj*, New
　　Delhi: Arnold-Heinemann, 1985.

Anand, Mulk Raj: *The Sword and the Sickle*, Liverpool: Lucas Publications,
　　1986.

Anand, Mulk Raj: *The Road*, New Delhi: Sterling Publishers, 1987.

Anand, Mulk Raj: *Seven Summers*, New Delhi: Arnold-Heinemann, 1987.

Anand, Mulk Raj: *Little Plays of Mahatma Gandhi*, Aspect Publication Ltd.,
　　1991.

Anand, Mulk Raj ed.: *An Anthology of Dalit Literature (Poems): English
　　translation of Marathi poems by Dalit authors*, New Delhi: South Asia
　　Books, 1992.

Anand, Mulk Raj: *Pilpali Sahab: The Story of a Big Ego in a Small Body*,

New Delhi: Arnold-Heinemann, 1995.

Anand, Mulk Raj: *Across the Black Waters*, New Delhi: Orient Paperbacks, 2000.

Agraval, R. : *Mulk Raj Anand*, New Delhi: Atlantic, 2006.

Arora, Neena: *The Novels of Mulk Raj Anand: A Study of His Hero*, New Delhi: Atlantic, 2005.

Berry, Margaret: *Mulk Raj Anand: The Man and the Novelist*, Amsterdam: Oriental Press, 1971.

Cowasjee, Saros ed. : *Author to Critic: The Letters of Mulk Raj Anand to Saros Cowasjee*, Calcutta: Writers Workshop Publication, 1977.

Cowasjee, Saros: *So Many Freedoms: A Study of the Major Fiction of Mulk Raj Anand*, Delhi: Oxford University Press, 1977.

Dhar, T. N. : *History-Fiction Interface in Indian English Novel*, New Delhi: Prestige, 1999.

Dhawan, R. K. : *The Novels of Mulk Raj Anand*, New Delhi: Prestige, 1992.

Fisher, Marlene: *The Wisdom of the Heart*, New Delhi: Sterling Publishers, 1980.

Gautam, G. L. : *Mulk Raj Anand's Critique of Religious Fundamentalism*, Delhi: Kanti Publicaitons, 1996.

Gopal, Priyamvada: *The Indian English Novel*, London: Oxford University Press, 2009.

Lall, Ramji: *Coolie: A Critical Study*, New Delhi: Surjeet Publication, 2000.

Lindsay, Jack: *The Elephant and the Lotus*, Bombay: Kutub Popular, 1965.

Murti, K. V. Suryanrayan: *The Sword and the Sickle: A Study of Mulk Raj Anand*, Mysore: Geetha Book House, 1983.

Naik, M. K. : *A History of Indian English Literature*, New Delhi: Sahitya Akademi, 1982.

Narayan, R. K. : *Waiting for the Mahatma*, Chicago and London: The University of Chicago Press, 1981.

Narasimhaiah, C. D. : *Maker of Indian English Literature*, Delhi: Pencraft International, 2000.

Niven, Alastar: *The Yoke of Pity*, New Delhi: Arnold-Heinemann, 1978.

Rajan, P. K. : *Studies in Mulk Raj Anand*, New Delhi: Abhinva Publications, 1986.

Ram, Atmaed. : *Mulk Raj Anand: A Reader*, New Delhi: Sahitya Akademi, 2005.

Rao, Raja: *Kanthapura*, New Delhi: Orient Paperbacks, 2001.

Prasad, Amar Nath: *Indian Novelists in English*, New Delhi: Sarup & Sons, 2000. 1996.

Riemenschneider, Dieter: *The Indian Novel in English: Its Critical Discourse 1934—2004*, Jaipur: Rawat Publications, 2005.

Sarin, Dharam Paul: *Influence of Political Movements on Hindi Literature* (1906—1947), Chandigarh: Panjab University Publication Bureau, 1967.

Sathyamurthy, T. V. ed. : *Region, Religion, Caste, Gender and Culture in Contemporary India*, New Delhi: Oxford University Press, 1996.

Sharma, Ambuj Kumar: *The Theme of Exploitation in the Novels of Mulk Raj Anand*, Delhi: H. K. Publishers and Distributors, 1990.

Sharma, K. K. ed. : *Perspectives on Mulk Raj Anand*, Ghagiabad: Vimal Prakashan, 1978.

Singh, Kumar ed. : *Indian English Literature: Marginalized Voiced*, New Delhi: Creative Books, 2003.

Sinha, K. N. : *Mulk Raj Anand*, New York: Twayne, 1972.

Verma, K. D. : *The Indian Imagination: Critical Essays on Indian Writing*, New Delhi: Macmillan India Ltd. , 2001.

The Complete Works of William Shakespeare, New Lanark: Geddes & Grosset, 2002.

附录　与安纳德在一起

王槐挺

　　同安纳德博士通信四年，总感到这位印度作家是个弯腰曲背、行动蹒跚、思想迟钝的人。及至 1986 年 11 月 9 日在新德里和他见面，才发现他完全是另一种样子。

　　我是按照中国社会科学院与印度社会科学理事会的交流计划和司马军同志一起到印度访问的。刚下飞机便得悉安纳德为参加几个纪念集会从孟买到了新德里。我查出他的电话号，立即跟他挂了个电话。安纳德显然很高兴，他说他不知道我已到了印度，急于想见到我，欢迎我晚上到他住处见面。

　　当地时间下午六时，新德里华灯初上，我和司马穿过一条条喧嚣的大街，来到一个灯光稀少，比较僻静的地区，在安纳德家大门前下了车。一个青年把我们带进一所半地下室似的建筑，跨进会客室我便看到一位头发灰白、穿着米黄色印度服的老人正兴致勃勃地跟一位穿西服的人谈话。看到我进屋，他立即起身与我热烈握手，说早就想见到我，感谢我把他的三部曲译成中文。我拿出四本《黑水洋彼岸》（三部曲的第二部）中译本送给他。他眉飞色舞地再次与我紧紧握手，取过一本签上名，又让我也用中、英文签好名，①（准备）送给他的朋友。我向他讲述了上海译文出版社和编辑吴劳在此书出版中给我的帮助，并向他转达了叶君健和毕朔望的问候。于是他从三十年代和叶老在英国的交往谈起，回忆了 1951 年他作为印

---

　　① 原文有"准备"，王先生给我的杂志上，他自己用黑笔划掉了"准备"两字。——张玮注

度亲善访问团的一员到北京参加我国国庆典礼，见到毛主席的情况，又说到他和郭沫若、茅盾等在国际会议上的接触。他容光焕发，滔滔不绝，看来这些回忆使他十分愉快。

旋即，谈话转到他的三部曲上。他说，他从不写春夏秋冬，良辰美景，三部曲是在三十年代中期他读到马克思 1853 年致《纽约先驱论坛报》的一系列信件，对印度社会有了清晰的认识后才萌发写作意念的。在《村庄》中，他写的是英国殖民主义者破坏印度原有的土地制度，制造出一批贵族阶级和千百万被剥夺土地的农民，使人民遭受前所未有的苦难。主人公拉卢在地主迫害下参加英印雇佣军，被迫到法国参加第一次世界大战。在《黑水洋彼岸》里，拉卢和其他农家子弟为他们所不了解的事业打仗，许多人战死沙场，有些人像拉卢一样当了德军俘虏。在《剑与镰》中，拉卢回到印度，参加农民斗争，但斗争因领导人犯了自发性错误而归于失败。他写的是失败的教训。为了反映农民的苦难，他从他当时侨居的英国回印度农村体验生活，接触各式各样的人，为了写战争，他到法国和比利时边界印军作战的古战场调查了四个月。小说中有些人物是以他所熟知的亲戚和朋友为原型写就的。

他这番话是一气儿说下来的，没有流露出任何疲倦的迹象。可以看出，他思维敏捷，思路清楚，要不是嘴部稍见瘪陷，吐字略显含混，简直想不起他已是年过八旬的老翁。

他为我排了个日程，要和我长谈两次，陪我参加一些活动。时候不早，我起身告辞。他和他的秘书凯瓦尔·阿纳德先生一直把我们送到门外，汽车开动后才回到屋里。

11 月 11 日，他来到我下榻的印度国际中心。除他的秘书外，同来的还有白春晖先生（V. V. Paranjpe）。安纳德介绍说，白先生在中国读过书，中国话讲得很好，西哈努克执政时当过印度驻柬埔寨大使。白先生用中文说他是解放前北京大学的学生，曾在印度驻华使馆中工作过一段时期。怪不得他的北京话说得如此标准。

随即，安纳德为我作了一次录音谈话。他讲他年轻时因参加学生运动而坐牢，出狱后靠师友资助往英国学习哲学。但因人地生疏，语言障隔，处境困难而心情忧郁，写起一部卢梭式的《忏悔录》。这部记事长达两千页，写成之后无处发表，他只好抽出其中部分材料写了部长篇小说《不可接触的贱民》。为了征求力主解放贱民的甘地的意见，他回到印度，住在甘地的乡村小舍。甘地把他这本 280 页的作品删去了 110 页，指出他用了许多不妥当的大字，对话也不象贱民的口气，要他悉心修改。他接受甘地的意见，把全书改写了一遍。但此稿仍然相继遭到十九个出版商的拒绝，直至英国著名作家爱·摩·福斯特为它写了篇序言，才得于 1935 年出版。后来这部小说被译成三十种文字，共出版了五百多万册，1985 年并作为世界文学名著被收入英国企鹅丛书。此后，他又写了《苦力》、《两叶一芽》、三部曲等书，就这样走上了作家的道路。

由于他在好几本小说中都写到过甘地，我在和他讨论了他几部小说的主题思想后请他谈谈对甘地的看法。他讲了甘地思想的形成，甘地的斗争策略、为人和历史作用。从这一段谈话中，我明白了尽管在当时他对甘地所走的道路有所保留，但对"圣雄"是非常崇敬的。就以穿着而论，他是在第一次见到甘地后学习他的艰苦奋斗精神，才换上了尼赫鲁常穿的那种印度服，此后他再没有穿过西装，系过领带。

我早在信上向他提出给三部曲换个书名，因为原来用的《拉卢三部曲》只讲了主人公的名字，对中国读者没有意义。这次我又重新提起这个问题。安纳德说可以称之为 All Men Are Brothers（"四海一家"）。他在三十年代后期三部曲出版前读到中国一部古典小说的英译本，用的就是这个书名，他觉得这个名字很适用。我说这是译者根据自己的理解为《水浒》起的书名，没有阶级性，并不确当。白春晖也说这译名改动了《水浒》的原意，但安纳德说他还是觉得这个名字好。我想这与他的哲学思想有关，没有再作进一步的讨论。

从《水浒》，他谈到了鲁迅的《阿 Q 正传》，说他从这部小说中得到了启发。他对老舍的《骆驼祥子》有深刻印象，对茅盾、张天翼和丁玲等人的作品也很喜爱。

录音完毕，已快到了吃午饭的时候，白春晖有事先走了。安纳德说他牙齿不好，要回去吃软食，我说我带了些软罐头熟菜和方便面，不硬，虽

然不是标准的中餐，多少有些中国味，不如一起吃了，他欣然同意，吃得
津津有味，比平时还多吃了些。

饭后闲聊，他说他是个假马克思主义者，但总得为社会做点事，便把
新德里的一块地基捐给"福利文化中心"。作为报偿，中心为他造了一所
住房。他已立下遗嘱，将这所房子赠给他的秘书凯瓦尔·阿纳德。他在孟
买有个住处，在离孟买100多公里的坎达拉山区也有房子。他希望我到孟
买时也到山区看看。

他谈到他身体很好，每天工作不少于八小时，其所以如此，是因为生
活很有规律。每天早晚他都要做瑜珈功。早上六时半开始写作，下午二到
四时午睡，然后工作至吃晚饭。

此时将到两点，我深知打乱老人的作息习惯意味着什么，便在约定第
二天出发到新德里郊区的时间后，送他回府休息了。

11月12日一早，我和安纳德等一起乘汽车离开新德里，向西南方驶
去。郊区的太阳似乎比市区更加炙人。田野里有些光脊梁的男人在耕作，
间或也能见到一些穿纱丽的妇女蹲在地里劳动。远处，一群男女头上顶着
大土块往低洼处走，象是在填平一个水塘。

公路两旁不时有些寺庙模样的废墟闪过，有的较大，有的很小。安纳
德坐在司机旁边的座位上，不时回过头给我解释都是些什么名胜古迹。原
来出了首都便是哈里亚纳邦，这地区本是旁遮普邦的一部分，1966年才单
独划作新邦，印度史诗《摩诃婆罗多》中发生大战的俱卢之野据说就是此
地。无怪乎把神话视同历史的印度人在这里留下这么多神龛寺庙。

这天安纳德似乎相当兴奋，沿路看到什么都有议论。车子开过一个农
村集市，他说印度象个黑市，大家唯利是图，尔虞我诈。遇到路上悠闲自
在地踱步、如入无人之境的"圣牛"，他说这些牛表面上可以随意游荡，
无人伤害，实际上是老了无人愿意喂养，任其饿死，印度人虚伪得很。看
到乡村小店里横躺在店堂中的老板，他说这些人成天在店里放大屁，高利
盘剥农民，可恶至极。

汽车在古尔冈县城镇停下，安纳德把我带进一所小平房。那是他在主
编印度大型美术杂志《道路》时的旧居。我们看完房子，刚在屋荫下坐

定，便有一个大姑娘赶来，亲切地叫安纳德伯伯，拉着他问长问短，敬爱之情，溢于言表。趁着姑娘和他秘书谈话的当儿，安纳德告诉我此地原是小镇，缺乏人才，只出了两名律师，其中的一名在英国留学时娶了个英国富孀，抛下自己的母亲、妻子和三个孩子在印度苦度光阴，这姑娘便是律师的女儿。安纳德劝律师回印，律师不听。他给了姑娘家不少帮助，后来把这所住房也送给了她家。她们将房子出租，赚些租金，自己仍住在离此房不远的一所平房里。

我们一行步行到姑娘家，她祖母和母亲早在门口等候。安纳德安慰老太太说她儿子前去的地方他很熟悉，是个真正的地狱，她不要难过，将来她儿子会后悔的。安纳德又指着院落对我说，他们住的是一所典型的旁遮普农家宅院，原来是土房，独立后改建成砖房，但布局的式样一如既往。我估量整个建筑占地约150平米，共有六七个房间，房间外面有游廊，可供歇息乘凉之用。院子里系着一条大水牛，姑娘说一家喝奶都靠它供应。厨房在院子的一角，是露天的，墙上有两个壁橱，放些简单的炊具。我想到房间里看看，姑娘和老祖母把我领进最大的一间。里面有几件简单的家具，一张有两只腿支撑的桌板占据了房中最显著的位置，桌板上放着正在英国享福的那个律师的半身照片，镜框上面还饰着看来是姑娘自画的花朵。我要拍照，祖母和孙女两人立即在相片旁摆好姿势。想到她们对抛弃她们的亲人仍然怀有如此深厚的感情，想到安纳德对这家人如此赤诚相助，照相时我眼睛都湿润了。在这里，我喝了两杯旁遮普农家饮料——乳浆，便随着安纳德继续前进了。

不久，我们又在法鲁克纳加尔一个叫做苏尔坦普蓓蕾禁猎区的地方下了车。这里有专人管理，实际上是个大公园，虽然时届"隆冬"，却依旧鲜花盛开，春色满园。许多奇花异草，都是见所未见，闻所未闻。在花间绿荫下小坐，闻着清淡的香气，看着如画的景色，恍若置身阆苑仙境，仿佛自己也有些超尘脱俗了。

安纳德带我登上瞭望台。放眼远眺，但见一片碧绿的湖面在阳光下闪闪发光。一群飞鸟在上空往复盘旋，发出清脆悦耳的嘎嘎声。安纳德说那是西伯利亚的鹤群，每值寒秋便飞翔万里到此过冬。看来所谓"禁猎"，主要是不准捕杀飞禽了。

禁猎区以西，田野更加开阔，四周都是一望无际的耕地。冬收刚过，除了开着黄花的油菜以外看不到庄稼。每隔一定距离，便有一个用水泥砌的灌溉机井的井房。整个景色和我国河南北部麦收以后的田野非常相似。只是妇女穿着多彩的沙丽，年轻姑娘脸上遮着头巾，男女老少顶着什物行走，提醒我我是处在异国他乡。久闻旁遮普是印度的"粮仓"，很想亲眼看看，特别是阿姆利则的金庙。但接待单位因为锡克人在要求独立，时有流血事件发生，不予安排。不想安纳德领我参观的这个区域却使我看到了旁遮普的风光，部分地满足了我的要求。

将近中午，我们进入一个有城墙环绕的古城——达里亚甘杰。城内街道狭窄，行人拥挤，喧嚣之声，不绝于耳。安纳德让汽车停到一个旧时军事首领的府第前，说是不妨进去领略一下印度封建领主的威风。那是个规模不小的建筑，坚壁危墙，高楼广厦，虽然因无人居住而破败得连门窗都掉落了，却仍然高踞在四周矮小的土房和瓦屋之上，虎视眈眈，炫示它昔日的威势。

汽车又穿过两条街道，来到一个"民间艺术之家"。这个"家"里陈列着不少艺术品，很象一个小型展览会。主人是安纳德的熟人，向他诉说为了收集这些艺术品已用尽了所有的钱。但安纳德告诉我它实际是个商店，做外国人的生意，很赚钱。在这里我们吃了顿旁遮普式的午饭。为了让我体验当地人的生活，安纳德和我一起用手抓着饭吃，真是别有风味。

饭后我们立即动身返回新德里。路上，安纳德有意绕道让我去看了个建筑物。从下面看，那是个圆形的楼房，有点儿象碉堡。爬上两层台阶，到了顶上，才见中间有个小塘，周围环绕着六角形的游廊，内侧总共有三六一十八个大拱门，建造得相当精致，简直象座小宫殿。只是年久失修，墙壁都破裂了。安纳德说那是口水井，印度天热，唯井旁比较凉快，旧时有钱人盖了这别致的楼台，在此乘凉。我看成群的苍蝇在上面嗡嗡飞舞，水井里漂着冒泡的黄色浮渣，显然已成了粪坑。大家受不住臭气的袭击，都匆匆地回到了车里。

汽车再次开动后，安纳德问我对印度的问题是否有了个概念。看来这位八旬长者不辞劳苦亲自带着我奔波六个半小时，就是要我了解些印度农村的过去和现在。他的真诚令我感动。

11 月 16 日我们第四次见面，安纳德带我去参加了一些社交活动。我们首先驱车到他的一个朋友家里。主人自称是共产党人，和我"为革命胜利"干杯。接着来了些英国、澳大利亚和印度朋友，都是文艺界人士。大家得知我是中国去的，问了些中国文艺界的状况，女士们又问了些计划生育的情况。安纳德骄傲地告诉他们他已有 11 本书被译成中文，数量仅次于泰戈尔和普列姆昌德的作品。我问安纳德印度作家待遇如何。他说待遇极差，他月入仅两千卢比。（旅馆服务员为一千，另有小费。）他夫人有些收入，家用由两个人共同负担，所以还能维持生活。我问他们的稿酬标准，有些印度朋友说每本书出版后书商赠送五本，稿费按销量提成，但书商往往不说真话，所以所得极少，倒是国外翻译出版印度作品，稿费比本国还多。书商都很肥胖，作家大多消瘦，这是很说明问题的。

果然，在我们随后到一个出版商家做客时，我看到一个身材魁梧、大腹便便的大老板。和此人站在一起，安纳德显得形容枯槁，瘦骨伶仃。老板宽敞的会客室里安装着空调设备，会客室的一端有一个很大的彩色电视机，正在放送录像。招待客人用果汁、腰果、甜食，是我访问印度以来见到的最阔气的一家，远非一般知识分子家庭可比。后来他儿子来了，那身材和青年时期的殷秀岑不相上下，一副营养过剩的样子，连行动都有些困难。

不久，我们和其他客人随着主人出了大门，步行到数百米外一个极大的天篷之下。天篷尽头是一张铺着白布的桌子，桌上放着一位蓄着长须的老人的画像，像上和桌上都挂着用橘黄色及白色鲜花织成的花环。安纳德告诉我这一天是锡克教祖师那纳克的生日，教友出钱举办纪念活动，不管信何宗教，不管穷富，走进篷来的都可以分享一份饭食。此时庆祝活动已近尾声，我们是避过嘈杂的高峰时间，"赴宴"来了。于是大家便在布地毯上盘腿坐下，有人在我们各人面前放下一个用竹篾穿树叶制成的盘子和小碗，装上两菜一汤、米饭、煎饼，大家便用手吃了起来。参加一些锡克教宗教活动，体验一下教徒的生活，原是我盼望安排的项目之一。本来因最近教派冲突迭起，主人劝阻而不再抱有希望，这日竟意外地参加了部分活动，真有些喜出望外。

根据接待单位的安排，第二天我便将飞往孟买。安纳德在新德里还要参加两个会议，尚有几天逗留。所以我们约定21日他回到孟买时再见后，便暂时分别了。

五天以后，我到了安纳德在孟买的住宅。房子高大然而陈旧，里面似乎住着不只一家人家。安纳德的书房设在大厅里，几个书架上放满了书，其中有一套四卷本的英文版《鲁迅全集》。书架上面搁着一个佛陀的雕像，安纳德说是郭沫若送给他的。书房之外另有几个房间，看来是作卧室之用。孟买是印度最炎热的地区之一，他在朝北的门墙下搭了个小平台，在那里看书写作。

在孟买我第一次见到他的夫人希琳·瓦吉弗达尔。她是帕西人，是印度有名的舞蹈家，1955年曾参加印度文化代表团到我国访问。她取出一本我国出版的画册，高兴地给我看周总理在一次演出结束后上台和她握手的照片。当时她风姿如玉，真象一朵盛开的芍药。三十多年过去了，虽然她脸上增添了几条皱纹，却依然保持着苗条的身材和修美的仪容。如今她专门从事舞蹈教学，还是位舞蹈评论家。

安纳德曾对我讲起他在英国结过一次婚，后来因感情不合而离异，1948年才与希琳结合。他与前妻生的女儿每年到孟买一次，探望他这个印度父亲。

安纳德送了我一些照片，以及一整套他写的长篇小说，数一数共有十四部。其中有他以"人生"为总题的七部曲自传体小说的前四部。其他三部有的正在出版，有的还在写作之中。他对七部曲非常重视，很希望能把它译成中文出版。但他说也许没有人能充分理解这部自传体小说的价值。

他又给我看他主编的大型艺术杂志《道路》。我知道他早在三十年代初期就发表过《波斯画》和《印度艺术观》两本专著，也知道他是艺术季刊《道路》的主编，但不知道这主编他从1945年当到1981年，在35年中他为该刊写了许多社论和评论文章，更不知道艺术评论是他这一阶段的主要工作。他告诉我他不但编辑这个刊物介绍印度艺术，并且出版了134卷百科全书介绍世界各国的文化。为了取得第一手资料，亲自作出判断，他访问了许多国家，每到一国便出版一本。说着说着，他提起 1985 年他要求访问我国以出版中国艺术专集的事情来。由于什么原因未能成行，我不得而知，但从他的信上我知道他为此事一直耿耿于怀。此时旧事重提，他显得相当激动。他说中国只把他看成个小作家，不承认他是艺术评论者和介绍者，不让他到中国照相，但日本人却可以到敦煌照相，还出了两本书。印度和中国都是文明古国，有着伟大的文化遗产，但两国都没有象样的系统介绍对方文化艺术的书籍，简直荒唐。作为紧邻，历史上文化交流和友好往来就很多，唐玄奘到印度便是最好的例子，可现在中国都忘记了。

我想他说的不让照相，也许是个原因，因为印度也有这种规定，博物馆展品都不可照相。但以为我们不重视文化交流，显然是个误解。所以我对他说中国对这方面很重视，有很多人在研究并介绍印度，从事增进两国人民的了解和友谊的工作。我翻译、研究他的小说，也可算是一个证明。就是玄奘到印度取经，中国人也没有忘记，我的同事薛克翘与人合写了一个电影剧本，我（相帮着）①把它译成了英文，这次把译本也带来了。我们希望能和印度合拍成电影，我还盼望着在其中扮演个角色哩！安纳德说我很像玄奘，扮演一定胜任，说得在场的人都大笑起来。

本来说定要作第二次录音谈话，但他刚飞回孟买，显得十分疲乏，第二天又要乘火车到坎达拉，所以决定等我到山村时再谈。

11 月 23 日一早，我和司马一起在印度社会科学理事会西部地区中心主任卡尔尼克博士和他的千金舒巴达小姐的陪同下出发前往坎达拉。卡尔尼克博士是历史学家，1985 年秋天到我国访问过，我和我儿子曾陪他上长城游览。这次我到孟买，他把我作为私人朋友接待，到达的当晚便在一家豪华的中餐馆设宴招待，夫人和女儿、儿子都参加了。他工作很忙，多次挤出时间陪我们参加活动，这次又亲自和女儿一起带着我们前往安纳德的山庄，真使我过意不去。

---

① 原文无"相帮着"，王老师所给杂志上他加上的。——张玮注

汽车驶过跨海岬大桥，绕过孟买新市区，向东南方奔去。在途中卡尔尼克博士领我们看了个群圣庙，吃了些点心，此后汽车便开足马力，不断在一片丘陵地上爬坡，来到坎达拉山脚下。从山脚到山顶有盘山柏油公路相通，汽车蜿蜒而上，随着高度的增加气温逐渐降低，最后到达象我们井冈山的茨坪那样平坦的盆地时竟凉快得可以不扇扇子。山顶上有一个小镇，几家商店出卖些日用杂物。公路两旁疏疏地排列着一些私人宅院。

我们找到了安纳德家，从栅栏门向里望去，可见一片青葱的树林，林间空地上到处是茂盛的花草。绿树掩映下的村舍朴素大方。与附近考究的西式别墅形成鲜明对照。此处听不到市镇的喧嚣，除飒飒的风声外，但闻啾啾的鸟叫和长鸣的蝉声，进入院中便好象投入自然的怀抱。这幽静的山庄无疑是养身和著作的大好去处。

安纳德和夫人把我们迎进草堂，我便同安纳德开玩笑说他在新德里有公馆，在孟买有宫殿，在坎达拉还有这避暑山庄，今后我不再称他为博士，要改称他为大君了。他笑着说他正想告诉我他怎么住到了这个地方。这院子原为南方一个土邦主所有，但35年未到此居住，房屋被风雨虫豸所侵蚀，损坏得不成样子。他经人介绍，会见了这个土邦主，土邦主说他写了长篇小说《印度王公秘史》，攻击土邦主，所以是王公们的敌人，他回答说你这个王公空着个山庄不住，我想去住而不能，倒真是我的敌人。后来土邦主说他尽可住去。但他说不能无偿占有，他得了份25000卢比的遗产，是他父亲放高利贷剥削穷人所得，他不想要，可以全部给土邦主换取这个山庄。土邦主收了他一半钱，劝他用其余一半修缮房屋。他于是把剩下的钱举办慈善事业，整修好的房子供给农民治病的医生使用。他自己则是就地取料，用庄上的竹子和草编的席子搭了两间茅舍。他从小受到出生于农民家庭的母亲的影响，热爱自然，在英国时大部分时间即在农村居住。如今他每周有四天住在这个山庄。

接着他从报上的新闻谈起，讲起了世界政治。他大骂美国的里根是帝国主义世界的头子，星球大战计划危及世界的安全。他批评撒切尔夫人对英国实行封建家长统治，斥责南非执行惨无人道的种族歧视政策。他认为戈尔巴乔夫是真要和平，只须印度、中国、苏联团结起来，世界大战就难以发生。他评说中印关系的历史，议论两国建设的成效，声称华盛顿、林肯、列宁、甘地、尼赫鲁、毛泽东、周恩来是世界伟人。他说毛进行长征，领导抗日，打败国民党，是位了不起的人物，他非常尊敬他。中国解放后取得的成就超过了印度。他兴致勃勃，口若悬河，谈得很坦率。我除了在个别问题上表达些不同看法外，一般都是静静地听他谈论。我的总的印象是他的政治热情极高，许多世界性的问题他都关注。

然后，他和我离开大家，到另一间草屋去作第二次录音谈话。我向他提出许多问题，特别是短篇小说在他作品中占有的地位，他某些艺术风格的形成，他作品中涉及的贱民、农民、妇女等问题的现状。他一一作了回答。半个月紧张繁忙的活动，加上这一天接连三个多小时的长谈，看起来累坏了他。夫人传话吃饭，我们便结束了谈话。

饭后，我们在花匠拉玛玛第的陪伴下看了他的花圃。老人当过一个"业余演员"，在安纳德根据他的处女作《迷途的孩子》自行改编、自行导演、自行摄制的同名电视剧中扮演了重要角色。他对我们很热情，不厌其烦地用方言向我们讲解各种花卉。可以看出他极其热爱自己的工作，对安纳德有着深厚的感情。

时间不早，我怀着依依惜别的心情，向安纳德夫妇告辞。他热情地握着我的手，祝我工作顺利，多出成果。全山庄的人都向我们招手致意，目送我们的汽车驶出大门。

除了安纳德，我在一个多月的访问中还会见了一些有名的作家和评论家。他们告诉我这位和普列姆昌德一起创建了"印度进步作家协会"的文坛老将目前依然站在印度进步作家的最前列。1936 年他曾在印度勒克瑙举行的全印进步作家代表会议上发表演说。半个世纪后的 1986 年 4 月，协会在勒克瑙举行了另一次大会，他作为迄今尚存的唯一创始人登台致开幕词。当时参加会议的将近七百名代表和来宾全体起立，向他发出暴风雨般的欢呼。

从印度文艺界人士的谈话中，特别是从我和安纳德的六次接触中，我了解到这位从 20 年代起即投身印度反帝独立事业，从 30 年代起即参加国际反法西斯主义斗争的老战士，始终象他在 1936 年作为志愿军的一员活跃在西班牙战场时那样，满怀着激情反对帝国主义和种族主义，为世界和平和人类平等而奔走呼号。

从 30 年代起，安纳德就是印度最著名的作家之一。他那一本本描写印度劳苦大众命运的作品闪耀着异彩，使他蜚声印度文坛，在国际上也获得好评。现在他成了印度最孚众望的作家，有人甚至说 30 年代到 80 年代是"从安纳德时代发展到安纳德时代"。他的 7 部曲自传体小说也被誉为"反映近 80 年印度社会风貌的史诗性作品"。他自称是人道主义者。他的人道主义表现在他生活的各个方面，尤其突出地表现在他的创作中。为了印度人民，为了"使自己以及自己生活在其中的世界达到尽善尽美的境界"，他至今笔耕不止。他可能有不足或偏颇之处——这是任何人都难以完全避免的——人们可以不同意他的某些观点，对他的作品也可以有种种不同的评价，但或许大家都会承认他是个人民作家，一个始终为印度人民的利益焚膏继晷的文艺尖兵。

我们是在 12 月 12 日结束访问，动身回国的。说也凑巧，那天刚好是安纳德的 81 岁寿辰。在飞离印度上空时，我曾一次次西望孟买，遥祝他生日快乐，健康长寿。我衷心期望他为印度人民写出更多的传世之作。

（原载《南亚东南亚评论》1988 年第 1 期）

后　记

听说我要把 M. R. 安纳德小说研究的论文整理出版，郁龙余老师嘱咐我要把和王槐挺先生的交往写一写，王先生和安纳德的交往也要写一写，说这些都是和论文紧密相关的事情。是的，王老师和安纳德的交往是中印文学交流中的一段佳话，我认识王老师也是因为安纳德。

王老师原是中国社会科学院亚洲太平洋研究所教授（译审），长期专门从事翻译、校核、审定英文书籍工作，1992 年起享受政府特殊津贴。1962 年中印边境自卫反击战期间，他曾到西藏参加印俘收容所工作，还因工作成绩突出而受到表彰。他后来跟我说，1986 年去印度访问前，他很担心会遇到战俘中的一些高级将领，怕尴尬也怕有危险。还好，他在印度没有遇到因为早年两国冲突而带来的不愉快，反而受到安纳德和其他印度作家、学者的热情接待和陪伴。此书附录里的文章就是王老师回忆在印度 20 多天的访问中和安纳德在一起的故事。

在准备博士论文选题时，之前的两位师姐选择印度英语文学"三大家"中的纳拉扬和拉贾·拉奥作品研究，我想，安纳德的作品那么丰富，我索性就做安纳德小说研究吧，也好把"三大家"的研究凑齐。知道社科院有位翻译家翻译过安纳德的两部重要小说，也听说他那里有比较齐全的安纳德小说作品。不知怎么说起的，薛克翘老师答应介绍我认识那位翻译家王槐挺先生。"2005 年 6 月 13 日时阴时晴今天上午，社科院的薛克翘、刘建、葛维钧三位老师带我去拜访了社科院资深翻译家王槐挺先生。王先生倾囊相送他有关安纳德的书。"第一次见王老师，在我的日记里就是这么短短的两句话。那天，我随三位老师走进王老师休息的屋子，屋子不大，我站在门口等着三位老师陆续进屋落座。王老师已经瘫痪在床好几年，我发现病榻上的他打量了我好一会儿。王老师和三位老师聊天说话，又让师母带我到书房拿书。安纳德所有的小说作品都在书架上，我完全不必再到其他地方去"搜集"什么资料了。王老师说这些书都给我，我毫不犹豫地把书全从书架上取了下来，师母找了两个大袋子给我装好。薛老师说，一下子拿不了，下次再来拿。我还是要一下子都拿走，我完全沉浸在资料搜集成功的喜悦里，根本没想我带走的这些书对王老师意味着什么。

后来的几年，我经常去王老师家，坐在床头边的板凳上和他聊天。每次从王老师那回来都要带回点东西：王老师手写的资料卡片，安纳德给他的信，安纳德到中国来给他的便条，在印度和安纳德几次谈话的录音磁带，等等。2006 年 9 月至 2007 年 6 月，我在印度留学，就和王老师邮件联系。一天（2007 年 3 月 5 日），我收到王老师一封邮件，他说，邮件是他回忆录的一部分，里面说到我，给我看看所记内容是不是属实，他怕记忆不好记错了。邮件是这样的：

　　小张：

　　你的三封电邮，都收到了。安纳德英语很好，但他确实在小说中用了不少英译印度话。他亲口告诉我这是他听了甘地的批评后故意这么做的。我在翻译他的小说时遇到的最大困难就是不知道这些字的确切意思，为此曾给他写了几封信。他回答的内容我已制成卡片。我还将一本词典式的〈印度英语〉抄成卡片，可供你使用。

　　我最近写了篇回忆性文章。现将有关安纳德的部分，抄在下面。我记忆力很差，与事实有出入的地方，望你指出。有关你的部分，请你谈谈你的意见。

　　我的信箱目前能收不能发。等设置好后再把此邮件发给你。

　　王槐挺　07.3.5

　　附文：

　　1986 年 11 月，我带着新出版的《黑水洋彼岸》，到印度去访问，与安纳德见了面，受到他非常热情的接待。他和我接触六次，作了三次长时间录音谈话，真心诚意地帮助我了解他的思想和作品。详细情况，我在《南亚东南亚评论》1988 年第一期上发表的《与安纳德在一起》中有详尽叙述（见上面的复印件），这里不再多说。

1992 年 12 月，安纳德作为作家协会的客人第二次访华，我们一家人荣幸地接待了他。我又一次推心置腹地和他畅谈，告诉他他想知道的一切。对《剑与镰》的出版，他当然很关心，在得知出版社付不起稿费可能是至今未能出版的原因之一后，他主动为我开了张不要稿费的证明，以及将来还可翻译他作品的保证书。（这样的作者真不多，他是靠稿费生活的，我是否太残酷了。）在华期间，中国印度文学研究会请他作报告，季先生出席并设宴招待。文化部长贺敬之宴请了他。他去探望萧乾，萧是他在第一次世界大战时到西班牙反法西斯前线当战地记者时结识的。他听肖说到曾被定为右派时十分激动，连作协的陪同人员都感到惊奇。可见他一辈子为保卫正义事业的童心始终未泯。他最后到敦煌去了一趟，这是他多年的愿望，虽然未能照相，但主人送给他两大本画册，总算满足了他的要求。我本想他从敦煌回京后再见一面，但作协没有安排，我家又尚未安装电话，没有见成。

结识安纳德，是我一生中的大事。一个翻译公费出国与作者见面，在我国恐怕是绝无仅有。中国人对他进行专访，并写下如此详尽记录的，可能也仅我一人。我作为国内第一个研究安纳德作品的人，负有义不容辞的责任。可我疾病缠身，再也不能有所作为。我对安的为人，是由衷的钦佩。一个人终身为人道主义事业奋斗，绝非易事。他应该算是世界上的伟人之一。他把全部小说都送给了我，我本想把它们一本本译出来，没料到第三本便出了问题。刚躺下时我还希望能恢复工作，北京大学有一位读博士的研究生张玮打电话给我，要同我谈谈安纳德，我还推托。2006 年 6 月薛克翘、刘健和葛维钧径直把她带到家里，才明白一位很好的接班人已经自动找到门上来了。他们告诉我安纳德已于 2003 年去世，享年 98 岁。如今即使有人愿意继承我的工作，条件已大不相同。我急于要完成的大事之一是把我已经掌握的材料移交给我的接班人。

……

我读到邮件后激动起来，当即决定把我收集的印度英语卡片（包括安纳德把有些印度文字译成的英文卡片）和来往信件移交给她。我相信，从长远来说，研究安纳德绝不会白费工夫，当现今追求最大利润的历史阶段过去以后，中国会回到正常状态，研究世界上真真有价值的文学遗产。尽管这可能要几十年后才能发生。

王老师记错了，给他打电话要谈安纳德的是我一位师姐，她当时也准备把安纳德作为博士论文选题，后来有别的选题就放弃了。我没有和王老师联系，就直接跟着三位老师上门"取"书了。随后我又陆续收到王老师几封邮件谈有关安纳德的事情。在一封邮件里，王老师说：

安纳德曾写给我不收译文出版社稿费的证明信。这表明他把发展中印友谊放在个人收入之上，是很崇高的思想。1992 年 9 月 9 日至 23 日，安纳德应当时的文化部长贺敬之的邀请，到我国访问。9 月 12 日，他和他的私人秘书多尔莉·萨希尔女士到我家做客。在谈到他的《剑与镰》为何一直未能出版时，我说出版社经费有限，给翻译作品原作者付稿费可能是他们面临的一大困难。他说他过去没有、将来也不会要中国给他付稿费，只要通过他的作品对增进印中两国人民的了解有些帮助他就心满意足了，并说可以给我开个书面证明。要译新作品可以先译他的《印度民间故事》集。如将来我要译他的其他作品，可以另开证明。随即由他口述、由他的女秘书执笔，写下了此信和另一封证明信。安纳德最后阅读了笔录并签上了名字。我最近找出一份安纳德写给我的信。这封信是安纳德用新侨饭店（他在北京时居住的地方）便签写的亲笔信。信上的内容，除了称我为"My dear friend—Professor Wang！"签名"Uncle Mulk"（这是他第一次对我用"穆尔克伯伯"的称呼给我写信，足见感情又亲密多了）。

王老师还在邮件里附上安纳德信件的汉语翻译：

亲爱的王槐挺教授：

得悉您已译出我的小说《剑与镰》。

我不会要求译文出版社给我付任何稿费，就像我没有就前面的两本小说——《村庄》和《黑水洋彼岸》——要求付稿费一样。

我希望三部曲的第三部《剑与镰》——前两部是《村庄》和《黑水洋彼岸》——能很快出版，以使读者能了解在英帝国主义占领印度后发生的革命浪潮：农村经济的解体、印度军队在第一次世界大战中作出的牺牲以及在《剑与镰》中显示的必然会发生的农民暴动。

我诚恳地希望出版社能看到，三部曲中描绘的印度农民的生活和中国革命以前中国农村发生的变化是非常相似的。

谨致问候。

穆尔克·拉吉·安纳德　（英文签名）
1992. 9. 12

王老师每封邮件都很长，有时邮件里还有一些资料图片等。老师活动不方便，长期卧床也让他身体很虚弱，他只能用鼠标点电脑屏幕上显示出的键盘打字，写一封信一定要花费好几天的时间。而信里不断更新的安纳德相关资料，一定是师母一件件找出来、拍下来的。师母一直是王老师生活中的保姆，工作上的助手，我看过《剑与镰》的手写稿，师母用大号稿纸誊抄了厚厚两本（其中一本交给上海译文出版社后遗失了）。王老师的书稿大部分都是师母誊抄的，师母跟我说她原来一有空就坐下来抄稿子，她不仅做完家务抄稿子，有时候还把稿子带到单位抄。老师和师母感情深厚，一年春节期间我去看他们，师母跟我说："过年的时候老王非一遍遍问我：'你下辈子还要跟我在一起吧。'"我笑着看着两位老人，竟然以为这样的日子会过好久好久，直到 2007 年 9 月 9 日晚上，师母打电话告诉我，老师前几日去世了，现在事情都办完了。老师不愿意麻烦很多人，师母和他儿子就听了他的话，一切都是简单而安静的。

王老师把我当成他最后一个学生，给了我他所珍视的安纳德的作品和资料，而这一本本的书，对我来说不仅是阅读和研究的资料，更是王老师留给我的回忆和期望。我做得不好，王老师。

一般来说，书的"后记"都是用来表示感谢的，我要感谢的人很多，写出来恐怕会让本来就很长的后记更长了。感谢我的博士生导师唐仁虎教授，感谢我的硕士导师郁龙余教授，两位老师将我引入印度文学文化这个瑰丽的花园中，让我的人生变得丰富。

感谢姜景奎教授，您一直都对我关爱有加，热心帮我联系申丹老师，让我有机会跟她做访问学者，在毕业后还能重回北大在我最爱的图书馆安静地看上一年的书。

感谢安庆师范学院外国语学院的郝涂根院长，您一直鼓励我不放弃我的专业研究。感谢我2009级四个班的学生们，在我人生最低潮时，你们的朝气蓬勃让我看到生活的美好。

感谢父母，你们的健康和陪伴是我安心工作和学习的动力。感谢周产娣师母，您面对疾病的勇气和乐观，鼓励我要好好生活。感谢曹阅微，你是我的女儿也是我的好朋友，当然也是忍受我唠叨的"出气筒"。

感谢中国社会科学出版社的郭晓鸿老师和慈明亮老师，你们的帮助让我有机会向王槐挺老师交上这份作业。

感谢那些我没有一一写出名字的同门们，我们有着共同的爱好。

感谢我爱的你，幸福就是和你在一起。

张　玮

2015年9月15日夜安庆滨江苑